Regine C. Henschel

Amor auf Abwegen

Zu diesem Buch

Sisis feines »Kaufhaus der Sinne« und ihre Magazin-Kolumne über Lust und Liebe sind ein Erfolg, und auch privat läuft mit ihrem Freund Sigi alles rund. Doch plötzlich schießt Amor einen Pfeil ab und trifft versehentlich den vermögenden Kunsthändler Antonius Merkur. Und für den wird die nichts ahnende Sisi seine große Liebe. Antonius ist ein Gentleman, sieht gut aus, doch ist er – positiv betrachtet – etwas weltfremd, um nicht zu sagen: Er lebt hinterm Mond. Unfreiwillig bringt Sisi sein Leben in Schwung und frischen Wind in seine Stadtvilla und das alte Auktionshaus. Das weckt Neider. Auch Sisis Freund und ihr Mops Conrad sind davon nicht gerade begeistert und schmieden einen Plan. Denn Sisi findet den charmanten Antonius inzwischen gar nicht mehr so langweilig … Ein turbulenter Roman über Amor und seine Pfeile und einen ganz besonderen Mops.

Regine C. Henschel studierte Philosophie, Literatur und Publizistik. Sie war sieben Jahre lang Kulturredakteurin unter anderem für Arte, ZDF und 3Sat im In- und Ausland. Heute arbeitet sie als Referentin für Presse- und Öffentlichkeitsarbeit für ein wissenschaftliches Institut und eine Firma im Bereich Luft- und Raumfahrt. Luftschiffe und alles, was brummt und fliegt findet sie faszinierend – und natürlich auch Amor. Sie lebt meistens in Berlin – noch ohne Mops, den hat aber ihre Freundin. »Amor auf Abwegen« ist nach »Gefühlte Lage: sonnig« und »Männer und andere Problemzonen« ihr dritter Roman.
Weiteres zur Autorin: www.regine-c-henschel.de

Regine C. Henschel

Amor auf Abwegen

Roman

Piper München Zürich

Mehr über unsere Autoren und Bücher:
www.piper.de

Von Regine C. Henschel liegen bei Piper vor:
Gefühlte Lage: sonnig
Männer und andere Problemzonen
Amor auf Abwegen

Originalausgabe
November 2009

Umschlaggestaltung: Cornelia Niere, München
Umschlagfoto: American Images Inc (Mops) und
Getty Images / shutterstock.com (Hintergrund)
Autorenfoto: Oliver Elsner
Satz: Filmsatz Schröter, München
Papier: Munken Print von Arctic Paper Munkedals AB, Schweden
Druck und Bindung: CPI – Clausen & Bosse, Leck
Printed in Germany ISBN 978-3-492-26326-9

Inhalt

Prolog

Kann es sein, dass das Leben von heute auf morgen eine Wendung nimmt? dass man ein wärmendes Gefühl verspürt, wenn man einen bestimmten Namen hört? dass man innerlich lächelt, wenn man an einem unbekannten Haus vorbeigeht oder an einem zufälligen Ort? Einfach so, ohne zu wissen, warum? Kann es sein, dass man sich etwas für sein Leben wünscht, vielleicht seit Jahren schon, und eines Tages ist es da? Und es war die ganze Zeit über da, man hat es nur nicht erkannt? Kann es sein, dass das Herz bis zum Hals pocht mitten in einem scheinbar belanglosen Gespräch? Nur weil – und darauf kommt man erst sehr viel später, wenn man stundenlang wach im Bett darüber nachgegrübelt hat – nur weil man mit einem Menschen gesprochen und seine Eigenarten und sein Wesen erkannt hat? Obwohl er einem vorher völlig fremd war?

Kann es sein, dass jemand ganz anderes, jemand ganz weit weg oder nah bei uns oder wo auch immer für uns die Würfel fallen lässt, während wir noch glauben, im Spiel zu sein?

Ja, es kann sein …

Sie

Mein Laptop piept. Eine E-Mail ist angekommen. Thomas fragt an, ob er mich an diesem kommenden Samstag vielleicht einmal besuchen könnte. Er hätte mich so lange nicht gesprochen. Und gesehen. Und was ich so mache und überhaupt. Und die alte Liebe und so. Ich denke an Thomas und mich, während ich sein E-Mail lese. Was habe ich an diesem Samstagvormittag vor? Keine wichtigen Ereignisse, nein? Ich sitze in meiner kleinen Art-déco-Galerie, während meine Freundinnen nebenan neue Ware auspreisen. Schöne bezaubernde Dessous aus Frankreich sind angekommen, atemberaubende High Heels und Seidenbademäntel mit Spitze. Zu gerne wäre ich beim Auspacken dabei, doch ein Kunde hat sich für den alten Bronzelöwen auf dem Marmorsockel interessiert und will heute noch vorbeikommen und ihn anzahlen. Da muss ich mit Mops Conrad wenigstens so lange im Laden anwesend sein, bis er sich für das gute Stück entschieden hat. Später werden wir unser selbst gemaltes Pappschild mit der Aufschrift »Bin nebenan ...« an die Galerietür hängen und bei Moni und Paulina eine Kaffeepause einlegen, die bis zum späten Nachmittag dauern kann. Samstag ist ein sehr guter Verkaufstag, zumindest für pfiffige Mode und Dessous. Die Art-déco-Galerie wiederum wird freitags gerne besucht. Welche Gründe das hat, das habe ich noch nicht herausgefunden. Nur dass uns das prima passt, weil Mopsi und ich dann am Samstag drüben bei meinen Freundinnen mitten im Verkaufsgetümmel sein können. Noch schläft er friedlich im Schaufenster auf seinem Blueberry-Kissen, doch das wird sich in wenigen Sekunden ändern.

Die Tür wird geöffnet, die kleine Ladenglocke klingelt, und in unser Leben kommt Robert Redford. Oder das, was man in Berlin dafür halten könnte.

»Der braune Bronzelöwe, ist der noch da?«

Ehrlich gesagt hatte ich einen älteren Kunden im Kaschmirmantel und mit karierten Socken erwartet und nicht einen Mann aus einem Hollywood-Film.

»Der Löwe, ja«, sage ich trocken. »Der ist noch da.«

»Wie gut«, antwortet er erfreut und schiebt sich seinen Lederhut (ja, es ist ein Känguru-Lederhut!) in den Nacken. »Wir brauchen ihn als Requisite für einen Film.«

Also doch ein Filmfritze. Hier in Berlin werden dank der aufgestockten Filmförderung mehr Kinofilme gedreht als anderswo, scheint es. Mehr als einmal mussten wir Hals über Kopf die Autos umparken, weil irgendwelche Filmcrews auf dem Kurfürstendamm angerückt waren.

Ich reiße mich zusammen und zeige Robert den Bronzelöwen, während Mops Conrad gelangweilt von seinem Kissen aufsieht. Für schöne Männer hat er nichts übrig. Die sind ihm nicht geheuer.

Robbi gibt mir einen 500-Euro-Schein als Anzahlung, bekommt gewissenhaft eine Quittung ausgestellt und den kiloschweren Löwen überreicht. Und verschwindet wieder aus meinem Leben, wie er gekommen ist. Eins habe ich von meinem Mops in den letzten Jahren gelernt: Schöne Männer sind auch mir nicht geheuer.

Da fallen mir Thomas und seine E-Mail wieder ein. Übrigens kein schöner Mann, was in diesem Falle für ihn spricht. Vielleicht sollte ich mich allein schon deshalb mit ihm treffen und ihm zumindest eine Chance geben? Also, was ist heute zu tun? Es gibt an diesem Samstag den Nachmittagskaffee bei meinen Freundinnen. Außerdem die schicken Spitzen-Teilchen aus Frankreich. Und unser spanischer Freund Donate wird uns ein neues Regal montieren. Also bleibt keine Zeit für Thomas und seinen Besuch. Ganz klar.

Außerdem würde ich mich nie mehr wegen irgendeines Mannes von meinen Plänen abhalten lassen. Egal wie wichtig oder unwichtig diese Pläne auch sein mögen. Von einem Mann, der mich früher oder später doch belügt und betrügt. Mich nicht mehr. Das ist vorbei. Der Einzige, dem ich noch halbwegs vertraue, das ist mein gutmütiger Sigi. Wir leben nebeneinander in zwei Wohnungen mit einer großen Verbindungstür, die wir jederzeit schließen können. Es aber nicht tun. Im Gegenteil, eigentlich machen wir alles zusammen, was andere Paare auch zusammen machen: Einkaufen, frühstücken, diskutieren, mit Mopsi Gassi gehen ... Aber wir könnten, wenn wir wollten, die große Verbindungstür schließen. Und das gibt mir die Ruhe, in unserer Beziehung zu bleiben. Es engt mich nicht ein. Das bedeutet nicht, dass ich Affären habe und welche haben möchte. Schon gar nicht mit Thomas oder diesem Robert Bronzelöwe. Obendrein ist Thomas bereits verheiratet und kein bisschen sexy. Was also will er von mir? Er ist einfach nur Thomas – mehr nicht.

Es hat sich einfach nicht ergeben. Das mit dem Ehemann, den Kindern und der Familie und so. Erst kam das Studium, dann ein paar Jahre im Beruf (wofür hatte ich schließlich studiert?), dann die Selbstständigkeit und ihre Opfer. Und dann hatte ich selbst nicht mehr daran gedacht. Einfach vergessen. Und meine biologische Uhr ist defekt und zeigt keinerlei Regung, wenn ich Mütter mit Kinderwagen sehe. Ich will auch nicht. Es kam einfach der Zeitpunkt, von dem an ich auch nicht mehr bereit dazu war. Und der kam leise und hat sich nicht einmal angekündigt.

Ich habe Zeit. Unwahrscheinlich viel Zeit. Wunderbar. Sechzehn neue Bücher liegen auf meinem Lesetisch. 3736 frische, ungeknickte Seiten, die darauf warten, von mir entdeckt zu werden. Ein 25,8 cm hoher Stapel. Bücher mit tollen Themen, etwa *Männer – ein Bericht über eine spezielle Art, Wie gewinne ich Freunde in zehn Tagen?* und *Nimm Dein Herz in die Hand und lebe.* Bücher, die ich in aller Ruhe lesen kann, wenn mal kein Kunde da ist oder ich nichts abstauben, reparieren oder bestellen muss. Oder meine Freundinnen mich mal nicht um einen Rat für eine atemberaubende Schaufensterdekoration für unser Geschäft *Pitty Dessous & Shoes* nebenan fragen. Ja, ich habe viel zu tun – auch ohne Mann.

Zeit. Unendlich viel Zeit. Ich habe keinen unselbstständigen Ehemann, der abends Unterhaltung verlangt, denn Sigi sitzt lange in seiner Psychologen-Praxis und schreibt die Kommentare zu den Erkrankungen seiner Patienten. Ich habe kein ungezogenes Kind, das ins Bett gebracht werden muss und nicht schlafen will. Nichts. Keinen Fernseher, der mir die Zeit stiehlt. Einfach nichts Hemmendes, Nervendes, Zeitverschlingendes. Anfangs ein Makel, wenn ich auf amtlichen Formularen anzukreuzen hatte: ledig, keine Kinder.

»Entschuldigung«, sagte ich zu dem Berliner Beamten im Bezirksfinanzamt, »aber auf dem Formblatt kann ich nur *verheiratet, verwitwet, geschieden oder getrennt lebend* ankreuzen. Was ist mit ledig? Ich bin ledig!«

Er sah mich ratlos an. Kratzte sich am Kopf, und Schuppen fielen wie vergessener Neuschnee auf seinen Strickpullover.

»Streichen Sie einfach die Angaben zum Ehepartner durch, Sie haben ja keinen«, erwiderte er dann pragmatisch. Da hatte er recht. Und so hatte mir ein Formblatt zur steuerlichen Erfassung mein Dasein bestätigt.

Ledig, keine Kinder. Heute sind die Bezeichnung und die Tatsache für mich ein Segen – wie ich finde. Ein Geschenk.

Ich habe Mops Conrad. Den hat mir mein lieber Opa vererbt, genau wie die Antiquitäten hier in meinem Geschäft.

Mops Conrad war sozusagen in der Erbmasse mit drin. Niemand wollte ihn damals haben. Meine Eltern nicht, meine Schwester nicht, keiner. Ich schon. Faltig, charakterstark und rundlich entspricht er dem, was ich lebe. Nicht konform zu sein mit den Idealen anderer. Und Mops Conrad ist wie ein Kind. Wirklich. Oder wie ein guter Freund ohne Macken, wenn es das gibt. Er begleitet mich überall hin, setzt sich adrett zu jeder Gesprächsrunde dazu, macht ein philosophisches Gesicht zu jedem noch so absurden Thema und schläft dann irgendwann leise ein. Er ist mein Seelentröster und der Liebling meiner Freundin Paulina, auch wenn sie es nie zugeben würde. Wir sind zufrieden. Irgendwie. Ich glaube, es läuft alles rund. Warum sollte ich etwas ändern?

Er

Antonius Mercur ist Kunsthändler. Ein gerissener Bursche, um es mal so auszudrücken. Von seinem Vater hat er den Geschäftssinn geerbt, von seiner Mutter die Unerbittlichkeit einer aristokratischen Linie und von seinem Großvater die sanften, schönen Augen. Antonius Mercur liebt seinen Beruf. Tagein, tagaus kauft er auf, was andere noch nicht wertschätzen oder von dem sie nicht wissen, dass es einen Wert hat. Weil es vererbt war. Und wer weiß schon, dass Großvater einen alten Leistikow im Arbeitszimmer über seinem Schreibtisch hängen hatte? Wer weiß was von der Berliner Sezession? Wer? Antonius. Und er kennt sie alle. Mit und ohne großen Namen. Auch einen Liebermann, auch einen Hofer, von dem er frühe Zeichnungen erworben hat. Für einen Appel und ein Ei, würde der Berliner sagen. Und so sitzt Antonius in seinem braunen Cordanzug, den Borsalino-Schnürschuhen und dem dezenten Lächeln eines Mannes, der gerade einen 100 000-Euro-Coup für den Wert einer Parkmünze auf den Weg gebracht hat, zufrieden im Garten des Literaturhauses zu Berlin und trinkt keinen Grünen Tee. Nein, heute soll es mal etwas anderes sein. Ein Rotwein, auch wenn es erst 11.30 Uhr morgens ist. Er hat für den heutigen Tag alles erledigt. Er hat es in einer schmalen Mappe mit einer schwarzen Satinschleife neben sich auf dem Stuhl abgelegt. Was jetzt noch kommt, das ist ein Bonus. Ein vortrefflicher Bonus. Denn Antonius würde wieder in sein Büro gehen, die neu eingetroffenen Auktionskataloge aus aller Welt aus der Post nehmen, anschauen und gewissenhaft kleine hellgelbe Pergamentzettelchen an die entsprechenden

Exponate kleben, die er insgeheim über Einkäufer für seine Sammlung zu erwerben hoffte. Bis heute Abend. Nur unterbrochen vielleicht durch gelegentliche Telefonate, einen Fünfuhrtee und das Lächeln seiner Sekretärin, wenn sie sich um 18.00 Uhr von ihm verabschiedete. Denn er würde noch ein wenig in den Archiven auf und ab gehen. Ausstellungen zusammenstellen oder einfach nur sinnieren, wie er es nennt. Und um 20.00 Uhr, spätestens um 20.30 Uhr, würde er seinen kleinen Tisch im *Ristorante Alberto* einnehmen, den Koch nach der Spezialität des heutigen Abends fragen, schmausen, genüsslich die Gäste beobachten und danach eine Zeitung lesen. Und natürlich nicht bezahlen, denn das *Ristorante Alberto* gehört ihm auch. Ein Kindheitstraum. Ein Restaurant. Und eine Reminiszenz an seinen Wunsch, eigentlich in Italien zu leben. Was aber nicht geht, weil er in Berlin sein Kunstgeschäft hat. Seine Existenz. Nur jeden Abend, für einen Moment vielleicht, da wird aus dem scheuen Kunsthändler Antonius Mercur der schöne Antonio aus Milano. Ein Hallodri und Lebensfreund wie es sein Großvater war, von dem er diese braunen, sanften Augen hat, mit denen er die Welt sieht. Schöne Augen und eine schöne Welt.

Und er geht nach dem Espresso nach Hause in seine weiß verputzte Prachtvilla, durch die schweren Scherengitter aus Eisen vor der Eingangstür und legt sich in sein Bett mit dem Gobelin-Baldachin. Nimmt noch ein Aspirin. Liest in einem Buch und schläft ein. Antonius hat sich gut eingerichtet ohne Frau. Er hat keinen Stress, muss kein Gekeife, keine Vorwürfe und keine unbegründeten Migräne- oder Eifersuchtsanfälle ertragen. Antonius Mercur hat seine Libido verinnerlicht, in der Kunst, im gepflegten Essen, im Nachdenken.

Warum sollte er das ändern?

Sie

»Hallo Sisi, was machst du gerade?«, ruft Moni und stößt mit Schwung die Galerietür auf, ihr Batikkleid weht im Wind. Die Ladenglocke reißt beinahe aus der Verankerung, und Mops Conrad seufzt vernehmlich. Unsere Ruhe ist dahin.

»Ich schreibe die monatliche Kolumne für *Fairplay*.«

»Was ist es diesmal?«, fragt Moni. »*Wie bitte ich sie zum ersten Rendezvous* oder doch schon etwas weiter fortgeschritten wie *Die siebte Stellung im Kamasutra*?«

»Heute heißt das Thema: *Ideen für den ersten Abend. Was er vorbereiten sollte, damit sie sich wohlfühlt.*«

»Donnerwetter, sei nicht zu romantisch. Du weißt doch, bei *Fairplay* zählen Tatsachen. Das, was Mann sehen und anfassen kann.«

Ja, von Männern verstehe ich wirklich was. Und von Frauen. Nicht nur, seit wir unser eigenes Kaufhaus der Sinne eröffnet haben mit all den schönen Dingen, die die Zweisamkeit für Mann und Frau versüßen. In den Regalen unseres Ladens *Pitty Dessous* türmen sich exotische Badegele und Düfte, Schmuck, erotische Ratgeber aller Art, wunderschöne Dessous mit und ohne Einblick, Spitzencorsagen, Abendkleider, High Heels und Accessoires. Und alles auf einem feinen, luxuriösen Level, versteht sich. Wir drei sind richtige Sexpertinnen auf diesem Gebiet, titelte mal eine Berliner Zeitung, und so kam ich dann auch ruckzuck zu meiner monatlichen Liebeskolumne. Allerdings für ein Männermagazin. Es heißt ausgerechnet *Fairplay*. Wie passend.

Eines jener Männermagazine, die Männer selbstverständlich nur aufgrund ihrer guten Reportagen lesen. Und trotzdem gibt die Redaktion jeden Monat noch das ausklappbare Nackerl auf den Innenseiten mit dazu. Sozusagen als Bonus oder Give-away an die treuen männlichen Leser. Ich schreibe trotzdem gerne für das Magazin, weil ich oft kleine Anekdoten aus unserem Kaufhaus der Sinne nebenan berichten kann. Und eigentlich – so zwischen den Zeilen – auch den Männern gerne klarmache, dass sie sich hin und wieder etwas sensibler verhalten dürfen. So wie mein Sigi. Er ist wirklich kein selbstgestrickter Softie, aber auch keine nach Moschus miefende Macho-Maschine. Eben ein ganz normaler Mann, und das hat wirklich seinen Wert.

Ich bin fast schlank. Ich habe einen gut gefüllten Kühlschrank. Ich habe ein Bücherregal mit gelesenen(!) Büchern. Ich habe einen Beruf. Ich habe weder große psychische Probleme noch große Geldsorgen. Ich habe schöne Zähne, Haare und Nägel. Ich rieche gut. Ich kann mich ausdrücken oder wissend schweigen. Mann kann sich mit mir sehen lassen. Aber was um alles auf der Welt sollte mich dazu bewegen, mir Probleme in Form eines Mannes aufzubürden? Nichts! Definitiv nichts.

Ich kann keinen Sauerbraten einlegen. Ich kann keine Hemden bügeln. Ich weiß nicht, warum manche Spieler auf der Ersatzbank sitzen und andere nicht. Ich interessiere mich nicht für sexuelle Stellungen aus Indien, Japan oder Bayern. Ich bin für die wenigen Bedürfnisse eines Mannes nicht gemacht. Nicht ausgelegt, würde ein Automechaniker sagen.

Ich bin ich. Warum sollte ich das ändern?

Er

Antonius streicht liebevoll über seine flauschige weiße Tagesdecke auf dem Bett, die er gerade richtet, bevor er das große Fenster zum Garten wieder schließt. Ein neuer Tag bricht an, und für Antonius ist das eine Herausforderung an seinen Geschäftssinn und seine Geschmackspapillen. Mehr erwartet er nicht. Beziehungsweise: Dies bedeutet ihm alles. Alles wofür es sich lohnt zu leben. Geld, Kunst und Essen.

Vielleicht war es mal anders in seinem Leben. Er erinnert sich nicht genau, weil er sich nicht gerne erinnert. Ja, da gab es mal eine Frau. Sie war eine Krankenschwester, die sich bei einem Polo-Turnier an den unschuldigen Antonius heranmachte. Die die Zutrittsberechtigung zum Turnier von der hochbetagten, pflegebedürftigen Erbtante eines berühmten Pferdegestüts vom Kaminsims gestohlen und sich einen »ausgeliehenen« Hut aufgesetzt hatte. An eine Krankenschwester aus Erfurt mit krimineller Energie verlor Antonius also seine Unschuld. Und dass er nicht auch noch die Alimente für das plötzlich hervorgezauberte Balg übernehmen musste, hatte er nur einer befreundeten Detektei zu verdanken, die blitzschnell herausfand, dass die Krankenschwester ihr Herz auch noch einem Chirurgen geschenkt hatte.

Antonius hatte kein Glück bei den Frauen. Ja, er ist nicht unbedingt ein schöner Mann. Aber darauf kommt es ihm nicht an. Die Schönen sind meistens die größten Mistkerle. Antonius ist kein Mistkerl. Dazu fehlen ihm die Erfahrung und das lasterhafte Vorleben des Großvaters. Antonius ist mehr der stille Genießer, der alles auf sich zukommen lässt. Doch dass nicht alles gut ist, was das Leben heranspült, das wissen nicht nur Seeleute. Wie die schöne Lara aus dem italienischen Restaurant. Aber auch daran erinnert sich Antonius nicht gerne.

Fast hätte der Vater seinem Sohn Antonius eine Vorliebe fürs Personal attestiert, wenn er nicht doch endlich etwas Blaublütiges mit nach Hause gebracht hätte. Die berechnende Amanda, mit der sich seine Mutter auf Anhieb gut verstand. Woran das wohl lag? Flugs wurden Häuser vermessen, Gästezimmer eingerichtet, und am folgenden Weihnachtsabend fiel zwischen Rinderconsommé und Entenbrust das Wort »Hochzeit«. Doch das ging selbst dem gutwilligen Antonius zu schnell, und er empfahl sich auf ein einjähriges Praktikum bei *Sotheby's* in London. Und als er zurückkam, hatte er nicht nur sein Wissen über russische Fabergé-Eier der Zarenfamilie vervollständigt, sondern auch seine Freiheit zurückgewonnen. Denn die – ach so liebende – Amanda hatte sich binnen eines Jahres für den jungen Erben eines weltbekannten Gestüts erwärmen können, nachdem die Erbtante plötzlich das Zeitliche gesegnet hatte. Und so schloss sich für Antonius der Kreis.

Danach passierte nichts Erwähnenswertes mehr. Und ihm fehlt auch nichts.

Amor

(Ein Großstadt-Amor mit leicht verrußten Flügeln, der auf einer sonnigen Dachkante sitzt und mit den Beinen baumelt.)

»Guten Tag, mein Name ist Amor. Ich organisiere die Liebe. Schon die unmöglichsten Situationen habe ich sozusagen ›vom Zaun gebrochen‹, damit die Menschen zueinanderfinden. Ich bin ein geflügelter James Bond. Aber ich kann noch viel mehr als er: Fetten Männern habe ich den Nimbus von Herrschern und Staatsmännern gegeben, sodass die Mätressen und Journalistinnen nur so auf sie flogen. Durchschnittlichen Frauen gab ich das Glutäugige einer Spanierin und den Gang einer Flamenco-Tänzerin. Einer sommersprossigen Jugendlichen verpasste ich ein zauberhaftes Lächeln, das ihre schneeweißen Zähne unter der Zahnspange zur Geltung brachte. Und für einen Moment nur sah der Tankwart bei Shell so aus wie James Dean in seinen besten Jahren, und die Frau mit dem hellgrünen Mini verliebte sich in ihn. Der scheue, dunkelhaarige Französischlehrer war sekundenlang ein Beau, genau diese Sekunden reichten aus, dass seine jetzige Frau das Besondere an ihm erkannte, sein zweites Ich zwischen Gauloises und Schulheften. Und den Moment, den es brauchte, in dem der selbstgefällige Barkeeper mit der Fliege in sich zusammensank und nachdachte, ließ eine junge Frau erkennen, dass hinter seiner aufgesetzt bornierten Miene ein durchschnittlicher Familienvater mit durchschnittlichen Wünschen und durchschnittlichen Erwartungen an das Leben steckte – so einen, den sie sich immer gewünscht hatte.

In meinen Augen wird alles schön. Die Liebenden finden einander schön. Das ist mein Werk. Doch es wird nicht leichter in der heutigen Zeit, in der die Menschen alles selber machen wollen. Sich gefärbte Kontaktlinsen einsetzen für einen verführerischen Blick, sich ihre Brüste aufpumpen und den Bierbauch absaugen lassen. Sie gehen zu weit. Weiter als ich es je getrieben habe. Ich gebe den Menschen den Blick für das Schöne. Sie jedoch legen selbst Hand an sich und machen das aus sich, was sie schön finden.

Und sie sehen im anderen nicht mehr den Funken, nicht mehr das Juwel, nicht mehr das Glück, das es zu gewinnen gilt. Sondern die Körbchengröße, die Haar-Extensions, die Kunstnägel, den trainierten Bizeps und die weggespritzten Falten mit einem unnatürlich verzerrten Blick.

Meine Arbeit ist nicht leichter geworden, aber ich beschwere mich nicht. Ich habe Kunden, und ihr Leben und ihre Wünsche sind meine Nahrung.

Ja, ich bin durchaus wählerisch. Wer am lautesten nach mir schreit, wird sicherlich nicht als Erster drankommen. Ich verteile die Liebe, wie es die Chancen ermöglichen, wie sich die Wege und Schicksalswege kreuzen. Das geht nicht von heute auf morgen. Und schon gar nicht durch Geschrei und Flüche. Manchmal haben meine Kunden den Auftrag an mich schon längst vergessen. Sie wissen vielleicht gerade noch, dass da mal was war mit der Liebe. Und dann treffe ich sie wie ein Blitz. Die unvorbereiteten, das sind die dankbarsten Kunden. Sie glauben wieder an Wunder. An Wunder des Himmels. Und sie sind glücklich. Sie empfinden die Liebe wie eine Himmelsmacht. Und was gibt es Schöneres, als zu erleben, dass sie sich im passenden oder in einem unpassenden Moment bei mir bedanken – mit einem Blick gen Himmel? Ich bin Amor. Und auch ich brauche hin und wieder ein wenig Zuwendung.«

Rumms

Antonius Mercur gleitet in seinem frisch polierten grünen Jaguar XJ älteren Baujahres – um nicht zu sagen einem Oldtimer – über die Berliner Chaussee, dass das Laub nur so wirbelt. Heute ist ein guter Tag. Ein guter Tag wie jeder andere auch, denn Antonius hat nur gute Tage. Tage ohne große Highlights und Ereignisse. Ruhige, sichere, gute Tage. Die ausgeruhten Arbeitstage eines Mannes, der schon alles hat, was er zum Leben benötigt und mit heiterer Gelassenheit die Schenkungen des Schicksals entgegennimmt, die ganz sicher auf ihn warten.

Als er wie immer in angemessener, doch zügiger Fahrweise die letzte Kreuzung vor dem Auktionshaus nehmen will, passiert es. Ein knallrotes, zugegeben etwas heruntergekommenes MG-Cabrio nimmt ihm die Vorfahrt, und während Antonius noch geistesgegenwärtig auf die Bremse tritt und gerade murmelnd die Unachtsamkeit des Fahrers tadelt, fährt er auf das in der Seitenstraße einen Parkplatz suchende Fahrzeug auf. Behäbig, wie es seine Art ist, aber vernehmlich durchsetzungsstark, schiebt er das fremde Fahrzeug vor sich her und drückt es an einen Laternenmast, wo es ramponiert zum Stehen kommt. Ehe er sichs versieht, hat der Tag eine neue Wendung genommen. Und nichts ahnend von dem nun Folgenden steigt er aus dem Fahrzeug, um dem ebenfalls ramponierten Fahrer beizustehen.

Doch – es ist eine Fahrerin.

Sonntage und andere Pannen

Antonius kann nicht kochen. Essen sehr gerne, aber kochen, das wird schwierig. Das heißt, Soßen kann er zubereiten. Sahnige Schlemmersoßen, unter die er genussvoll hessischen Bauernschmand oder Bio-Sahne hebt, nachdem er die Zwiebeln oder den Lauch – frisch geputzt – in der Pfanne angebraten hat. Oder Gemüsefonds, mit ihnen kann er sich stundenlang beschäftigen. Kräutersoßen in allen Variationen, mit und ohne Minze, Zitronenmelisse oder Schnittlauch sind seine Spezialität. Er kennt sie alle, die Küchenkräuter dieser Welt, und schneidet, mahlt oder putzt, bis die Küche duftet. Meditativ zur Erholung. Doch wenn er endlich fertig ist mit seinem Soßenwerk, gibt es meist nichts mehr, womit er seine Soßen essen kann. Er hat es mit diversen Nudeln versucht, die, wenn seine Soßen endlich lieblich selig köcheln, bereits zu milchigem Wasser zerfallen waren. Auch Kartoffeln oder Gnocchi verkocht Antonius stets zu einem gleichförmigen, beinahe streichbaren Brei, der Tapetenkleister ähnelt.

Manchmal nimmt er sich nach diesen Kochsitzungen, die vornehmlich am Wochenende stattfinden, betrübt etwas Schwarzbrot aus dem Korb, das er in eine Portion Soße auf seinem goldumränderten Tellerchen tunkt, und sieht etwas verunsichert in den Garten. Warum passiert das immer ihm? Er hat das Timing nicht drauf, verliert sich in den schönen Nebensächlichkeiten, in den Soßen, bis nichts mehr bleibt, womit er sie anrichten kann. Wie auch sonst in seinem Leben – allerdings haben ihm dort die schönen Nebensächlichkeiten viel Geld eingebracht.

Die Soße mundet auch mit Schwarzbrot und verscheucht

seine aufkommende Trübsal, von der er nicht einmal ahnte, dass sie sich an ihn herangeschlichen hatte. Und nachdem er sich am geduldigen Kastenbrot satt gegessen hat, gießt er den restlichen guten Liter Soße in eine passende Gefrierschale, von denen ihm die Haushälterin stets neue in die Schränke stellt. Er beschriftet diese ebenso liebevoll wie seine Kunstwerke in feingliedriger Sütterlinschrift mit Werkdatum und Namen der Soße, um sie dann in den Gewölbekeller in seinen fünfstöckigen Gefrierschrank zu tragen. Dort hortet er seine Soßenschätze bis zum Sankt-Nimmerleinstag. Auf dem Rückweg sucht er sich in aller Ruhe einen Rotwein aus seinen Weinregalen, dekantiert ihn in der Küche auf seinem Holztisch nur für sich alleine und genießt mit einem Blick in den Abendhimmel auf seinem Dachgarten im Turmzimmer den Sonntagabend.

Sisi steht in einer belgischen Pommesbude um die Ecke vom Kurfürstendamm und wartet darauf, dass ihre Fritten aus dem heißen Backfett genommen werden, während ein kindischer Vater im Studentenalter sein kahlköpfiges Kind im musikalischen Rhythmus von *Under Pressure* von David Bowie hin- und herschunkelt.

Der und *unter Druck* – wie passend. Der Druck kommt erst noch. Es ist wirklich an der Zeit, mein Leben zu ändern. Da stehe ich hier an einem Sonntagabend mit einer Schramme an der Stirn in einer neonbeleuchteten Bude, nur weil mir so ein Heini in mein Auto gefahren ist und ich vor lauter Schleudertrauma nichts mehr einkaufen gehen konnte. Und mein Sigi auf so einer Tagung ist und sich nicht kümmern kann. Und mein Pizzadienst Betriebsurlaub hat. Wenn ich doch bloß besser aufgepasst, aber nein … Er ist mir ja auf meinen alten Wagen draufgefahren. Ich hätte eben doch zu Fuß gehen, aber nein … Ich war ja schon wieder zu spät dran gewesen und überhaupt … Es macht einfach keinen Sinn, mir den Kopf zu zermartern. Es ist eben passiert, und mein Auto ist erst mal hin. Von der Versicherung ist nicht mehr viel zu erwarten. Vielleicht sollte ich jetzt doch lieber einen Wagen mit Airbag...

Und während Sisi noch nachdenkt, gießt der mindestens genauso geistesabwesende belgische Austauschstudent scharfe Currysoße über ihre Pommes, was weder er noch sie zur Kenntnis nehmen. Er gibt ihr das Wechselgeld zurück und Sisi geht wieder an die frische Luft, riecht kurz an ihrem Mantelärmel, der wie erwartet stark nach Pommesfett muffelt, und geht melancholisch kauend an den hell erleuchteten Schaufenstern vorbei zurück in Richtung ihrer Wohnung.

Antonius Mercur plagt ein unbestimmtes Gefühl. Er hat sein Auto nicht in die Tiefgarage gefahren, und nun steht es auf der Chaussee unter den Kastanienbäumen, die ihre stacheligen, harten Früchte auf den polierten Jaguar fallen lassen. Die Kastanien springen auf dem Lack auf, geben die hölzernen, festen Schmuckstücke der Natur frei – und verursachen erhebliche Beulen. Antonius hört das Klacken bis zu seinem gemütlichen Ohrensessel am Kamin, obwohl er es tatsächlich nicht hören kann, sondern nur von seiner Vorstellung geplagt wird. Das gute Auto. Gottlob war bei dem Unfall nicht viel passiert. Nur eine kleine Schramme an der Stoßstange, die *Smith Royal Cars* schnell wieder neu überchromen würde. Gute Werkstatt. Und während Antonius noch gegen seine Gewohnheit in Fragmenten denkt, zieht er seine Strickjacke über, die Haustür hinter sich zu, wandert auf dem Kiesweg um sein Haus herum, öffnet das eiserne Gartentor und sucht auf der spärlich erleuchteten Straße sein Auto. Die Laternen verströmen ein zartes orangefarbenes Licht, was dem kurzsichtigen Antonius die Suche erschwert. Wo war es bloß?

Sisi fischt mit einer Hand in der Pommestüte herum und beobachtet Mops Conrad an seinem Lieblingsbaum, mit der anderen Hand tastet sie nach dem etwas zu fest gewickelten Verband an ihrem Kopf, überquert die Straße, tritt vehement gegen eine dicke Kastanie, die in hohem Bogen davonspringt, an einem Fahrzeug abprallt und liegen bleibt.

»Was machen Sie da?«, ruft eine entsetzte Stimme.

»Ich?« Sisi dreht sich um, und Mops Conrad zieht so stark an der Leine, dass fast alle Pommes aus der Tüte auf die Straße fliegen.

»Ich mache nichts. Ich esse Fritten. Das heißt, ich aß Fritten. Danke Conrad, die sind hin«, sagt sie und hält sich immer noch den Kopf.

»Nein, Sie haben nach meinem Auto geworfen.«

»Das habe ich nicht.«

»Doch, ich habe es gehört.« Gesehen hat es Antonius ja nicht, er eilt herbei. Seine Zurückhaltung ist einer unkontrollierten Erregung gewichen, die ihm selbst schleierhaft vorkommt.

»Ach, Sie sind es.« Er bleibt erstaunt vor ihr stehen.

Sie sieht ihn an. »Ja, ich! Sie sind eben nicht alleine in dieser riesigen Stadt, auch wenn Sie das gerne möchten.«

»Will ich doch gar nicht«, sagt er schon etwas ruhiger. »Wie geht es Ihrem Kopf?«

»Der brummt«, sagt sie.

»Und der Hund?«

»Der auch. Das ist Mops Conrad. Darf ich vorstellen?« Conrad sieht Antonius mit kugelrunden Augen an. Wer ist denn das? Freund oder Feind? Dann schaltet er seinen Blick von *nachdenklich* plötzlich um auf *gutmütig*. Seltsam, denkt Sisi. Fremden gegenüber ist er sonst eher ungehalten und bellt.

»Wenn es Ihnen noch nicht gutgeht, bezweifle ich ob das dann das Richtige ist…«, und Antonius zeigt auf die fettige Pommestüte.

»Ich konnte gestern nicht mehr einkaufen gehen mit dem Brummschädel«, sagt Sisi brüsk.

»Verstehe, tut mir leid, das mit dem Unfall. Ich meine, wenn ich das gewusst hätte, dann …«

»Erzähle ich nicht jedem«, sagt sie und will an ihm vorbeigehen, steckt sich noch vermeintlich lässig eine allerletzte Fritte in den Mund, doch eine mit der scharfen Currysoße von der rechten Seite der Spitztüte, und ein lautstarkes Husten und ebenso lautes Fluchen sind die Folge.

»Alles in Ordnung?«, fragt Antonius besorgt, der sofort auf eine innere Lungenflügelblutung schließt, an der (das wusste er noch ganz genau) sein Onkel nach dem Sturz über eine Wurzel bei der Wildschweinjagd elendig zugrunde gegangen war. Aber vielleicht war es bei dem Onkel auch der Alkohol gewesen, so genau konnte man das nicht wissen – und das wollte auch keiner.

»Ja«, flüstert Sisi, und die Tränen laufen über die Wangen, »es war nur der Curry …«

»Ich glaube«, sagt Antonius, »ich sollte Sie nach Hause bringen.«

»Nein danke, das kann ich schon selbst. Außerdem kennt Mops Conrad den Weg auch.«

»Es ist meine Pflicht als Gentleman, eine Dame in Ihrem Zustand nicht alleine durch die Nacht laufen zu lassen«, sagt er und spürt in sich ritterliche Gefühle.

»Ach ja? Und wenn ich nicht will?«

»Dann bin ich machtlos«, antwortet Antonius zerknirscht und sieht sie nachdenklich an.

Komischer Kauz in einer Strickjacke.

»Na ja, es wäre ja nicht schlecht. Ist aber ohnehin nicht mehr weit.«

Wie ein Ritter gesellt sich Antonius nun an ihre linke Seite, während Sisi die Pommestüte im nächsten Mülleimer der Berliner Stadtreinigung entsorgt, was Antonius geflissentlich übersieht. Mops Conrad geht zwischen den beiden und schaut mal zum einen, mal zum anderen, während er auf eine weitere herunterfallende Fritte hofft. Nur 800 Meter weiter ist Sisi schon zu Hause und bleibt vor einem hohen Hauseingang mit Marmorportal stehen.

»Das ist ja ganz in meiner Nähe«, wundert sich Antonius.

»Tja, in dieser Gegend wohnen eben noch mehr Menschen als Sie.« Warum glaubt dieser Kauz eigentlich die ganze Zeit über, alleine auf der Welt zu sein? Oder kommt mir das nur so vor, weil er mich reizt? Und warum eigentlich? Er ist mir ins Auto gefahren. Das ärgert mich. Mehr nicht. Mehr nicht?

»Ich würde Sie gerne einladen«, sagt Antonius hüstelnd, »als Wiedergutmachung für den Fauxpas mit dem Auto. Ich gebe nächste Woche eine kleine Abendgesellschaft nach einer Vernissage und würde Sie gerne dazubitten.«

»Ich glaube, nächste Woche bin ich nicht da«, sagt Sisi. Er hätte auch übernächste Woche einen Termin vorschlagen können. Für ihn war sie nie da. Comprende, Fremder?

»Nun, dann werde ich es gerne ein andermal wieder versuchen. Ich wünsche Ihnen einen schönen Abend und baldige Genesung.«

»Ebenfalls«, sagt Sisi, schließt die Tür auf, schaltet im Treppenhaus das Licht an und steigt die ersten Stufen der Treppe hinauf. Als sie sich noch einmal umdreht, steht ein besorgter Antonius in einer schief zugeknöpften braunen Strickjacke unter einer alten Berliner Laterne und lächelt. Sie geht weiter, rollt mit den Augen und schüttelt heftig den Kopf, als sie sicher ist, dass er sie nicht mehr sehen kann. So ein Kauz. Auch Antonius schüttelt den Kopf und geht nach Hause.

»Putzig«, murmelt er und vergisst, sein Auto in die Tiefgarage zu fahren. Das ist aber plötzlich gar nicht mehr so wichtig. Warum, ist ihm auch noch nicht klar.

Sein abendliches Dahindümpeln findet ein jähes Ende, als er bemerkt, dass er seinen Hausschlüssel im Jackett mit den Lederflecken an den Ärmeln an der Garderobe vergessen und nicht einmal ein Handy in der Tasche hat, um seine Haushälterin anzurufen oder ein Taxi, um sich bei ihr den Zweitschlüssel abholen zu können. Nicht einmal einen Groschen, ähem, einen Cent für ein Telefonat hat er in der Tasche. Wenn er zur Haushälterin in den anderen Stadtteil fahren würde, und sie wäre nicht da, weil sie gerade mit ihrem Ehemann im Friedrichstadtpalast die glitzernden Pailletten-Kostüme der vierzig knackigen Revuegirls anschaut, dann könnte Antonius nicht einmal den Taxifahrer bezahlen oder ihm erklären, was passiert ist. Niemand würde ihm glauben oder irgendetwas geben, einem Mann in einer schief zugeknöpften braunen Strickjacke, mit wirrem, unglücklichem Blick, der an einem Sonntagabend alleine durch die Straßen irrt. Antonius fühlt sich auf einmal unendlich einsam. Obendrein fängt es wie auf Bestellung auch noch an zu nieseln. Er steht vor den verschlossenen Eisengittern seines Gartentors und kommt nicht rein. Über den Zaun zu klettern wäre nicht sinnvoll. Da würde die Alarmanlage anspringen und in null Komma nix wäre die Polizei da. Und wie hätte er erklären sollen, wer er ist? Der Hausbesitzer? Das würden sie ihm nie glauben. Er sieht an sich herunter. Die Schuhe passen farblich auch nicht zur übrigen Kleidung. Es ist aber auch alles danebengegangen. Und an allem ist der Herbst schuld und diese blöden Kastanien.

Er denkt nach, während die ersten Regentropfen über seine Stirn rinnen. Um den dann folgenden Entschluss zu fassen, braucht er weitere fünfzehn Minuten, die er im Regen verbringt. Für die Umsetzung jedoch reichen ihm fünf Minuten. Er steht auf den Stufen vor Sisis Haus und drückt ihren Klingelknopf. Sie ist tatsächlich der einzige Mensch, an den er sich jetzt wenden kann, und sie ist sicherlich auch noch wach.

Sisi kocht sich gerade einen Pfefferminztee, weil sie Magendrücken von den Pommes und der scharfen Currysoße hat. Und schlecht ist ihr auch. Als es klingelt, ist sie damit beschäftigt, auf einem dreibeinigen Hocker balancierend im oberen Drittel ihres Küchenschrankes nach dem Kandiszucker vom letzten Winter zu kramen, der sich zuhinterst versteckt hat, sodass sie bereits mit einem Bein auf der Arbeitsplatte der Einbauküche ihres Vermieters steht. Im ersten Moment hält sie das Klingeln für einen Scherz oder für einen Boten, der im Haus wieder Werbung in die Briefkästen einwerfen will. Sie schaut auf ihre Küchenuhr im Design einer lila Kuh aus milchig leuchtendem Plastik, das Werbegeschenk eines Gewinnspiels der Tageszeitung. Undankbar darf man ja nicht sein, deshalb konnte sie das Ding einfach nicht wegwerfen. Immerhin zeigt ihr das Ungetüm an, dass es 23.11 Uhr ist. Also zu spät für einen Jungen vom Pizzadienst mit seinen kostenlosen Handzetteln.

Es klingelt noch einmal, diesmal länger. Sisi steigt von der Arbeitsplatte wieder auf den dreibeinigen Hocker, der bedenklich wackelt. *Die meisten Unfälle passieren zu Hause, besser, Sie sind nicht da* – geht ihr plötzlich durch den Kopf. Ein Spruch, den sie mal auf einer Postkarte oder in der Anzeige einer Versicherung gelesen hatte, oder so. Sie geht zur Gegensprechanlage, nimmt den Hörer ab.

»Ja?«

»Ich bin es, Antonius Mercur.«

»Ja?«

Stille.

»Was gibt es?«, fragt sie wieder.

»Könnten Sie mich bitte reinlassen, ich müsste mal telefonieren, ich habe den Haustürschlüssel vergessen, weil das Auto unter den Kastanien stand und ich es wegfahren musste und nun komme ich nicht ins Haus und weiß auch sonst nicht, an wen ich mich gerade wenden kann, weil meine Haushälterin vermutlich nicht zu Hause ist und die Polizei mir auch nicht helfen kann, weil ich sie nicht einmal anrufen kann und weil ... Und dann steht alles morgen in der Zeitung, dass ich meinen Schlüssel ...« Bei Antonius ist ein sprachlicher Damm gebrochen. Ist es die Verzweiflung? Oder die kalte Nacht? Oder die Nässe, die durch seine Strickjacke dringt?

»Schon gut«, sagt Sisi versöhnlich. »Fünfter Stock, nach der ersten Treppe rechts ist ein Fahrstuhl.«

»Danke«, hört sie noch und den Summer der Tür.

Was nun? Jemand Fremdes in ihrer Wohnung, darauf ist sie nun echt nicht vorbereitet. Kein bisschen, wirklich nicht. Doch da hört sie schon die Fahrstuhltür aufgehen und jemanden nach dem Lichtschalter tasten. Sie schließt ihre Wohnungstür auf, und da steht Antonius Mercur mit Regentropfen auf den Brillengläsern vor ihr.

»Entschuldigen Sie bitte, dass ich Sie heute Abend noch störe«, sagt er förmlich. Mit Mühe hatte er seine Fassung in dem winzigen, bierkastengroßen Fahrstuhl bewahrt. Klaustrophobisch wie er war, hätte er in dem Zwergenfahrstuhl völlig den Verstand verloren. Vor Jahren hatte er eigens in einem Kurs für Klaustrophobe gelernt wie er sich in solchen Fällen zu verhalten hat: Sich von der Situation ablenken und beispielsweise die Knöpfe an seiner Jacke zählen. Glücklicherweise sind an dieser Strickjacke neun Hornknöpfe, die er unaufhörlich zählte. Wieder und wieder, bis sich im fünften Stock endlich die Fahrstuhltür öffnete. Stunden später – wie es ihm vorkam. Niemand, nicht einmal Antonius selber, konnte jetzt die Regentropfen von den Schweißperlen der Angst auf seiner hohen Stirn unterscheiden. Aber dies ist auch egal.

»Kommen Sie doch rein«, sagt Sisi und geht zur Seite. Antonius tritt in den Flur und bleibt stehen.

»Dann gehe ich mal vor«, sagt Sisi und drückt sich an dem nassen Antonius vorbei, öffnet die Tür zum großen Berliner Zimmer und gibt Antonius mit einem Kopfnicken ein Zeichen, ihr zu folgen, denn er hat sich noch keinen Zentimeter fortbewegt.

»Ich möchte eigentlich nur einmal kurz telefonieren, wenn es geht – und Sie nicht weiter stören«, sagt er höflich und zu leise.

»Das Telefon ist hier«, ruft Sisi zurück. »Die Schnur reicht nicht bis in den Flur.« Selbst wenn sie die gesamte Schnur, die zusammengekruschtelt unter dem Sofa liegt, herausziehen würde und dabei sämtliches verloren geglaubtes Hundespielzeug von Mops Conrad wieder ans Licht käme, würde die Schnur nur bis zur Garderobe reichen, und Antonius steht mindestens noch zwei Meter weiter weg. Wenn die Berliner Architekten eines früher gerne gebaut haben, dann waren es lange Flure.

»Ja, gut«, sagt er wie zu sich selber, um sich aufzumuntern und folgt ihr. Auf einem französischen Schreibtisch im Art-déco-Stil mit wunderschönen, aber leicht zerkratzten Perlmuttintarsien, die Antonius sofort beglückt wahrnimmt (erinnern sie ihn doch an seinen kleinen Schülersekretär aus seiner Kinderzeit, und das nimmt ihm sofort etwas von seiner empfundenen Verlorenheit), steht ein rauchfarbenes Bakelit-Telefon, das er ungerührt mechanisch bedient.

»Elisabeth? Sind Sie zu Hause? Wenn Sie es sind, so gehen Sie doch bitte an den Apparat, hier spricht Antonius Mercur.«

Sisi geht aus dem Zimmer, um ihm eine Tasse für einen Minztee zu holen. Und ein Handtuch, damit er sich wenigstens die Haare und das Gesicht abtrocknen kann.

»Sie ist nicht zu Hause, ich habe es befürchtet. Sie ist im Theater. Was mache ich denn jetzt bloß?«

»Sie wird doch sicherlich gleich zurück sein«, sagt Sisi. »Eine Vorstellung mit Pause, ein Kaffee danach, bis 24.00 Uhr ist sie bestimmt wieder zu Hause.«

Sisi hat keine Ahnung, wer Elisabeth ist und welchen

Lebenswandel sie führt. Vielleicht geht sie nach dem Theaterstück auch mit dem Hauptdarsteller noch einen trinken. Wer weiß? Sie möchte nur irgendetwas Tröstendes sagen, denn dieser Herr Mercur macht doch einen gar so kümmerlichen Eindruck. Und wie man Verwirrte behandelt, das hatte sie in den letzten Jahren von ihrem Staranalytiker Sigi gelernt. Vielleicht sollte sie ihn kurz anrufen und um Rat fragen? Er ist auf einer seiner superwichtigen Tagungen im Ausland und hätte sicher sofort einen Rat parat, wie man mit einem unbekannten, verwirrten Nachbarn, der obendrein pitschnass ist, umzugehen hat.

»Vielleicht rufen Sie sie noch einmal an und sagen ihr meine Telefonnummer durch, dann kann sie Sie hier zumindest erreichen?«

Antonius nickt, nimmt die nasse Brille ab und sucht in seinen Taschen nach einem Putztuch oder etwas, was man dafür verwenden kann.

»Vielleicht möchten Sie erst einmal ins Bad gehen und sich ein bisschen auffrischen, ich meine, abtrocknen?« Sisi hält ihm ein blau-weiß gestreiftes Riesenhandtuch vor die Nase, das er dankbar annimmt, dann zeigt sie ihm das Badezimmer.

Oje, das Badezimmer einer Frau! Antonius vergisst beinahe das Abtrocknen. Auf einem Sims stehen die abenteuerlichsten Flaschen sowie Tuben auf Standfüßen, die er jemals gesehen hat. Bauchig aus hellgelbem Plastik, Tuben aus milchigem Kunststoff, runde blaue Tiegel, ein Glas mit schmalen Stiften und Pinzetten. Gottlob hat er seine Brille nicht auf und kann die Ingredienzien nicht lesen. Er wäre auf Augenkonturen-Gel, Halsbalsam, Brust-up-Gel, Shampoo für koloriertes Haar, Anti-Cellulite-Orangen-Creme mit Koffein, Perlweiß für Raucher, Nagelklebstoff mit gelbem Gefahrenzeichen, Kamille-Fußcreme, Gesichts-Peeling, Wimpernfarbe, Nagel-Härter, Wonder-Blick-Mascara und rosa Labello gestoßen. Hätte Antonius dies alles erkennen und lesen können, so hätte er vermutlich gedacht, er habe es bei Sisi mit einem Menschen zu tun, der nur durch die reichen Gaben der Kosmetikindustrie halbwegs ansehnlich geworden ist und – nähme man ihr alle zivilisatorischen Errungenschaften wieder weg – binnen einer Woche zu einem haarigen, schwielig-faltigen, faulmauligen Yeti werden müsste. Aber dem ist nicht so. Sisi ist einfach ein Opfer der Werbung und glaubt, wenn sie dies alles nicht anwenden oder zumindest besitzen würde, dann macht sie irgendetwas falsch. Oder versäumt etwas, das anderen guttut und ihr auch guttun würde. Und so hat sie zumindest von den propagierten Grundanwendungen eine Tube oder Flasche vorrätig, was gegenüber den Beständen ihrer Freundinnen noch wenig ist. Wirklich wenig, denn es passt bei Sisi auf ein schmales Sims. Bei ihrer Freundin Paulina steht die Sammlung in einem dreitürigen Spiegelschrank. Immerhin hat Sisi alles schön den Farben nach geordnet, bis es benutzt wird, still verstaubt oder sich in seine chemischen Bestandteile auflöst. Auch das kommt hin und wieder vor.

Antonius wäscht sich dankbar und ausgiebig die Hände, um Zeit zu gewinnen. Er schaut in den goldenen Holzrahmen-Spiegel, in dem sich sein blasses Gesicht unter dem Licht eines schwarzen Kronleuchters abzeichnet. Er kann diesen verwirrenden Stilmix schwer ertragen. Woher hat sie bloß diese ausgewählten alten Sachen? Und warum kauft sie so viel bunten Plastikmüll? Antonius ist alles ein Rätsel. Dabei hat er die Klobürste, die in einem Porzellanpinguin steckt, noch gar nicht erblickt. Und auch die feinen Spitzenhöschen, die auf der Heizung hinter der Tür trocknen, übersieht er geflissentlich.

Wie kann er Sisi verstehen? Er ist sich ja selbst oft ein Rätsel. Außerdem: Was hat er mit ihr zu tun? Gut, er hat ihr Auto an einen Laternenpfahl gequetscht, und sie hat eine Blessur abbekommen. Das lässt sich alles über die Versicherung regeln, wie es andere Menschen tagtäglich auch tun. Und für das Telefonat hier mitten in der Nacht, für die mitmenschliche Dienstleistung unter Nachbarn, nun, dafür wäre ein schönes Abendessen bei seinem Lieblingsitaliener sicherlich angebracht. Zumal es sein eigenes Restaurant ist und ihn die Einladung nichts kosten würde. Antonius würde sich dankbar und erkenntlich zeigen wie es seine Art ist, sobald er sich aus dieser misslichen Lage befreit und wieder die Oberhand über sein Schicksal haben würde. Der Tor weiß nicht, dass dies nie mehr der Fall sein wird. Und – genau betrachtet – auch niemals der Fall war.

Und während Antonius zufrieden sein Haar in das flauschige Handtuch drückt, sitzt der kleine Amor mit den Beinen schaukelnd auf dem Kronleuchter und putzt seine nassen Flügel. Diese Geschichte hier bereitet ihm ein besonderes Vergnügen.

Wieder zu Kräften gekommen und abgetrocknet, öffnet Antonius einen Deut zu schnell die Badezimmertür und wird von einem Fotokalender, der ihm wild entgegenflattert, attackiert. Krachend fallen die zwölf Hundemotive in Ringheftung zu Boden. Zusammen mit der krummen Blaupinne, die den schweren Kunstkalender *Friend Pug* nur notdürftig festgehalten hat. »Oh, der Mopskalender!«, ruft Sisi und kommt angestürmt. »Der ist schon immer echt locker gewesen«, sagt sie entschuldigend und nimmt dem sichtlich zerknirschten Antonius den Kalender aus der Hand.

»Irgendwo muss auch noch ein Nagel …«

»Ja. Der fällt immer in den Flokati. Den suche ich morgen. Jetzt trinken wir erst einmal einen Minztee, und Sie rufen noch einmal bei Ihrer Bekannten an, damit sie Sie abholt.«

Das klingt, als spräche sie mit einem verloren gegangenen verzogenen Gör, das an der Kaufhauskasse oder in der Spielecke auf seine überforderten Eltern wartet: *Der kleine Antonius Mercur wird vermisst. Er wurde zuletzt am späten Abend in Charlottenburg gesehen und trug zu diesem Zeitpunkt eine braune Strickjacke, eine Cordhose und eine Nickelbrille. Antonius Mercur ist nicht in der Lage, sich im normalen Leben zu orientieren und braucht dringend Hilfe vom Schlüsseldienst. Bitte informieren Sie die nächste Polizeidienststelle oder seine Haushälterin Elisabeth Schmitt, wenn Sie ihn sehen. Sprechen Sie ihn nicht an. Er geistert durch eine andere Welt.*

Und genau so fühlt sich Antonius in diesem Moment.

»Ich meine«, sagt Sisi leiser, »damit sie weiß, dass nichts Schlimmes passiert ist.« Es ist wirklich merkwürdig. Da arbeitet man den ganzen Tag mit der Sprache, drückt sich oder ein Thema in gewählten Worten aus, und wenn es darauf ankommt, entstehen Sätze voller Misstöne und Fehler, die nach Kaufhausdurchsage klingen. Eine verrückte Welt.

Antonius kann sich nicht daran erinnern, in den letzten Jahren derart viele Stimmungsschwankungen und Gefühlsvarianten empfunden zu haben wie in den vergangenen 24 Stunden. Es ist wie eine Sternenexplosion. Dauernd passiert irgendwo wieder etwas Neues und er, der es nicht gewohnt ist und es eher sogar vermeidet, sich zu den alltäglichen Dingen mehr als notwendig in Beziehung zu setzen oder aber – wenn sie schon nicht zu vermeiden waren – ihnen einen Hauch von Exzentrik oder Sinnenfülle einhaucht und sie dann genussvoll zelebriert, er hingegen muss sich ständig mit etwas Neuem auseinandersetzen. Und ihm brummt der Kopf, obwohl Sisi die Platzwunde an der Stirn hat.

Sie sitzen eine Weile beieinander und trinken Minztee, jeder auf einem der Art-déco-Sesselchen, die mit verblasstem lilafarbenem Samt bezogen sind. Man spricht über dies und jenes, den Kurfürstendamm mit seinen wechselnden Geschäften, die Nachbarn und die Pläne für Silvester. Und irgendwann stellt Antonius die alles entscheidende Frage, auf die Sisi schon die ganze Zeit über gewartet hat. Während er sich umsieht, ihren Laptop und den riesigen Schreibtisch vor dem halbrunden Erkerfensterbogen im Visier hat und auf den beachtlichen Stapel ungelesener Zeitungen in dem überquellenden Korb unter dem Stuhl schielt, fragt er so nebensächlich wie möglich:

»Und Sie, was machen Sie so beruflich?«

»Ich schreibe für *Fairplay*«, sagt Sisi und glaubt, damit sei alles gesagt. So würde sie ihn schnell loswerden. *Fairplay*, das Männermagazin.

Antonius Mercur, der in seinem ganzen Leben noch nie ein Männermagazin in Händen gehabt hat – warum auch? – hält *Fairplay* allerdings nicht für eine Zeitung mit nackten Tatsachen, sondern für eine Sportzeitschrift.

»Hat das auch was mit Rennpferden zu tun?«, fragt er unschuldig. Denn Rennpferde sind für ihn der Inbegriff des Fair Play.

Sisi sieht ihn verblüfft an. »Manchmal auch – tatsächlich könnte man es durchaus auch so nennen. Das haben Sie schön umschrieben.«

Antonius ist sichtlich zufrieden und lehnt sich zurück, hat er doch wieder einmal etwas vom Leben der anderen verstanden.

Komischer Kauz, denkt Sisi. Der hat sie doch nicht alle. Aber irgendwie sympathisch. Sympathisch ungefährlich.

Der Alte Fritz und eine traurige Hirschkuh

Beglückt reißt Antonius das braune Packpapier des kleinen Paketes auf, das soeben in seinem Kunsthandel abgegeben worden ist. Sein Freund Aurelio Rosato, seines Zeichens wie Antonius ein Kunstliebhaber und mit ihm seit Schultagen befreundet (eigentlich sein einzig wirklicher Freund – Bekannte hatten die beiden auch schon einmal irrtümlicherweise für ein Paar gehalten), schickt ihm sein Geburtstagsgeschenk. Auf einer beigelegten Karte sind neben den Glückwünschen wenige Werkangaben zum Geschenk verzeichnet, die Antonius aufmerksam liest: *Tuschezeichnung von Robert Welsch, anlässlich der Ausstellung* Friedrich der Große *im Palais zu Berlin, datiert 1912.* Antonius pfeift anerkennend durch die Zähne, auch wenn ihm dies seine Mutter, selig soll sie sein!, in jungen Jahren vergeblich versucht hatte abzugewöhnen. In manchen Situationen muss es einfach ein Pfiff durch die Schneidezähne sein. Sein Freund hat keine Mühen gescheut, ihm eine außergewöhnliche Preziose zum Geschenk zu machen. Früher hatten sie sich zum Geburtstag stets getroffen. Mal in Berlin, mal in Zürich. Doch irgendwann wurde die Arbeit vorgeschoben oder was auch immer. Die lieb gewordene, zweimal jährlich stattfindende Tradition des Zusammentreffens wurde dem Alltagstrott geopfert, und schließlich sah man sich nur noch auf den Auktionen, was sie allerdings ausgiebig ausnutzten, um sich abends in den örtlichen Weinlokalen über Late Bottled Vintage Port oder Eiswein auszutauschen. Über die Kunst und über Persönliches. Zu Letzterem hatte Antonius nie viel zu berichten. Zu Ersterem dafür umso mehr.

Er hält seine Zeichnung gegen das Licht. Seine neue schwarze Tuschezeichnung, deren Originalität und Wert nur Antonius ermessen kann, da er die kleinen weißen Korrekturen sieht, die der Künstler am Kinn des Alten Fritz und am Pferdeschweif mit weißer Farbe vorgenommen hatte. Wunderbar! Er würde sie vorzüglich rahmen lassen. So ein außergewöhnliches Unikat. Glück! Ein Glück, das ihn vergessen macht, dass dies neben den guten Wünschen seiner Angestellten, die einzige Zuwendung war, die ihm heute übermittelt wurde. Oder noch nicht ganz.

Sisi sitzt vor ihrem Computer und beißt sich auf die Unterlippe. Noch drei Minuten, dann war das Angebot bei eBay zu Ende. Sollte sie jetzt bieten? Nein, noch nicht. Andererseits war ihr Computer sehr langsam und brauchte ohnehin mehrere Sekunden für den Übertragungsweg ihres Gebotes. Das hatte sie schon so manches Schnäppchen verpassen lassen. Und abgestürzt war die alte Mühle auch schon mehrmals. Mittendrin beim Bieten. Da war dann auch nichts mehr zu machen. Empty. 3-2-1 nicht meins.

»Dafür ist er virenfrei«, murmelt Sisi, wie um sich selber zu beruhigen, dass an dem alten IBM-Schleppi (denn schwer war der Knabe auch) doch noch irgendetwas Gutes zu finden sein müsste, was sein Bleiben in ihrem Büro entschuldigte. Noch 2.37 Minuten. Sisi hält es nicht mehr aus. Sie gibt ihr Gebot mit 6,10 € ab und drückt auf den »Bieten«-Button. Die Versandkosten liegen bei 12 €, das ist ziemlich hoch. Wieder einer dieser unverschämten Portowucherer. Sie bestätigt dennoch ihr Gebot.

»Überboten! Ich habe es gewusst, da ist noch einer dran. Mindestens einer. Das schaffe ich nie.« Sisi grummelt. Seit Opas vererbte Antiquitäten weniger werden, hat sie sich mit neuen Quellen anfreunden müssen. Flohmärkte sind keine gute Fundgrube, es sei denn, man steht schon morgens um sechs Uhr vor den müden und genervten Händlern, während die noch ihre Ware auspacken. Aber dann entdeckte sie für sich eBay. Und manchmal ist unter den selbst ernannten Dachbodenfunden und Erbstücken (erstaunlich, wie viele Menschen bei eBay versterben und was Brauchbares hinterlassen) auch etwas, was ihr gefällt und in ihre Art-déco-Galerie zu den anderen Antiquitäten passt. Doch das war dann meist schwer zu bekommen. Neulich, der wunderschöne Rauchverzehrer in Form einer chinesischen Pagode lag letztendlich bei 68 Euro, hatte Sisi resigniert den Laptop abgeschaltet. Heute gibt es da draußen irgendwo wieder jemanden, der das Angebot auch gefunden hat, obwohl es dilettantisch fotografiert und einer falschen Kategorie zugeordnet worden war. Tagelang ist nichts passiert, das hat sie beobachtet, und nun das. Sisi gibt noch einmal einen höheren Betrag ein.

»Bestätigen, verflixt«, murmelt sie. Doch siehe da, plötzlich ist sie die Höchstbietende.

»Gibt es doch gar nicht. Kann gar nicht sein. Na ja, die Auktion geht noch weiter.« Genau 1.56 Minuten. Sie rennt in die Küche zur Kaffeemaschine, Henkelpott nachfüllen und hopp über den Teppichansatz, hopp über Mops Conrad und wieder auf den Platz, dass der Schreibtisch bebt. 1.02 Minuten. Mops Conrad sieht sie entnervt an. Immer dieser selbst gemachte Stress, das hasst er.

»Mann, ist das wieder spannend.« Doch es tut sich rein nichts. Niemand bietet. Noch 48 Sekunden. Nichts. Auch die magische 30-Sekunden-Grenze, wo bekanntlich das Sperrfeuer der alten eBay-Hasen einsetzt, bleibt ruhig.

»Noch 10 Sekunden, ich glaube es nicht, ich muss noch mal was bieten ...« Doch ehe Sisi irgendetwas ausrichten kann, signalisiert der Computer, dass das Angebot beendet ist: *Der Artikel ist leider nicht mehr verfügbar.*

»Und wer hat ihn?«, ruft sie. Klick. »Ich! ICH! Ich hab sie. ICH!« Sie springt auf, rollt den alten Eames-Stuhl mit Schwung mitten ins Zimmer und klatscht wie eine Fünfjährige in die Hände. »Supi, supi!« Dann öffnet sie die Balkontür, um etwas frische Luft reinzulassen. Sie hat soeben ihre erste eigene Skulptur ersteigert. Keinen alten thüringischen Rauchverzehrer, dem ein Glasauge fehlt, keine angestoßene Vase von Carstens Sorau (die nicht angestoßenen kosteten ein Vermögen), nein, eine echte, tolle Skulptur. Kunst! Eine kleine Hirschkuh aus patiniertem Bronzeguss, die etwas verloren neben einem angedeutet modellierten Baum steht und traurig dreinblickt. Die eine Lefze zieht sie beinahe etwas trotzig nach oben, wendet sich aber dem Betrachter mit zurückgelegten Ohren zu. Sie ist eine frühe Werkstudie des Bildhauers Emil Schwantner. Aber der hatte sich nicht zweifelsfrei zu ihr bekannt und sie nicht einmal signiert. Deshalb findet Sisi sie so bezaubernd. So entzückend einsam und verloren. Dieser kleinen Hirschkuh muss man einfach ein neues Zuhause geben. Und für 6,56 € würde sie das in Zukunft gerne übernehmen.

Sisi reibt sich euphorisch die Hände. In solchen selten erlebten Gewinnersituationen ist sie ungewöhnlich mitteilsam. Es möchte aus ihr heraussprudeln wie ein Wasserfall. Und sie denkt an Antonius Mercur. Nun gut, sie kann ihm schlecht erzählen, dass sie ihr erstes, halbwegs bedeutendes Kunstwerk gekauft hat. Und noch dazu bei eBay. Und dann auch noch für schlappe 6,56 €. Das geht natürlich nicht. Aber sie kann ihn ja mal anrufen, ihre Stimmung ist prächtig, das möchte sie jemandem mitteilen. Und außerdem hat er heute Geburtstag, dieser kauzige Antonius. Das hat sie in den Unterlagen der Versicherung gelesen, die man ihr zugeschickt hat, um den Schaden für den Autounfall zu regulieren.

»Jetzt oder nie«, sagt sie sich zur Ermunterung und greift zum Telefonhörer. Selbstaffirmationen richten bei ihr immer etwas aus. Dank Monis Esoterikbüchern hat sie genug davon auswendig gelernt. Nur was dabei herauskommt, ist manchmal nicht vorherzusehen.

Antonius zündet ein Streichholz an und nähert sich der Kerze neben dem mit Puderzucker bestäubten Mini-Aprikosenkuchen, den ihm seine Haushälterin mit einer großen Schleife auf den Esstisch gestellt hat, als das Telefon klingelt.

»Hallo, guten Tag, hier spricht Sisi Wall.«

Stille und entferntes Rauschen in der Leitung.

»Sisi, Sie rufen an? Das freut mich aber sehr«, sagt Antonius höflich. Mehr fällt ihm nicht ein. Er freut sich wirklich riesig. Aber wie soll er das ausdrücken?

»Sie haben heute Geburtstag, ich wünsche Ihnen viel Glück, Gesundheit und G…« *Geld* will Sisi eigentlich sagen: die drei magischen Gs. Aber Geld hat Antonius mehr als genug, denkt sie, das braucht sie ihm nicht zu wünschen. Das wünschen sich nur ihre Freundinnen und sie untereinander.

»Ich meine natürlich Glück, Gesundheit und Erfolg«, verbessert sie schnell.

Antonius ist überaus verlegen, aber auch beglückt. Das Streichholz in seiner Hand, mit dem er seine Geburtstagskerze anzünden wollte, versengt ihm den rechten Daumennagel. Doch weder riecht noch spürt er es. Er ist in einer anderen Welt. Es hat jemand an ihn gedacht!

»Darf ich Sie einladen? Kommen Sie doch auf einen Geburtstagskaffee vorbei, ich habe einen wunderbaren Aprikosenkuchen geschenkt bekommen«, hört er sich sagen.

Und tatsächlich überlegt er schnell, ob er auch noch eine Flasche Champagner kalt stellen sollte. Nur so zum gemeinsamen Anstoßen natürlich. Er hat da eine ganz besondere Sorte.

»Das ist eine nette Idee, aber …«, sagt Sisi. Eigentlich möchte sie nur ihre einmalig gute Stimmung kanalisieren, und ihr Sigi ist mal wieder nicht in der Nähe.

»Vielleicht, sobald Sie können«, unterbricht Antonius

so ganz gegen seine Gewohnheit ihren Satz. »Spontan unter Bekannten, ich würde dann schon mal den Kaffee kochen.« Und das ist eine Aktion mit längeren Vorbereitungen, inklusive Kaffeesorten- und Filterauswahl. Antonius brüht sich bei besonderen Anlässen einen Kaffee nach alter Tradition im weißen Melitta-Porzellanfilter der Familie auf. Und sein Geburtstag ist diesen altertümlichen Umstand und die Gefahr der Verbrühung einfach wert.

Sisi hat kein Geschenk. Was soll sie Antonius Mercur überreichen, wenn er ihr die Tür öffnet? Kennt sie ihn gut genug für eine persönliche Anspielung? So spontan wie er zum Treffen eingeladen hat, so spontan fällt ihr eben keine Geschenkidee ein. Sie hat auch keine Geschenke in Lagerhaltung wie eine Bekannte, die in einer Kiste alle möglichen und unmöglichen Dinge von ihren Einkaufstouren hortet, um sie dann bei nächstpassender Gelegenheit jemandem zu schenken. Bei *Mia Flora* würde sie sich einen Strauß Blumen binden lassen. Lilien vielleicht. Oder was man einem Mann eben so an Blumen mitbringen kann, ohne ihm durch die Blume irgendeine missverständliche Botschaft zu schicken. Gelbe Blumen zum Beispiel können ausdrücken: Ich neide dir deinen Erfolg. Oder Rosen. Da braucht es keine weitere Erklärung, die ist im kollektiven Bewusstsein verankert. Auch blaue Irisblüten haben eine bestimmte Bedeutung, wie sie einmal auf den Internetseiten eines Blumenversandanbieters gelesen, aber wieder vergessen hat.

Sisi fühlt sich wie ein Teenager vor dem ersten Treffen mit dem Jungen aus der Zwölften. Was soll sie anziehen? So spontan? Und überhaupt. Um 20.00 Uhr würde ihre Freundin sie abholen für einen längst überfälligen Austausch der Neuigkeiten. Als Sisi ihre schwarzen Lieblingslackschuhe von Vivienne Westwood aus dem Regal zieht, die ihr einfach immer bei brenzligen Situationen das entsprechende Standing verleihen, muss sie zu ihrem Entsetzen feststellen, dass diese in Höhe des linken großen Zehs nicht nur eine erhebliche Schramme, sondern auch eine unübersehbare Triangel im empfindlichen Lackleder haben. Zu allem Unglück klafft diese auch noch wie eine offene Muschel.

»Oh nein, meine besten Schuhe. Na ja, nicht meine besten, aber meine Glücksbringer für besondere Momente. Die brauche ich heute, die muss ich wieder irgendwie zusammenkleben. Nur wie? Und wie so schnell?« Im Badezimmer findet sie den hochgiftigen Nagelkleber mit dem gelben Gefahrenzeichen. Der wird zweckentfremdet. Und weil sie ernstlich Gefahr läuft, beim Andrücken der frischen Klebestelle gleich auch mit dem Daumennagel am Lackschuh kleben zu bleiben, nimmt sie in Ermangelung jeglicher passender Werkzeuge für diese Reparatur die Rückseite ihrer Plastikzahnbürste zum Andrücken des Lederfitzelchens an die klaffende Lederstelle. Es funktioniert. Der Schuh ist provisorisch geklebt. Einem Treffen mit Antonius Mercur steht nichts mehr im Wege. Schnell noch in den schlichten schwarzen Rock mit den aufgestickten Pailletten geschlüpft und den schwarzen Rolli. Bestens.

Sisi sieht bestenfalls aus wie Tipi Hedren in Hitchcocks *Die Vögel*, wenn sie das will. Oder wie Gwen Stefanie an ihren schlimmsten fotografisch dokumentierten Leisure Days, wenn sie nicht will. Je nachdem. Es ist eine Frage der Stimmung. Und davon ist Sisi wie kaum eine andere Frau abhängig. Sicher, es gibt ein bestimmtes Grundgefühl. So etwas wie Selbstbewusstsein – sich seiner selbst bewusst sein. Und sicherlich hat das auch mit der Zufriedenheit zu tun, die grundsätzlich da ist. Schließlich lebt Sisi auf der Nordhalbkugel der Erde, hat genug zu essen, Trinkwasser, ein warmes Zuhause und einen Job, der ihr das alles sichert. Und das weiß sie zu schätzen. Und doch ist die Zufriedenheit launisch. Launisch verweigert die Zufriedenheit an manchen Tagen ihre Zusammenarbeit durch viele nervenaufreibende

Kleinigkeiten wie einem zu kleinen Parkplatz für das ohnehin kleine Auto, einem verklebten Honigglasdeckel oder einer Bratwurst mit Senf, die spritzend den Seidenschal ruiniert. Zufriedenheit ist relativ. Manchmal braucht es nichts, um zufrieden zu sein, und manchmal reicht alles nicht aus, um ein Lächeln hervorzuzaubern. Das ist schon kompliziert. Darüber nachzudenken ist aber jetzt keine Zeit, und schon eilt Sisi zu *Mia Flora*, um einen Herrenblumenstrauß zusammenstellen zu lassen, was auch immer dies sein mag. Jedenfalls ist sie mit dem Werk der Floristin zufrieden.

Antonius rotiert in seinem Salon wie eine gut gespielte Billardkugel. Er nimmt Champagnerflöten aus seinem Sideboard, breitet eine cremeweiße Leinentischdecke auf seinem runden Tischchen im Wintergarten aus, nimmt Urgroßmutters Geschirr mit den aufgemalten Schmetterlingen heraus, schaut dreimal nach dem gekühlten Champagner (der dadurch auch nicht schneller kühl wird, eher im Gegenteil das ständige Aufreißen der Kühlschranktür missbilligt), kämmt sich die Haare erst zum Seiten-, dann zum Mittelscheitel, putzt ausgiebig die Brillengläser und dann die Zähne. Er zieht sein Hemd über dem Bauch glatt, wundert sich, dass dieses etwas straffer sitzt als üblich, und würde diesbezüglich in den nächsten Tagen seine Haushälterin ansprechen, ob sie seine Hemden eventuell zu heiß gewaschen haben könnte. Dass Antonius aufgrund seiner allabendlichen Liebe zum italienischen Essen etwas zugenommen hat, daran denkt er nicht. Selbstbezichtigungen sind ihm fremd. Sie liegen weder in seiner Natur, noch wurden sie ihm durch eine italienisch-deutsche Erziehung beigebracht. Da kommt Antonius dann doch nach seinem italienischen Großvater, der seine eigene Lebensmaxime hatte: Leben und leben lassen.

Sisi und Antonius unterhalten sich prächtig. Nachdem sie zu zweit den kleinen Aprikosenkuchen aufgegessen und auch die Flasche Champagner leer getrunken haben, zeigt sich Antonius noch mehr von seiner charmanten Seite. Sein mit Mühe streng gescheiteltes Haar macht langsam was es will, und die ersten Locken drehen sich über seiner Stirn. Sisi schmunzelt. Irgendetwas sieht an Antonius ein wenig italienisch aus. Aber das kann sicher nicht sein, denkt sie. Der hat so viel italienisches Blut in sich, wie ich natürlich schwedenblond bin. Sie irrt sich gewaltig.

Antonius wird immer mitteilsamer. Er zieht sein Packpapierpäckchen von seinem Geburtstagstisch, auf den er den Herrenstrauß von Sisi gestellt hat und packt sorgsam das Bild vom Alten Fritz aus. Sisi nickt anerkennend.

»Ein schönes Bild, sicherlich ein Einzelstück. Und eine sehr alte Datierung.« Sie weist mit dem Finger auf die schmale Kalligrafie am rechten unteren Bildrand. Mit antiken Schätzen kennt sie sich dank Opa aus. Auch wenn sie selber sich selten so etwas leisten kann.

»Aber warum entwirft der Maler ein Plakat für eine Ausstellung im Jahr 1921 und datiert sein Werk zehn Jahre später? Da ist die Ausstellung doch längst zu Ende. Ein kurioser Fall, solche findet man auch bei eBay.«

Ein kurioser Fall? Antonius ist das noch gar nicht aufgefallen, schließlich war das ein Geschenk von Prof. Dr. Aurelio Rosato, die Auswahl eines Experten, die man auf keinen Fall bekritteln darf. Aber das weiß Sisi natürlich nicht, und darum ist Antonius ihr auch nicht böse. Scharfsinnig ist sie, denkt er anerkennend. Was sie alles sieht. Und was ist das mit eBay?, überlegt er weiter. Das Wort hat Antonius schon irgendwo mal gelesen. An einer Bushaltestelle auf einer Plakatwand waren echauffierte Personen fotografiert, die erfolgreich zählten: *3,2,1 – schon deins und nicht mehr meins*. Oder so.

»Was ist eBay?«, fragt Antonius, der kein Problem damit hat, eine Frage zu stellen und damit in irgendeinem Punkt in seinem Leben auch mal Nichtwissen zuzugeben. Dafür weiß er in anderen Punkten mehr als jeder andere – denkt er.

Sisi hat keine große Mühe, das Geschäftskonzept zu erklären. Wer kennt eBay nicht (außer Antonius)? Gegen ihn ist beinahe jeder ein alter eBay-Hase. Obwohl sie den Namen Hase seit ihrem Job bei *Fairplay* nicht mehr hören kann. Antonius ist begeistert. Sein Geschäftssinn ist geweckt. Ein internationaler Markt, der Tag und Nacht für Verkäufer und Kunstjäger zugänglich ist! Das ist aufregend. Doch er hat weder einen Internetzugang noch einen ordentlichen PC, noch ist er bei eBay angemeldet. Ratlos sieht er Sisi an.

»Ich möchte das aber kennenlernen«, sagt er fast trotzig. Trotzig, weil ihm offenbar seit geraumer Zeit gute Geschäfte entgangen sind. Zumal der traditionelle Kunsthandel ohnehin gerade im Umbruch ist. So scheint es zumindest. Wegen eBay? Er muss das Internet-Auktionshaus unbedingt bald einsehen und einschätzen. Antonius glaubt, dass müsse etwas ganz Großartiges sein.

»Sie können gerne mal bei mir vorbeischauen, dann zeige ich Ihnen an meinem Laptop die Internetseiten und wie das Konzept funktioniert.« Hoffentlich klingt das nicht zu aufdringlich, denkt Sisi. Doch Antonius ist begeistert.

»Gerne. Wohin kann ich kommen?«

»Zu *Art Déco Silber – Alles von Opa und Oma* am Kurfürstendamm. Ich habe da eine kleine Galerie. Und nebenan, da haben wir …« – die unglaublichsten Spitzennegligés aller Zeiten bei *Pitty Dessous & Shoes*. Aber irgendwie schluckt sie das Ende des Satzes runter.

»Ich habe zwei große Auktionen im Jahr, die das Geschäft bestimmen«, erklärt nun wiederum Antonius. »In der Zeit dazwischen muss ich Einkäufe tätigen, die Kataloge drucken, Ausstellungen vorbereiten und mich um neue Kunden kümmern.«

»Wie machen Sie das?«, fragt Sisi.

»Ich gebe zum Beispiel Anzeigen auf in den entsprechenden Fachblättern wie in *Ticks Antiquitätenschätze* und *Your Finest Private Gallery*.«

Sisi versteht das zwar, findet es aber etwas antiquiert.

»Es funktioniert. Aber die Kunden werden immer älter oder sterben ganz weg ...«, sagt Antonius ironisch.

»Dennoch habe ich in der vergangenen öffentlichen Winter-Auktion meinen Höchstumsatz von 15 Millionen Euro erwirtschaftet.«

»Da bleibt mir ja die Spucke weg«, rutscht es Sisi heraus. »Äh – ich meine natürlich, das ist aber beachtlich.«

»Ist es. Es sind aber auch schöne Stücke dabei gewesen: Ein Gemälde von Monet brachte das Höchstgebot, eine Skizze von Kirchner ging zum dreifachen Mindestgebot raus.«

Sisi nickt und denkt an ihre kleine Hirschkuh. Ihr wird das Herz plötzlich sehr schwer. Bleischwer. Da freut sie sich über eine Bronzeskulptur, von der nicht einmal sicher ist, dass sie überhaupt aus Bronze ist und die gerade mal den Wert einer Zigarettenschachtel hat, und dieser Mann hier setzt Kunstwerke um in Millionenhöhe. Wie gut, dass sie ihm nicht davon erzählt hat. Dabei verdankt sie es der kleinen Hirschkuh und der Freude über sie, dass sie hier bei diesem komischen Mercur in seinem staubigen Wintergarten sitzt.

»Ich gehe dann mal«, sagt sie. »Ich muss da noch was ausarbeiten.«

»Jetzt schon?«

»Na ja, es ist ja mitten in der Woche und morgen ist ja auch noch so viel zu tun.«

»Ich habe gedacht, dass ich Sie noch zum Abendessen einladen könnte. Es ist doch mein Geburtstag.«

Antonius bekommt große, traurige Augen wie ein Mops. In Sisi rührt sich folglich die Tierliebe und das Herz für ihre

Mitmenschen. Wenn jemand bettelt, da kann sie schlecht *Nein* sagen. Das war schon immer so.

»Wir können doch auch nachfeiern. Ein bisschen haben wir ja heute schon gefeiert. Und so haben Sie zweimal Geburtstag.«

Das leuchtet Antonius ein, der sich über manche Dinge freut wie ein kleiner Junge und ebenso leicht zu überzeugen ist.

»Sehr gerne«, sagt er. »Wie wäre es am Samstagabend? Ich möchte gerne mit Ihnen in mein Lieblingslokal gehen, wo es die besten gegrillten Doraden von Berlin gibt.«

»In zwei Wochen klappt es bei mir. Nächsten Samstag haben wir leider Inventur in unseren Läden. Und da sind wir vor Mitternacht nicht fertig«, erklärt Sisi, die ihren Schock über die 15-Millionen-Auktion überwunden hat. Sie hat schon genug reiche Leute interviewt, die zwar Geld auf der Bank, aber kein Herz oder keinen Verstand hatten. Also, das mit dem Mammon ist kein Grund, weiche Knie zu bekommen, sagt sie sich. Und außerdem: Was ist besser? Reich und dumm? Oder schlau und dick? Na? Schlau und dick ist natürlich viel besser! Abnehmen kann man immer, aber Verstand gibt es nicht zu kaufen. Sie schmunzelt über diesen uralten Witz von Paulina und freut sich auf sie, die jeden Moment vor ihrer Haustür stehen kann.

»Dann bis in zwei Wochen«, sagt Sisi und schlüpft durch die Tür.

»Bis Samstagabend, ich hole Sie gerne gegen halb acht ab«, sagt Antonius Mercur höflich, »und vielen Dank für den Herrenblumenstrauß. Er ist prachtvoll. Schön, dass Sie da waren …« Er möchte noch so viel sagen.

Herrenblumenstrauß? Die Floristin kennt also ihr Handwerk, und Antonius weiß das auch zu schätzen. Da sind die 45 Euro für den Strauß also doch nicht zu viel gewesen.

Alles nur ein Traum?

Sisi steht im Foyer des Berliner Grand Hotels, und noch während sie darüber nachdenkt, wo sie den Beamer für ihren Vortrag hernehmen soll, eilen beflissene Hotelbedienstete herbei, die Kabel bringen und Koffer mit Ersatzteilen. Um im Vortragsraum nach dem rechten Licht zu sehen, geht sie ein paar Schritte über den weichen roten Teppich, ihr offenes blondes Haar weht bei jedem Schritt – und plötzlich steht er vor ihr: Frederic. In einem schwarzen Maßanzug, einem hellen asiatischen Hemd mit Stehkragen und einem herausfordernden Lächeln der Extraklasse Marke Frederic.

»Du auch hier?«, sagt er mit dem Timbre eines alten Jazzbasses.

»Ich muss einen Bildervortrag über unser Kaufhaus der Sinne …«

»Ich auch«, sagt er. »Meiner wurde jedoch um eine Stunde verschoben, ich habe noch etwas Zeit für einen Kuss«, und schon zieht er sie an den Schultern zu sich heran, umfasst dann ihre Taille und mit der anderen Hand ihren Po, als gäbe es niemanden hier in diesem Saal, der zuschauen könnte. Dann drückt er ihr seinen Spezial-ich-schmelze-total-dahin-Kuss auf die Lippen … Sisi spürt seine breiten Schulterblätter, und ja, er hat immer noch diese phantastisch elektrisierende Wirkung auf sie …

Klingelbiiiiiiing! Das Schrillen des Weckers beendet jegliche Morgenphantasien. Sisi wird schlagartig in den regnerischen Morgen katapultiert und sitzt aufrecht im Bett. Die warme Decke fällt von ihr ab, und im Halbdunkeln tastet sie nach dem Wecker, der in selbstmörderischer Absicht vom

Tischchen springt, wenn man ihn nicht rechtzeitig davon abhält. Seltsam, so viele gute Dinge gehen im Leben mit der Zeit kaputt. Nur dieser rostige Wecker zum Aufziehen von Opa nicht. Sisi steht auf, schleicht leise zum Fenster, um Mopsi nicht zu wecken (der kann den Wecker so gut ignorieren wie Feuerwehrautos), und zieht mit zwei Fingern die Jalousie auseinander. Tropfen perlen im Untertopf der großen Palme, die traurig im kalten Regen steht. Schneeregen und Wind erwarten sie beide. Kein heißes Tête-à-Tête.

»Was für ein blöder Traum, dieser blöde Frederic. Ich habe heute Nacht von Frederic geträumt«, sagt Sisi zu ihrer Freundin Paulina, als sie zusammen in ihrer Lieblingsboutique in den umgebauten S-Bahn-Bögen stehen. Sie stimmen sich auf ihre Samstagnachmittag-Recherche-Tour erst mal mit einem Gratis-Sekt ein.

»Frederic? Nun, der war ja auch ein toller Typ … so von außen betrachtet«, antwortet Paulina und lehnt an der provisorischen Bar, die jeden Samstag Einkaufslustige in Sektlaune versetzt.

»Ja, das war es dann aber auch. Und dafür gab es auch mehrere Interessentinnen. So einen will ich nicht mehr …«

»Ich wundere mich, ehrlich gesagt, dass du von Männern träumst. Schließlich hast du deinen Sigi. Vielleicht kommst du durch deine hungrigen *Fairplay*-Leser doch so langsam wieder auf den Geschmack? Vielleicht könntest du Sigi mal generalüberholen lassen?«

»Oder mich«, sagt Sisi. »Es liegt immer an beiden, wenn es nicht mehr so funktioniert, erkläre ich meinen Lesern dauernd. Also los! Schauen wir mal, was die Konkurrenz an scharfen Teilchen anbietet, damit wir zumindest gut aussehen.«

»Und uns mit unserem Angebot bei *Pitty Dessous* von den anderen absetzen! Ich habe mir jetzt die neuen Kataloge von Belstaff bestellt. Vielleicht sollten wir auch noch scharfe

Lederjacken mit ins Sortiment aufnehmen? Nach den schwarzen Stiefeln jedenfalls wurde schon mehrfach gefragt.«

Das ist das Tolle an Paulina. Mode geht ihr über alles. Seit wir zusammen mit Moni diese drei Läden nebeneinander führen, haben wir die schönste und lustigste Zeit unseres Lebens. Wobei Lust durchaus eine Rolle spielt. Bei *Pitty Dessous* sind inzwischen mehr Stammkunden eingetragen, als es Leser des Männermagazins *Fairplay* gibt. Wobei dies andererseits, genau genommen, auch gar keine Leser sind, sondern eher visuell orientierte Wesen. Wie Kunstexperten sozusagen, die auch gerne Bilder betrachten. Antonius Mercur geht mir durch den Kopf. Was würde er wohl denken, wenn er mich in Aktion bei *Pitty Dessous* sehen würde? Wenn ich gerade in Vertretung von Paulina einer Kundin die Vor- und Nachteile von Stay-ups gegenüber Strapsen erkläre? Ein roter Kopf wäre die Folge. Wahrscheinlich bei uns beiden. Ich schmunzele.

»Woran denkst du?«, fragt Paulina.

»Ach, nur so vor mich hin.«

»Wo ist eigentlich Mops Conrad?«

»Vermisst du ihn?«

Paulina tut immer so, als ob sie den dicken Vierbeiner für einen verwöhnten Nichtsnutz hält, doch ist er mal nicht an meiner Seite, dann fehlt er ihr. Und wie.

»Er ist mit Herrn Kaloke am Wannsee unterwegs. Die beiden wollen heute mal schauen, ob sie einen Tee mit Rum im Ausflugslokal bekommen.«

»Und ein Stück Kuchen, wette ich. Er gibt ihm doch immer zu viel Süßes.«

»Nicht wirklich, Paulina. Er bekommt seine Hunde-Schokodrops und sonst nicht viel.« Wenn man die ein, zwei, drei Happen zwischendurch, das Butterhörnchen, seine Portion Hundesnacks und den Hauptgang nicht mitzählt. Gedankenverloren schaue ich aus dem Schaufenster auf die vorbeifahrende S-Bahn, nippe an meinem Sekt und summe vor mich hin.

»Wie findest du das für mich?«, fragt Paulina plötzlich.

Sie hat es wieder einmal geschafft, sich ein Kleid überzuwerfen, dessen Stoff sie umhüllt wie eine zweite Haut. Umwerfend. Ich sähe darin eher aus wie in eine Wurstpelle gezwängt. Marke Bockwurst. Mops Conrad muss seine Fress-Sucht ja von irgendjemandem abgeschaut haben. Von mir wahrscheinlich.

»Umwerfend«, sage ich, und beiße mir verlegen auf die Unterlippe. Wann wollte ich mit der Diät anfangen. Gestern? Vor einem Jahr? Nein, jetzt weiß ich es wieder: immer schon. So ist es!

»Paulina, das nimmst du. Du siehst wieder klasse aus.«

»Und du, was suchst du?«

»Ich denke, ein grauer Wollponcho, der bis zum Boden reicht, wäre heute mein Fall.«

»Sisi, du bist nicht dick. Du bist wohlproportioniert. Moni ist dick.«

»Sag das bloß nicht laut.«

»Doch. Eben nur nicht, wenn sie dabeisteht.«

»Jetzt weiß ich, warum du von Frederic geträumt hast.«

»Ich? Frederic, heute Nacht?«

Die Verkäuferin sieht mich interessiert an, während sie Paulinas Einkäufe verpackt. Kennt sie ihn etwa auch? Ich habe mich dann doch nicht für einen handgefilzten Wollponcho, sondern für ein Paar ausgesprochen hohe Lackstiefel entschieden. Schuhe kann ich auch kaufen, wenn ich mich wie eine Bockwurst fühle. Schuhe sind dankbar und passen immer.

»Ja, der Traum von Frederic.«

»Ach so, der ...«

»Ja, Frederic hat schwarze Haare. Beinahe italienische Locken wie von Michelangelo gemalt«, schwärmt Paulina.

»Locken?«

»Na ja, so weit ein Mann eben Locken haben kann, gewellte Haare, eben so wie, so wie …«

»Wie?«

»Wie dein Antonius Mercur.«

Punkt. Jetzt ist es raus.

»Wer?«

»Dieser Typ eben, der dir ins Auto gefahren ist und von dem du mir erzählt hast. Der stand doch mal vor dem Tabakwarengeschäft, als wir vorbeigelaufen sind. Du hast ihn mir doch gezeigt. Erinnerst du dich? Und geflucht hast du über ihn.«

»Was für ein Typ?«, frage ich, um Zeit zu gewinnen. Wie kann Paulina das alles noch wissen? Sie hat doch nur Mode im Kopf? Oder?

»Das möchte ich genauer wissen, warum du von dem träumst.«

»Da gibt es doch nichts zu wissen. Außerdem habe ich von Frederic geträumt.«

»Nie im Leben hast du das …« Und Paulina lacht, greift nach ihrer Einkaufsbeute und hakt sich bei mir unter.

»Los komm, das müssen wir Moni erzählen. Die ist bestimmt noch im Geschäft und sortiert ihre Liebesratgeber. Und Mopsi kommt auch gleich vom Wannsee zurück. Der braucht auch etwas zum Schlecken.«

»Da gibt es noch nichts zu erzählen.«

»Schon klar …«

Und ich wundere mich darüber, dass ich das Wörtchen *noch* benutze.

Außer dass ich heute fast aussehe wie eine Bockwurst und meine Freundinnen neugierig auf meinen Unfallgegner sind, spricht also nichts dagegen, sich mit diesem Kauz Antonius Mercur zu treffen. Und so sitze ich mit Antonius in einem italienischen Restaurant in der Nähe des Kamins. Ich kann ins Feuer sehen, während Antonius prächtig der Rücken gewärmt wird. Das Feuer knistert, und es kommt nicht von einer CD mit dem Titel *Kaminfeuer – das Original*. Herrlich ist der Abend, nur meine neuen Lackstiefel drücken an den unpassendsten Stellen. Ich habe mich schon lange nicht mehr so romantisch eingelullt gefühlt. Und ich beschließe, die Erkenntnisse dieses Abends für einen Artikel bei *Fairplay* zu nutzen. Mit den Erfahrungen würden einige Männer sicherlich ihre Liebsten überraschen können. Und *Fairplay* hätte ein bisschen Romantik bitter nötig, da es dort vor allem um nackte Tatsachen oder Verkaufszahlen geht. Was dort tatsächlich miteinander zu tun hat.

Antonius ahnt nichts von Sisis Gedanken und ist stolz. Stolz, in seinem Restaurant auf dem besten Platz zu sitzen mit einer sinnlichen Frau, die sich ein schmales schwarzes Abendkleid angezogen hat und mit ihrem hochgesteckten Haar aussieht wie diese Schauspielerin, deren Namen er gerade vergessen hat. Das schmeichelnde Kerzenlicht tut sein Übriges, und Antonius fühlt eine Wärme in seinem Schoß, die nicht von der feinen Stoffserviette herrührt, die er sich sittsam über die Oberschenkel gelegt hat. Seine Empfindungen verwirren ihn zutiefst und nehmen ihm etwas von seiner Selbstsicherheit, die er jedoch sofort wiedergewinnt, als er den Wein für das Essen aussucht. Da parliert er mit dem Kellner in wunderschönstem Italienisch, und nun ist die Reihe an Sisi, sprachlos zu werden. Dieser Kauz Antonius hat nicht nur italienisch gewelltes Haar (ihr nächtlicher Frederic-Traum!!!), nein, er spricht tatsächlich italienisch in einer Reinheit und Perfektion, dass sie das Gefühl hat, sie träume schon wieder. Wo hat, pardon, der Langweiler dies denn gelernt? Und noch dazu so perfekt? Rätsel über Rätsel, die Antonius auf ihre Nachfrage hin gerne beim Aperitif auflöst.

Er erzählt von seinem italienischen Großvater, der rigiden Mutter, dem sensiblen Vater und dem Landgut in der Toskana, das die herrische Schwester zu Tode verwaltet, anstatt endlich gute Weine zu keltern.

Und Antonius will natürlich alles über Sisi wissen, auch wenn er dies in seiner anerzogenen Zurückhaltung so explizit natürlich nicht äußern darf.

»Ich habe einen Bruder«, sagt sie leise. »Er ist Pianist und Komponist, wie mein Vater es gewesen war. Er ist gut, ist begabt, doch er hat nicht den Erfolg. Er hat zwar das Talent unseres Vaters geerbt, aber nicht seinen Esprit und seine Kraft, sich zu vermarkten. Er kann sich einfach nicht vor dem Publikum gut darstellen.«

Antonius nickt. Das kennt er. Publikum ist ihm verhasst.

»Unser Vater hat das geahnt und ihm noch auf seinem Sterbebett einige sehr gute Lieder komponiert, mit denen mein Bruder, wenn er sie nach und nach anbieten würde und immer den entsprechenden Erfolg eines Stückes auskosten und zelebrieren würde, bis an sein Lebensende gut verdienen würde. Selbst wenn er am Ende seiner Lebtage einige seiner selbst komponierten, schlechten Stücke spielen würde, das würde dann nach den ersten großen Erfolgen sowieso niemand mehr merken. Stattdessen spielt er die kostbaren Stücke des Vaters eins nach dem anderen vom Notenblatt ab in einer Vorort-Kaschemme und vergeudet sie am falschen Platz.«

»Und was hat der Vater Ihnen vererbt?«, fragt Antonius interessiert, der für Familientragödien immer ein Ohr hat, bescheren sie ihm doch stets einige interessante Objekte seiner Kunstsammlung, derer sich die genervten zerstrittenen Erben für ein geringes – zu Recht bezeichnetes – »Endgeld« entledigen wollten. Oder gute Stücke für seine Auktionen.

»Mir?« Sisi denkt nach. »Das Talent der Phantasie, glaube ich. Mein Vater war sehr phantasievoll in seiner Musik. Ich habe wohl seine Phantasie geerbt.«

»Und wie nutzen Sie diese?«

Sie sieht Antonius erstaunt an.

»Wie?«

»Ja: Wie? Was machen Sie aus Ihrem Talent, jetzt, da Sie es benannt haben?«

Sisi schweigt und denkt an *Fairplay* und ihre Artikel. Phantasie? Eher für die Männerhirne. Bei *Pitty Dessous* dreht sich alles um die Phantasie. Zelebrieren, vorbereiten, genießen ... Ja, irgendwo ist in ihrem Kaufhaus der Sinne tatsächlich Phantasie im Spiel – und wie!

Antonius bemerkt, dass sie ihre Augenbrauen zusammenzieht, was er bei seiner Großmutter stets mit schlechter Stimmung verknüpft hatte, und so fügt er beschwichtigend hinzu: »Ich habe zum Beispiel schnell erkannt, dass ich ein ruhiger Charakter bin und mit meinen Mitschülern weder im Sport noch anderweitig mithalten konnte.« Er räuspert sich verlegen. »Ich habe aber auch bemerkt, dass ich stattdessen eine unglaubliche Geduld aufbringen konnte, die Exponate unserer naturwissenschaftlichen Sammlung im Internat aufzuräumen, abzustauben und neu zu beschriften. Die Schmetterlinge, die ausgestopften Präparate, die seltsamen Objekte in den Spiritusflaschen. Einfach alles weckte mein Interesse. Ich bin der geborene Archivar, und ich nutze meine Geduld jetzt für das Schöne und meine Sammlungen.«

Den letzten Satz hat er nicht ganz ohne eine gewisse Selbstgefälligkeit gesagt, aber nur ein ganz klein wenig selbstgefällig, denn Antonius ist bescheiden und will sie nicht verärgern. Diese seltsame Frau, die da mit einer gut heilenden Platzwunde an der Stirn an seinem Kamintisch sitzt. Denn so toll sich Sisi auch herausgeputzt hat, die schorfige Platzwunde sieht man noch immer. Und klebriges Make-up wollte sie trotz Abendeinladung nicht darüber tun, das würde sich alles nur unschön entzünden und ... na ja, und so weiter ...

»Ich dachte anfangs, ich hätte gar keine Talente. Aber ich kann mich immerhin durch meine Worte ernähren. Schreibend ernähren. Das ist doch schon etwas«, sagt sie leise.

»Das ist viel. Mehr als manch anderer zuwege bringt«, und er nickt ihr aufmunternd zu. »Ich möchte gerne mal etwas von Ihnen lesen. Werden Sie mir mal etwas mitbringen?«

Sie schmunzelt und stellt sich das Gesicht von Antonius Mercur vor, wenn er das erste Mal ein *Fairplay* in Händen hält, mit Nackedeis auf Seite 1, 3 bis 17 und 19–33 und so weiter. Und irgendwo dazwischen platziert ihre Liebeskolumne oder mal eine Reportage über die Snowciety auf den Schneepisten bis zum Hoteleingang in St. Moritz. Nein, das ist nichts für Antonius. Es ist ja nicht einmal etwas für sie. Es ist eigentlich auch noch nie etwas für sie gewesen. Sie reißt alle ihre Artikel aus dem Magazinumfeld heraus, lässt den Rest im Papierkorb verschwinden und sammelt ihre Werke zu Hause in staubigen Aktenordnern. Und während sie so darüber nachdenkt, welchen Artikel sie Antonius Mercur wohl zeigen könnte, dann ist es einer aus der Zeit vor *Fairplay*. Sie müsste einfach mal herausfinden, ob ihre Liebes-Kolumne nicht auch bei einer anderen Zeitung einen Platz finden könnte. Einer ansprechenderen, tiefsinnigeren Lifestyle-Zeitung oder was auch immer für einem Magazin. Hier in Berlin gab es zig Redaktionen, und sie würde sich eine davon angeln. Das ist soeben beschlossen worden. Hier in diesem Restaurant am Kamin. *Fairplay* ist wirklich nur was für Männer.

Und Antonius, der ihre Gedanken weder erahnen noch erraten kann, erkennt dennoch instinktiv, dass etwas in ihr vorgeht, hebt das Weinglas und prostet fröhlich: »Auf Ihre Entscheidungen.«

Martino, der Kellner, bringt zwei gegrillte Doraden in einer Salzkruste, die er behände aufklopft und dann die Fische gekonnt in ihre Bestandteile zerlegt, die Gräten entfernt und mit zartem Gemüse auf den Platten anrichtet. Ein Augenschmaus im wahrsten Sinne des Wortes. Sisi ist glücklich, weil es etwas Gutes zu essen gibt. Und sie isst so gerne. Und als sie beide auch noch ein leichtes Vanille-Erdbeer-Sorbet zum Nachtisch vernascht haben, da ist ihr klar, dass unter der Schale des scheuen Kunsthändlers Antonius Mercur auch ein wackerer Esser, ja, nahezu ein Gourmet steckt, der sicherlich auch für andere Vergnügungen sinnlicher Art aufgeschlossen ist. Dafür kennt sie ihre Pappenheimer, für die sie schreibt, doch schon zu gut.

Antonius zahlt die Rechnung mit einem Wink, der für Sisi so viel bedeutet wie *Schreiben Sie es an, ich bezahle morgen.* Sicherlich ist die Rechnung irre hoch und das möchte er mir nicht zeigen, damit ich mich nicht schlecht fühle, denkt sie. Sie weiß ja nicht, dass er hier nie bezahlt, weil es sein Restaurant ist.

»Ich muss dann auch los«, sagt sie und sieht ihn verlegen an.

»Jetzt schon?«, fragt er. »Ich habe uns noch einen leichten Champagner kalt stellen lassen. Wir könnten die Stühle umdrehen und so ...«, er macht eine umgreifende Geste mit den Armen, »gemeinsam ein wenig ins Kaminfeuer gucken und uns was erzählen ...«

»Ich platze schon aus allen Pelznähten«, sagt sie. »Ups, ich meine, ich bin doch schon recht gesättigt. Vielleicht ein andermal.« Und ehe er noch etwas erwidern kann, ist sie schon aufgestanden und hat ihren Stuhl zurückgeschoben. Doch der aufmerksame Kellner Martino eilt herbei und fragt: »Was möchten Sie zum Abschluss trinken? Aufs Haus, natürlich! Ramazotti, Vino blanco, Prosecco?«

»Due Ramazotti«, sagt Sisi, lächelt und tut so, als ob ihr Aufstehen einem Gang zum Nasepudern gilt.

Im Bagno lächelt sie sich im Spiegel an. Gut, kein Pfefferkorn zwischen den Schneidezähnen. Das Haar sitzt auch noch. Nur: Wo ist ihr zweiter Ohrring geblieben? Der kleine Perlenohrring. Sie schaut in ihren Ausschnitt und kramt in ihrem BH, denn da war er schon einmal hineingefallen und hatte auf der rechten Brust ein bizarres, kurzweiliges Druckmuster hinterlassen. Doch sie findet ihn nicht. Seltsam. Doch kein Grund, sich die Stimmung verhageln zu lassen.

Als sie zurück ins Restaurant kommt, hat Antonius beide Stühle zum Feuer drehen lassen und ein Tischtablett für den Ramazotti organisiert. Seine italienische Seele blüht auf, und mit Ohrläppchen, die rötlich vor Aufregung schimmern, sitzt er vor dem Kamin. Ein bisschen sieht er von hinten aus wie eine Fledermaus mit rosa Ohren oder ein Gremlin. Sisi schmunzelt. Sie malt sich immer solche nahezu lächerlichen Bilder aus, wenn die Unsicherheit sie ergreift. Lieber über eine Sache lachen, als sich von ihr vereinnahmen zu lassen und nachher als die Angeschmierte dazustehen, lautet ihr Wahlspruch. Und dieser Kauz Antonius soll nur nicht denken, dass er sie mit so einem Kaminabend irgendwie beeindrucken kann. Schließlich hat er ihr das Auto kaputt gefahren, und das vergisst sie ihm nie.

Der kleine Amor sitzt auf dem Kaminsims und isst einen Cantuccino. Er ist ihm etwas hart, aber das ist der kleine Kerl schon gewohnt. Seine Jobs sind alles andere als leicht und härter als dieser Keks hier. Er baumelt mit seinen Beinchen und wärmt sich die Waden am Feuerschein. Ja, sagt er zufrieden zu sich, als er Sisi neben Antonius sitzen sieht, die beiden sind füreinander gemacht, sie passen perfekt zueinander. Sie wissen es nur noch nicht. Und fröhlich fliegt er mit seinem angebissenen Keks durch das Restaurant in die Küche, um in die Töpfe zu gucken. Nur ein paar Krümelchen auf dem Sims zeugen davon, dass er eben noch da war. Und das Leuchten in den Augen von Antonius.

Als sie beide lange genug ins Feuer geschaut und miteinander gesprochen haben, eilt Martino auf ein Zeichen herbei und bringt die Mäntel. Sie sind die letzten Gäste, hinter ihrem Rücken hat sich unmerklich das Lokal geleert. Und Antonius hat doch noch seinen vorbereiteten gekühlten Champagner bringen lassen, weil es einfach ein perfekter Abend war, wie er ihn so schnell nicht wieder erleben würde.

Es ist eine kühle, klare Nacht. Die Sterne funkeln am Winterhimmel und die Lichter der prächtigen alten Straßenlaternen tauchen die Straße in ein traumhaftes Licht. Amor hat wirklich alle Requisiten auffahren lassen.

Sisi geht ein wenig unsicher auf ihren neuen Lackstiefeln. Zu viel Alkohol und dann auch noch dieses Berliner Kopfsteinpflaster! Und beinahe nachtblind ist sie obendrein und kann im Halbdunkeln nur erahnen, wohin sie tritt.

»In Brera«, murmelt sie, »da haben sie extra für Frauen mit hohen Schuhen schmale Wege aus glänzenden Granitplatten zwischen die uralten Pflastersteine gelegt, aber hier ...«

Antonius schaut sie entzückt an und bleibt stehen.

»Sie kennen Milano?«

»Ein wenig«, sagt Sisi, »ich war mal beruflich dort.«

»Warum?«

»*Casabella*, das Architekturmagazin, ich habe mal für sie geschrieben ...«

»Verraten Sie mir Ihren liebsten Platz in Milano?« Für Antonius ist dies eine Frage, deren Antwort sein Leben bestimmen würde. Was sie jetzt sagt, das entscheidet etwas in ihm. Und er hält den Atem an. Was würde sie sagen? Der Dom? Mag sie am liebsten den Domplatz oder das Castello Sforzesco, oder die Scala oder die Pinakothek? Oder die verwunschenen Straßen und Hinterhöfe mit den kleinen Restaurants und Bars in Navigli?

»Mein liebster Platz in Mailand? Das ist nicht schwer«, sagt Sisi.

»Mein liebster Platz ist das *La Zucca* in der Galleria Vittorio Emanuele. Der Legende nach wurde hier der Campari erfunden.«

Antonius atmet wieder aus. Sie hat bestanden! Eine Frau mit Sinn für Geschichte, für Sinnlichkeit und La Dolce Vita.

»Ein Campari nach Art des Hauses mit Oliven und Chips ersetzt dort ein ganzes Mittagessen«, ergänzt Sisi pragmatisch und hätte damit durchaus die Euphorie von Antonius bremsen können. Aber dieser hört ihren Spar-Tipp gerade nicht.

»Es ist einfach wunderbar, dort zu sitzen und die Menschen zu beobachten. Das liebe ich wirklich.«

Diesen Satz hört Antonius wieder, und er nickt begeistert. Und schon kommen sie bei Sisi zu Hause an. Sie sucht den Schlüssel in ihrem schwarzen Perlentäschchen (von Oma). Wie soll sie sich bloß verabschieden? Es war ein wirklich netter Abend. Außergewöhnlich. Antonius nimmt ihr die Entscheidung ab. Er reicht ihr die Hand, zieht Sisi zu sich heran und gibt ihr ein Küsschen auf die rechte und eines auf die linke Wange.

»Danke für den wunderschönen Abend, den müssen wir unbedingt wiederholen. Ich melde mich gerne wieder«, sagt er.

»Ja, das war wirklich ein wundervoller Abend, danke«, und ein wenig verwirrt zieht sie ihre Hand aus seiner. Und als sie die Haustür geschlossen hat und sich am obersten Treppenansatz noch einmal umdreht, da steht Antonius noch immer vor der Haustür unter der Laterne und schaut ihr in das beleuchtete Treppenhaus nach. Welch schöner Abend. Ein schöner Abend mit einem putzigen Kauz. Doch so recht kann sie über diesen Witz nicht mehr lachen.

Doppelt nix wird ein Gewinn

Sisi wundert sich. Was hat sie bloß dazu bewogen, sich ausgerechnet für diese Stelle zu bewerben? Sie läuft die Straße entlang, und Mops Conrad kann kaum mithalten. Er wollte nicht alleine in der Galerie bei Moni bleiben. Und auch nicht bei der schönen Paulina im Kaufhaus der Sinne. Das hat er klar signalisiert, indem er sich kurzum direkt vor die Tür setzte.

Nimm mich mit, riefen seine kullerrunden braunen Augen. Und als das nichts half, schaltete er um auf seinen hypnotisierenden Spezialblick: *Du nimmst mich mit, okay?*

Tja, was sollte sie da tun? Also ab mit Mops zum Bewerbungsgespräch. Hat sie nicht schon genug Arbeit mit ihrer kleinen Art-déco-Galerie, mit *Pitty Dessous* und Paulinas High-Heel-Schuhladen? Zeit für Sigi bleibt da kaum noch und für andere Dinge schon gar nicht. Wann hatten sie das letzte Mal zusammen gekocht? Oder einen Ausflug gemacht? Oder all das andere, was Partner miteinander tun? Wochenendausflüge? Gemeinsame Gespräche am Kamin ... Sie erinnert sich an Antonius Mercur. Ja, das war ein Kaminabend – wie er im Buche steht, würde der Berliner dazu sagen. Aber wann haben Sigi und sie das letzte Mal solche Gespräche geführt? Nutzt man sich ab im Laufe der Zeit? Oder nutzt der andere sich ab? Sie hat eine Statistik gelesen, dass auch bei Paaren, die 25 Jahre und länger zusammen sind, die Glückshormone wie am ersten Tag fließen können – wenn beide es wollen und den anderen noch respektieren und lieben. Und doch häufen sich in ihrem Bekanntenkreis die Nachrichten über Affären, Trennungen, Versöhnungen.

Und auch die sogenannten A-, B- oder C-Promis lassen mit ihren On- und Off-Beziehungen den Wert der Liebe in einem fragwürdigen Licht erscheinen. Wenn es bei denen überhaupt Liebe ist und nicht nur PR-Getue. Nein, sie möchte wieder eine Chance für die Liebe. Mehr noch denn je. Und das würde sie in ihrer neuen Kolumne darstellen. Deshalb diese neue Stelle und diese zusätzliche Herausforderung.

Mops Conrad bleibt stehen. Es reicht ihm. 800 Meter im Dauerlauf und keinen Moment Ruhe, mal die Hundezeitung am Laternenpfahl zu lesen. Er setzt sich auf sein Hinterteil und schaut sie störrisch an.

»Mops Conrad, wir sind ohnehin schon spät dran. Gib Gas!«

Du bist spät dran. Ich nicht. Ich habe alle Zeit der Welt.

»Mopsi, nun komm, wir müssen doch pünktlich sein.«

Pünktlich? Pünktlich sind wir seit Jahren nicht mehr gewesen. Was ist das? Meinst du zehn Minuten Verspätung oder fünfzehn? Und er zwinkert listig.

»Coooonraaad, soll ich dich tragen?«

Ohhh, getragen werden – das wäre fein.

Sisi eilt auf Conrad zu, nimmt ihn hoch, was unendlich schwerfällt, denn Mopsi wiegt 13 Kilo. Conrad putzt sich derweil seine Pfoten an ihrem Mantel ab. So kommt Sisi mit einem schmutzigen Mantel, einem erschöpften Hund, strähnigem Haar und einem verschwitzten Gesicht zum Vorstellungsgespräch. Danke, Conrad!

Die Redaktion hat sich in einem alten Berliner Industriebau aus rotem Backstein eingemietet. Ziemlich hip auf den ersten Blick, wenn man davon absieht, dass an allen Ecken und Wänden noch gewerkelt wird und sich in null Komma nix weißer Feinstaub auf alles legt, was sich nicht schnell genug verdünnisiert. Also kommt auf das ohnehin schon ruinierte Outfit auch noch der Baustaub.

Im riesigen Fahrstuhl, der früher als Lastenaufzug für die Weberei diente, sucht Sisi nach ihrem Taschenspiegel, der natürlich zuunterst in die Beuteltasche gerutscht ist. Als sie ihn endlich gefunden hat, geht die Fahrstuhltür auf, und vier neugierige Augenpaare starren sie von ihren Schreibtischen aus an.

Wunderbar. Einfach klasse, mit dem Spiegel in der Hand erwischt zu werden wie irgendeine blöde Tussi.

»Der Baustaub setzt sich einfach überall hin«, sagt eine junge Frau in einem zipfeligen Trägerkleid und kommt fröhlich auf sie zu, während Sisi den Taschenspiegel mit dem Tigermuster wieder in ihrer Ledertasche versinken lässt.

Wenn hier jemals jemand einen Orden verdient, dann dieses Mädchen. Die hat die Situation gerettet mit ihrer Baustaub-Notlüge.

»Sie kommen bestimmt wegen der Stelle, der Verleger wartet schon auf Sie.«

Der Verleger?

»Ja, genau«, antwortet Sisi und folgt der jungen Frau durch die weite Etage in einige durch Milchglas abgeschirmte Büros. Kleine Denk-Cubicles mit PC-Anschluss. Gegenüber einem roten Mauser-Bauhaustisch wird sie platziert, die junge Frau bringt ihr noch eine Bionade und einige Karamellbonbons.

»Nervennahrung«, sagt sie leise und deutet auf die geschlossene Tür auf der rechten Seite.

»Das wird Ihnen bei ihm guttun. Habe ich immer dabei.« Dann ist sie schon weg.

Der Verleger Pit Krommel schiebt die Verbindungstür auf, als koste es sein Leben.

»Nur Idioten«, murmelt er. »Ich bin von Idioten umgeben.«

Dann sieht er Sisi. »Entschuldigung, ich meine natürlich nicht Sie.«

Sie hält ihm wortlos ein Karamellbonbon hin und sagt: »Nervennahrung, das tut gut.« Sie hat hier nichts zu verlieren, nur zu gewinnen. Und ein Mann, der von Idioten umgeben ist, muss der Oberidiot sein und auch ebenso behandelt werden. Da kennt sich Sisi aus. Er nimmt den Bonbon und grinst. Na also. Typ kleiner Junge im Chefkostüm. Mops Conrad schnauft. Wann bekommt er hier sein Karamellbonbon?

Doch dann zeigt Pit Krommel die Zähne.

»Sie haben sich für den Job beworben, der ist nicht einfach.«

»Das stimmt, aber Herausforderungen haben mich noch nie geschreckt.« Ich habe gerade einen beleidigten 13-Kilo-Mops mehrere Kilometer durch Berlin getragen. Was kann heute noch kommen? Sie schiebt ihr Karamellbonbon im Mund vorsichtig in die andere Backentasche, ohne wie ein Hamster auszusehen. Es scheint zu gelingen, denn er nickt anerkennend. Frauen mit verschwitzten Haaren machen ihn ganz nervös und setzen sein Kopfkino in Gang. Da denkt er an seine *Fairplay*-Ausgaben neben dem Bett, und schon brennen bei ihm die Sicherungen durch. Also stammelt Pit irgendetwas daher.

»Ihre Qualifikationen sind gut. Aber warum glauben Sie, dass Sie ausgerechnet für ein Kulturmagazin geeignet sind?« Zeit gewinnen, denkt er, damit ich wieder abkühle.

»Es ist ein Berliner Kulturmagazin«, sagt sie, »und Berlin kenne ich so gut wie meine nicht vorhandene Westentasche. Insidertipps, Kulturevents, Künstler-Entdeckungen, schicke Restaurants, verschwiegene Bars oder hippe Läden sind mir ein Begriff. Ich lebe hier, und ich lebe hier gerne. Davon würden die Leser mit den entsprechenden Infos profitieren. Außerdem habe ich mal für eine Kulturzeitschrift gearbeitet. Das ist allerdings zehn Jahre her. *Casabella* in Milano«, und sie lässt die letzten Worte wie ihr Karamellbonbon dahinschmelzen.

Das sitzt.

»Und Sie sind nicht auf den Mund gefallen und haben Führungserfahrung?«, fragt er irritiert.

»Ich kann ein Team leiten, motivieren und unterhalten, denn darauf kommt es an. Ich kann Spaß in ihm wecken, Spaß an der Arbeit und Talente fördern. Und ihm Mut machen, ungewöhnliche Themen anzugehen. Wir haben es geschafft, einen Laden mit hocherotischen Utensilien für die Zweisamkeit aufzumachen, ohne ihn wie einen Bahnhofskiosk oder einen billigen Sex-Shop aussehen zu lassen. Und wir haben deutschlandweit begeisterte Kundinnen. Auch daraus nehme ich meine Erfahrung. Zudem sind wir zweimal im Jahr auf den bedeutenden Modemessen. Zum Spaß und zur Recherche für neue Outfits und Trends. Auch davon würden Ihre Leser profitieren. Wie unsere Kundinnen: Sie sind die schönsten und erotischsten Frauen der Hauptstadt.« Was sagt sie da? Was um Himmels willen war in diesem Karamellbonbon? Ecstasy oder irgendeine andere Highflyer-Droge?

»Das stimmt. Das sehe ich an Ihren Unterlagen«, sagt Krommel.

Von draußen hört man das Brummen einer Kopiermaschine. Er sagt nichts weiter, sie sagt nichts.

»Stört Sie meine Arbeit für *Fairplay*?«, fragt Sisi ihn so selbstsicher wie möglich. »Kultur alleine macht nicht immer satt.«

»Nein«, sagt er. Im Gegenteil. Vielleicht könnte er durch sie sogar mal den einen oder anderen Hasen, ähem, Bunny, ähem, ein Bademoden-Model kennenlernen? Bestimmt kennt sie die alle persönlich.

»Wir hätten zwar lieber jemanden gehabt, der sich seine Sporen bei der *Bild*-Zeitung verdient hat, aber *Fairplay* als Männermagazin zeigt mir auch, dass Sie sich durchsetzen können. Und ein reiches Repertoire an Themen bearbeiten.« Jetzt kann er sich ein doppeldeutiges Grinsen doch nicht verkneifen. Und nun ist es Sisi, die nicht reagiert. Ja, an Themen würde es ihr sicherlich nicht fehlen.

»Sie haben Mut und Phantasie, das gefällt mir. Darauf kommt es bei uns an.«

Pit Krommel hat den Eindruck, das erste Mal an diesem Tag nicht nur von Idioten umgeben zu sein und nach einigen weitreichenden Fragen bezüglich ihrer Vergütungsvorstellung, eines ersten Themenvorschlags und administrativer Einzelheiten streckt er unwillkürlich die Hand aus und sagt: »Sie haben den Job. Und ich habe ein sehr gutes Gefühl dabei.«

Und das stimmt in jeder Beziehung.

Dann führt er Sisi und Mops Conrad durch die Büroräume und stellt ihr das Team vor. Sie fühlt sich ganz benommen und kann sich kaum einen Namen merken. Als er sie anschließend zurück zum Lastenaufzug begleitet, da ist er sich sicher, dass sie die richtigen pfeffrigen Ideen für dieses lauwarme Magazin bringen würde, so wie er es sich immer gewünscht hat. *Hot and spicy!* Er grinst wieder. Ein großes Berliner Kulturmagazin, vielleicht sogar mit überregionalem Anspruch. Das war es. Sie hat Mut und Phantasie, denkt er, als sich die Aufzugtür hinter ihr schließt. Sie schafft das. Und ich kann mich endlich etwas zurückziehen. Von diesen Idioten hier, fügt er gedanklich noch hinzu.

Sisi hat bei *Fairplay* gekündigt, doch der neue Vertrag kommt und kommt nicht per Post. Er kommt überhaupt nicht. Denn bevor irgendeine neue Redaktion aufgebaut werden konnte, wurde die kleine Zeitung von einem anderen Verlag aus der Schweiz übernommen. Der hat ganz andere Pläne. Tja – und Sisi, wie viele andere auch, steht jetzt ohne Job da. Nur ist es bei ihr kein existenzielles Problem, denn sie hat ihre Art-déco-Galerie und das Kaufhaus der Sinne. Sie schaut sich online auf ihrem Laptop ihre Kontostände an.

Mmmh, das ist nicht großartig, aber es wird für das nächste halbe Jahr für die Mietkosten reichen. Genug Zeit also, um die Galerie wieder ein bisschen mehr auf Vordermann zu bringen. War alles ein bisschen vernachlässigt worden in der letzten Zeit.

Antonius sitzt in einer Maschine der Swissair und fliegt nach Zürich. Sein Freund Aurelio Rosato hat ihn eingeladen, sein neues Geschäft einzuweihen und gleich nebenbei noch die eine oder andere Kostbarkeit für das eigene Sammlerherz bei einer Auktion in Zürich zu erwerben. Sie haben sich zwei Jahre nicht gesehen, es wird sicherlich viel zu erzählen geben. Er schaut in dem mitgenommenen Auktionskatalog mit asiatischen Antiquitäten auf die beiden schrecklichen Löwen mit den geöffneten Rachen. Diese Kultur scheint ihm unendlich fern. Sisi hat zwei kleine Fu-Hunde aus weißem Marmor hinter der Eingangstür zu ihrer bizarren Wohnung stehen. Daran erinnert er sich allerdings gerne.

»Feng und Shui«, hatte sie lachend gesagt und auf die beiden gezeigt. »Rechts das ist Feng, links das ist Shui. Die bringen Glück, die zwei. Und lassen nur gute Menschen in die Wohnung.«

Was sie jetzt wohl gerade macht? Ewig hat er nichts von ihr gehört, so kommt es ihm vor. Doch es ist gerade mal eine Woche her. Antonius nimmt sich eine Zeitung und liest über die *Chester Antiques & Fine Arts Show* auf dem County Grandstad der Pferderennbahn von Chester in England, um sich abzulenken. Doch es gelingt nicht. Sechs Tage Zürich. Wie soll er das nur aushalten ohne sein Zuhause, seine Spaghetti all'arrabbiata und ohne Sisi? Auch wenn er sie nicht sieht, so ist sie doch nah. In seinem Stadtteil. Ganz in seiner Nähe. Er könnte sie anrufen, sich mit ihr unterhalten. Auch wenn er dies ohne triftigen Grund natürlich nie tun würde. Warum denkt er eigentlich dauernd an sie?

Antonius schaut auf die wattegleiche Wolkendecke und knabbert verloren das Salzgebäck von der Fluggesellschaft. Viel hat sich verändert in den letzten Wochen. Hier in diesem Flugzeug kann er das erste Mal wieder in Ruhe darüber nachdenken. Zeit hat er dafür über den Wolken. Er beschließt, zu warten, wie sich alles in seinem Leben entwickeln wird. Abwarten – so wie er es Jahrzehnte zuvor getan hat und wie es seine Familie Jahrhunderte zuvor ebenfalls getan hatte. Abwarten und das Leben genießen wie sein italienischer Großvater. Doch eine nie zuvor gekannte Unruhe und Nervosität plagen ihn. Es ist nicht der Steward, der krachend die Coladosen öffnet, es ist auch nicht der röchelnd schnarchende Sitznachbar in der Reihe hinter ihm, der ihn stört. Nein, er kann die Unruhe erst beheben, nachdem er in seinen Kalender für den Tag nach seiner Rückreise eingetragen hat: *Sisi anrufen*. Dann geht es ihm besser, und er nickt traumlos ein.

Amor sitzt auf einer Tragfläche der Propellermaschine und lässt sich die Wolkenluft um die Nase wehen. Ja, Antonius, vieles wird sich ändern. Sei zuversichtlich und nimm es an. Ich bin da. Ich bin Amor. Fliegst du mit mir, dann ist alles gut.

Die kalte Krähe aus der Finsternis

Doro von der Mey ist eine Krähe. Also, nicht wirklich. Natürlich ist sie eine Frau. Sie ist eine Krähe in Bezug auf die Physiognomie ihres Gesichts und ihres Typs. Ein schmales, ovales Gesicht, das durch dauernde Diäten tieffaltig geworden war und das sie deshalb beim letzten Ayurveda-Aufenthalt auch gleich noch mit Botox nacharbeiten ließ.

Damit man sieht, was sie gebracht hat, die Ayurveda-Kur in Indien. Har, har! Schmallippig, mit gierigen, unsteten Augen steht sie bei ihren sogenannten Freundinnen an einem Stehtisch mit weißer Lacktischdecke und plaudert über die High Society der Intellektuellen, den Kunstmarkt, zu dem sie nie gehörte, weil sie nicht intellektuell ist, auch wenn sie es gerne gewesen wäre. Mehr als zur Ehefrau eines berühmten, reichen Mannes hat sie es bisher in ihrem Leben nicht gebracht. An keinem der Feste mit seinen Freunden (Politiker, Schriftsteller, Wissenschaftler) konnte sie auch nur durch einen einzigen klugen Satz auf sich aufmerksam machen. Und nun war der alte Sack auch noch vorzeitig gestorben. Ihre Trauer um ihn hielt sich wirklich in Grenzen und konnte schnell durch das stattliche Erbe beendet werden. Über ihren Lebensunterhalt oder gar eine berufliche Aufgabe braucht sie sich keine Sorgen mehr zu machen.

Doch was tun, wenn der berühmte Mann plötzlich tot ist und die schicken Einladungen ausbleiben? Und die Zeitungen auch nicht mehr über einen schreiben, weil man nichts Nennenswertes aus seinem eigenen Leben zu berichten hat? Irgendwann ist auch die Witwe eines berühmten Mannes als Thema nicht mehr von Interesse, wenn nix Neues passiert.

Man könnte ja was in Charity machen, oder eine Stiftung gründen, oder sich irgendwie sozial engagieren, oder das Erbe durch gezielte Finanzanlagen vermehren und zur Geschäftsfrau werden. Aber das ist Doro alles zu viel Engagement und vor allem zu viel Arbeit. Und Arbeit hasst sie. Scharwenzeln, Klatsch und Tratsch verbreiten, die Nachbarn in den Chalets madig machen – das ist ihr Metier, doch auch das langweilt sie schnell. Allerdings nicht so schnell wie das Wort *Arbeit*. Und so jettet sie zwischen ihren drei Wohnsitzen Berlin, Miami und Gstaad unwillig und faltig hin und her. Denn auch Botox hat eine Halbwertszeit.

Bis zu jenem Tag, als sie auf einer Auktion, zu der ihre Freundin Candida sie mitnahm, den schüchternen, aber interessant aussehenden Antonius Mercur kennenlernte. Da war ihr Jagdfieber wieder ausgebrochen, und ihre kalten Krähenaugen zuckten aufgeregt unter den angeklebten Wimpern. Und dass der auch noch mehrere Millionen in seiner letzten Auktion umgesetzt hatte und über einen echten Max Liebermann verfügte, das ließ die berechnende Krähe mit sehniger Hand umso heftiger und gnadenloser das arme Champagnerglas umgreifen. Wäre der Stiel des Glases ein Hühnerhals gewesen – nur mal so als Gedankenspiel – so wäre das arme Huhn in diesem Moment röchelnd verstorben. Was Krähe Doro mal in ihrer Kralle hatte, das ließ sie nur noch tot zurück. Was ein belegtes Familiencredo war. Ihr verblichener Ehemann unter den Stiefmütterchen war der Beweis.

Doro versuchte mehrmals, mit Antonius Mercur in Kontakt zu treten. Doch er hatte ihr persönliches Interesse an seiner Person gar nicht bemerkt. Als sie ihm einen Brief, versehen mit dem aufgedruckten, berühmten Namen ihres Mannes, zuschickte, und vorgab, sich für seine Kunstsammlung und das Auktionshaus zu interessieren, da ließ er ihr freundlich von seiner Praktikantin einen Auktionskatalog zuschicken wie er es auch bei allen anderen Kunden zu tun pflegte.

Und als sie ihn persönlich anrief, um nach dem Gutachten des Max Liebermann zu fragen, verwies er sie höflich aber bestimmt auf die Expertisen eines renommierten Kunstexperten, dessen Telefonnummer er ihr weitergab.

Doro hasst es, wenn sie in ihren Bemühungen nicht weiterkommt. Sie will schnelle, klare Erfolge. Aber wie? Sie hat die Kunstmagazine *Ticks Antiquitätenschätze* und *Your Finest Private Gallery* abonniert, um in den Anzeigen von Antonius Mercur zu sehen, wo er sich gerade aufhält, womit er sich beschäftigt und was er an Werken anbietet. Sie besucht die Art Cologne, sämtliche wichtigen Auktionen und fliegt sogar zu den Herbstauktionen nach New York, nur um ihn vielleicht zu sehen. Doch Antonius ist kein Freund des Lobbyismus, auch nicht in der Kunst. Zwar ist es gerade ein Grund für viele Kunstfans zu den Auktionen oder Messen zu reisen, um auf so vielen Partys wie möglich zu sein – das ist dort das A und O. Doch ist Antonius jegliches Klüngel- oder Partywesen verhasst. Den einzigen Freund, den er wirklich gerne wieder trifft, das ist Aurelio Rosato in Zürich. Von den Partys, sorry, den Events, anlässlich der Kunstmessen hält er sich strikt fern. Nicht nur, weil er sie nicht mag. Sondern meistens weiß er gar nicht, wo sie gerade stattfinden. In welchen Lofts, In-Kneipen oder Industrieanlagen. Oder er ist zu sehr mit dem Essen in einem guten Restaurant beschäftigt, als dass er ein Cassoulet mit frischem Salbei und Äpfeln für ein Kunstfest in einem feuchten Baseler Gewölbekeller oder an einem türkisfarbenen Pool in Miami opfern würde.

Doch wenn Doro sich etwas vorgenommen hat, dann bekommt sie es auch. Trotz unvorteilhaft dünner, beinahe knabenhafter Figur, die sie zäh wirken lässt, trotz starrer, kalter Augen, trotz unsinnlicher Lippen: Sie hat einen eisernen Willen, und der akzeptiert kein »Nein«. Und was der liebe Gott ihr nicht an Schönheit, Grazie oder Charme verliehen hat, um einen visuell orientierten Mann zu betören, das hat der Teufel ihr an Arroganz, Bosheit und Hinterlist gerne ausgleichend dazugegeben, um einen Mann zu übervorteilen und zur Strecke zu bringen.

Und so stellt sie dem armen Antonius nach. Sie sucht sein Auktionshaus auf und besucht seine Ausstellungen, sein Umfeld, schaut ins Handelsregister und ins Telefonbuch. Und zum Schluss, ja, ganz zum Schluss, da mietet sie ein Loft über den Dächern von Berlin an und gibt ihrer kunstinteressierten Freundin Candida seine Adresse. »Den lädst du zur nächsten Vernissage mit einer Flasche Wein persönlich ein. Klar?«

Candida nickt. Warum nicht? Wenn er ein guter Kunde sein könnte. Doch Doro hat noch etwas anderes im Sinn. Am Abend nach der Vernissage würde sie auch ihre Einladungsparty in ihrem Lounge-Loft geben und Antonius dazu einladen.

Der Aufzug fährt ununterbrochen rauf und runter. Rauf und runter. Beladen mit schweren Sekt- und Weinkisten, die Doro in ihr Loft schaffen lässt. Der Getränkekutscher schwitzt. Der alte Aufzug ächzt. Beinahe kapitulieren beide vor ihren Aufgaben, doch Doro duldet keinen Zusammenbruch.

»Die Wasserflaschen kommen hierher«, kommandiert sie. »Und dorthin bitte den Wein. Weiß links, Rot rechts, bitte.«

Immerhin sagt sie *Bitte*, die blöde Kuh. Und zahlt gut, denkt der Bierkutscher. Er kann sich nicht erinnern, wann bei ihm das letzte Mal jemand solche Getränkemengen bestellt hat, sie sich teuer anliefern ließ und zudem die entsprechenden Gläser, Kühleinrichtungen und Tischdecken gleich mitorderte. Lange her. Gutes Geschäft. Und er buckelt die Weinkartons von A nach B. Wie war das? Weiß rechts, Rot links. Oder wie? Na bitte, geht doch noch. Und schon richtet er die Flaschenetiketten in eine Richtung aus, damit die wohlfeilen Herrschaften wissen, was sie trinken.

Es klingelt wieder. Zwei junge Mädchen vom Blumenservice tragen bereits fix und fertig bepflanzte Balkonkästen zur Tür herein, die passgenau in die weißen Balkonkübel des Lofts eingesetzt werden. Zack! Denn Doro würde nie mit Blumenerde oder Pflanzenwurzeln hantieren. Igitt! Dafür gibt es Gärtner. Riesengroße Sträuße, eigentlich mehr halbe Büsche, mit Flieder werden ebenfalls geliefert. Immerhin stellt Doro die meterhohen Baumstrünke eigenhändig in die vorbereiteten Bodenvasen. Das ist aber auch schon ihre ganze helfende Arbeit für diesen Abend – mehr nicht.

Denn auch der Cateringservice rollt soeben an. Mannshohe Wagen mit feinstem Fingerfood, Kaviarpasteten, Dessert-Törtchen, Espressotassenbergen und – das Schönste – kleinen silbernen Etageren, auf denen später die zartrosa Petits Fours gereicht werden. Doro macht nun wirklich nichts selber. Aber sie hat an alles gedacht. Und Ziel ihrer umfangreichen Planungen und immensen Anstrengungen ist, die aufregendste, bestorganisierte, interessanteste und erfolgreichste Lofteröffung des Jahres in Berlin hinzulegen, um Antonius Mercur zu imponieren, zu schmeicheln – und um ihn zu erlegen. Ganz nach ihrem alten Jagdprinzip, das bei ihrem verstorbenen Mann vorhersehbar geklappt hatte.

»Doro, kommst du kurz zu uns?«, fragt ihre Freundin Candida.

Doro pfeift in ihrem Schlafzimmer ein Lied und richtet weiße Rosen auf ihrem Glastisch neben dem Bett aus. Man weiß ja nie, wie weit die Eroberungskünste heute Abend gehen würden, deshalb mal lieber alles picobello vorbereiten. Ja, sie ist zufrieden. Sie hat sich eine von diesen hippen

Jeans gekauft, die einen mega-knackigen Hintern zaubern. Dazu kombiniert sie eine ihrer maßgeschneiderten Blusen mit eingestickten Initialen, von der sie die oberen Knöpfe auflässt, sodass man die ebenfalls von der pfiffigen Verkäuferin empfohlene Kette aus Muranoglasperlen, Federn und afrikanischen Nussscheiben sehen kann. Doro spielt heute Abend mal Boheme. Lockere, unkomplizierte Künstler-Boheme. Das ist ihre Masche, nachdem sie herausgefunden hat, dass Antonius sich offensichtlich mit einer jungen Möchtegern-Intellektuellen (sie meint Sisi) zum Abendessen getroffen hat. Da muss und will Doro nachlegen. Sie würde es mit Sisi aufnehmen und hat – ohne es zu wissen – den Umsatz von Paulina erheblich gesteigert. Denn nur hier gibt es in unmittelbarer Nähe die hippsten Teilchen, das weiß auch Doro.

Antonius ahnt nichts von alledem und sitzt über neuen Auktionskatalogen in seinem Büro. Die Sekretärin verabschiedet sich gut gelaunt, nicht ohne ihn noch einmal auf die Einladung zur Vernissage hinzuweisen.

»Sie müssen ja nicht lange bleiben. Kurz vorbeischauen und sich sehen lassen. Ein Gesichtstermin im Berliner Stadtleben mit einer Einweihungsparty«, muntert sie ihn auf.

Doch Antonius braucht keine Aufmunterung. Er braucht etwas gegen sein Lampenfieber. Denn er hat Sisi eingeladen, ihn zu dieser Vernissage kurz zu begleiten und danach – wie sollte es anders sein – noch ein schönes gemeinsames Abendessen bei seinem Lieblingsitaliener einzunehmen. Sie haben sich seit seiner Zürichreise nicht mehr gesehen. Es gibt so viel zu erzählen. Mehr noch. Er will sie endlich wiedersehen.

Und auch Sisi fiebert. Sie hat sich eine leichte Erkältung eingefangen und ist wirklich nicht ganz fit. Zudem stürzt sie die Sache mit dem entgangenen Job in eine mentale Ratlosigkeit, die sie jedoch mithilfe der Intuition lösen will. Es wird das Richtige für mich kommen, murmelt sie mehrmals am Tag vor sich hin.

»Wenn dieser Job nichts geworden ist, dann haben die Engel noch etwas weit Besseres für dich vorbereitet«, hat Moni tröstend erklärt, als sie gemeinsam in der kleinen Galerie saßen und zur Beschäftigung das angelaufene Silberbesteck putzten.

»Du musst nur darauf vertrauen. Schlimmer als bei *Fairplay* kann es gar nicht werden. Die Entscheidung, dort wegzugehen, war längst überreif. Denk an das miese Karma dieses Magazins. Das waren zwei Jahre zu viel, das habe ich immer wieder versucht, dir klarzumachen.« Und während sie Monis Worte vor sich hinmurmelt (denn sie glaubt, dass die Engel besser zuhören können, wenn sie alles ausspricht und nicht nur denkt), brüht sie sich noch einen Holunderblütentee auf, damit die Erkältung nun wirklich keine Chance bekommt.

Sollte sie Antonius davon erzählen, dass sie nicht mehr Kolumnistin bei *Fairplay* war? Sollte sie ihm sagen, dass sie sozusagen aufs falsche Pferd gesetzt und verloren hatte? Dass der Berliner Verlag, bevor er ihr den Vertrag schicken konnte, bereits bei einer Fusion draufgegangen war?

Mmmmmh. Seit sie diesen komischen Kauz kennengelernt hat, geht einfach alles schief. Ihr Auto ist kaputt, den Nebenjob ist sie los und immer, wenn sie ihn trifft, ist sie nicht in Hochform. Mal mit einer klaffenden Schramme an der Stirn, die er sogar noch verursacht hat, mal mit einer Erkältung, die nun gottlob mal nicht seine Schuld ist. Aber was soll's! Bloß nicht zu viele Gedanken machen, es kommt ja heute Abend nicht darauf an.

Als die Haustürklingel rappelt weiß Sisi nicht, ob sie wegen des heißen Tees so schwitzt oder vor Aufregung. Sie wischt sich mit einem Küchenkrepp über die fiebrige Stirn, eilt zur Sprechanlage und ruft: »Ich komme runter« in den Apparat.

Antonius tritt vor dem Haus von einem Bein auf das andere. Wie sollte er sie begrüßen nach so langer Zeit? Was sollte er als Erstes sagen? Sollte er mit einem Bericht über die Reise nach Zürich beginnen?

Die Tür geht auf, und alles fügt sich von alleine. Mops Conrad springt an Antonius hoch und verlangt nach Aufmerksamkeit. Nach einem ausgiebigen Mops-Streicheln geht Antonius auf Sisi zu, reicht ihr die Hand und zieht sie nach seiner Art vorsichtig an sich heran. Als er keinen Widerstand spürt, drückt er ihr einen zarten Kuss auf die rechte und einen auf die linke Wange. Dann sieht er sie strahlend an. So strahlend wie man als Mann mit glatt gegeltem Haar, einer rot leuchtenden Krawatte und zweifarbigen Borsalino-Schuhen eben strahlen kann. Sisi ist ein wenig verlegen und schwitzt weiter.

»Ich muss Conrad mitnehmen. Sigi kann heute Abend nicht auf ihn aufpassen, weil er ein Seminar für seine Studenten hält …«

»Wer ist Sigi?«, fragt Antonius interessiert, bekommt aber keine Antwort, weil sich Mops Conrad in diesem Moment mit der Leine um einen Baum gewickelt hat und Sisi ihn erst befreien muss. Antonius nimmt sich vor, später noch einmal nachzufragen.

Sie schlendern nebeneinander her und plaudern. Ein lauer Abend ohne Regen, scheint es. Doch der Schein trügt. Im nächsten Augenblick kommt ein Sturzbach vom Himmel, und beide suchen unter der Markise eines Schuhgeschäftes Schutz. Nachdem sie eine Zeit lang verlegen auf die Auslagen geschaut haben, sagt Sisi:

»Kennen Sie das Schaufensterspiel?«

»Das was?«

»Das Schaufensterspiel. Aus jedem Schaufenster darf man sich etwas aussuchen. Ein Stück. Natürlich nur so in Gedanken. Das kann ganz schön schwer werden, wenn man wie jetzt vor einem Laden mit orthopädischen Schuhen steht.«

Antonius hat das Spiel schnell begriffen. Und findet ein Paar Ledertreter, die nicht ganz so schlimm aussehen wie alle anderen.

»Ich nehme die mit den hellblauen Riemchen, obwohl es eher Riemen sind, die sich da um das Fußgelenk legen.«

Antonius schmunzelt. Ja, diese Schuhe sehen doch anders aus als ihre Lackstiefel, die sie bei unserem letzten Treffen trug. Und er schaut verlegen auf die Preisschilder, um sich von seinen Gedanken abzulenken.

So hüpfen sie von Markise zu Markise, von Schaufenster zu Schaufenster, spielen das Spiel und kommen der Galerie, in der die Vernissage stattfindet, immer näher. Mops Conrad ist begeistert. Endlich mal ein Spaziergang im Regen unter den Markisen der Geschäfte. Sonst wird er immer durch die Straßen gezogen, ob es stürmt oder schneit ist ganz egal.

Und auch Antonius ist begeistert. Noch nie hatte er im Regen so viel unbekümmerten Spaß wie mit Sisi und Mops Conrad. Er kennt zig Frauen, die bei Regenwetter maulen oder jammern: meine Schuhe, meine Haare, meine Seidenbluse. Sie sind eine Spaßbremse, falls Mann vorher mit ihnen überhaupt Spaß gehabt hatte. Aber Sisi scheint der Regen nicht viel auszumachen. Sie macht was draus, obwohl sie doch ein bisschen nass geworden ist. Trotz raschen Unterschlüpfens unter die nächste Markise konnten sie den Regen nicht ganz austricksen.

Sisi hingegen will einfach nur eine peinliche Situation umgehen. Mit einem beinahe unbekannten Mann unter einer Markise zu stehen und vom Dauerregen abgehalten zu werden, etwas Sinnvolles zu unternehmen, oder dann gar ein aufgezwungenes Gespräch zu führen, das will sie auf keinen Fall. Dann lieber das Schaufensterspiel, das kurzweilig ist und obendrein zeigt, ob ein Mann flexibel, fröhlich und vielleicht auch ein bisschen skurril ist – so wie Sisi sie mag.

In der Galerie kocht es. Vor Menschen und vor Wut. Denn Candida hat die beiden längst erspäht, die sich durch den starken Regen zur Galerie vortasten. Und sie hat auch Doro bereits herbeigewunken, die sich aber von ihren Zuhörern nicht trennen will, weil sie endlich mal im Mittelpunkt steht. Außerdem kann Doro die wild fuchtelnden Zeichen von Candida nicht deuten. Sie erwartet Antonius jeden Moment, und der soll sie bitteschön begehrt und umringt im Berliner Kunstleben vorfinden und nicht neben einer offensichtlich dem Wahnsinn nahen Candida. Manchmal geht sie ihr wirklich auf die Nerven. Eigentlich immer. Aber sie ist die Einzige, die mit ihr die Jahre freundschaftlich überdauert hat, und immerhin ist es ihre Galerie, in der Doro ihr Netz auslegt. Alle anderen Freundinnen von Doro haben sich entweder abgewandt oder sind schlichtweg umgefallen, was in ihren Kreisen durchaus häufiger vorkommt.

Antonius Mercur bahnt sich ruhig einen Weg durch die Menschenmenge. Und weil er befürchtet, dass ihm Sisi dabei verloren geht, was bei dieser großen Anzahl von Gästen durchaus möglich wäre, nimmt er aus rein pragmatischen Gründen ihre Hand. Vor den ersten Bildern bleiben sie stehen und schauen auf die in Schwarz und Weiß gehaltenen Bauhaus-Collagen. So viele Menschen sich auch in der Galerie drängen, vor den Exponaten ist genügend Platz, um eine Schülergruppe im Volleyballspiel zu trainieren.

»Möchten Sie etwas trinken?«, fragt eine junge Studentin mit einer weißen Bistro-Schürze. »Wir haben Weißwein, Rotwein und Wasser.«

»Wasser, bitte«, sagt Sisi.

»Für mich auch«, sagt Antonius. Die junge Frau kommt mit zwei Gläsern zurück und lächelt. Für Mops Conrad hat sie eine leere Salzstangenbox mit Wasser gefüllt und stellt sie ihm vorsichtig auf den Boden. Dann verschwindet sie in der Menschenmenge.

Doro hat Antonius längst im Visier. Als er zur Tür hereinkam, erkannte sie bereits seinen kantigen Kopf und die rot leuchtende Krawatte mit Einstecktuch. Doch was folgt ihm da in einem dünnen Mäntelchen? Eine Vogelscheuche? Und dann dieser fette, faltige Hund an der Leine. Doro schäumt. Das muss diese neue Intellektuelle sein. Warum ist die denn hier aufgetaucht? Die würde sie gleich hinauskomplementieren. Die hat sie nicht eingeladen. Die gehört nicht hierher in diese feine Gesellschaft. Entweder es geht leise ab, oder sie muss ihr gleich eine lautstarke Szene machen, damit sie nie wiederkommt. Doro lässt ihren Bekanntenkreis (Freunde sind es ja nicht) stehen und stürzt auf Antonius zu. Doch ehe sie ihn erreichen kann, sieht sie etwas, das ihr fast einen Herzstillstand einbringt: Antonius zieht an der Hand von dieser Vogelscheuche. Mehr noch. Er scheint ihr den Weg zu bahnen und sie mitzunehmen. Oh Schock! Wenn er sie mitgebracht hat, dann könnte sie sie unmöglich rausschmeißen. Wie würde das denn aussehen?

Sekundenschnell *Plan B*! Sie steuert auf Antonius zu und girrt: »Herr Mercur. Wie schön, dass Sie kommen konnten.«

»Ja«, sagt er höflich, als er vor Doro steht. »Es passiert doch viel im Kunstleben. Ihre Freundin hat eine gute Auswahl getroffen.« Sachlicher hätte man das wirklich nicht ausdrücken können. Antonius reicht ihr die Hand, die Doro an sich reißt und an der sie ihn mit sich fortzieht, bevor er überhaupt eine Chance hat, Sisi vorzustellen.

»Sie müssen unbedingt Henry Marc Forslyth vom Auktionshaus *Brown, Bear & Nipes* kennenlernen. Er ist extra aus New York angereist.«

Oh nein, der Nippes-Bär. Was soll ich denn mit dem …? Und wo ist Sisi? Er dreht sich suchend um. Sie steht mit Mops Conrad amüsiert vor den Bildern und trinkt von ihrem Wasser. Ab und zu gibt sie Mopsi ein Stück Salzbrezel, von der sie zuvor das Salz abgekratzt hat. Conrad kaut mit offenem Maul und starrt in die Menschenmenge. Plötzlich hustet er, und die Salzbrezelstückchen fliegen wie ein Feuerwerk aufs Parkett. Sisi beugt sich zu ihm runter.

»Na, mein Kleiner. Ist das dein Kommentar zu dieser Veranstaltung hier?« Trotzdem gibt sie Antonius mit einem aufmunternden Zeichen zu verstehen, dass sie warten und sich in der Zwischenzeit die Collagen ansehen würde. Schließlich ist er zum Arbeiten hier und sie nur zum Vergnügen.

Plötzlich steht H. W. Herrmann, Sisis Laden-Nachbar, neben ihr. H. W. Herrmann hat das Institut für Sepulkralkultur und verkauft Gedenksteine. Manche nennen es Grabsteine. Um sein Sortiment zu erweitern, hat er inzwischen auch andere Steinwaren wie Gartenbrunnen dazugenommen. Heute Abend fühlt er sich sichtlich wohl. Endlich ist er mal mit Sisi fast alleine. Die Menschen um ihn herum interessieren ihn im Moment noch nicht.

»Alles zukünftige Kunden«, grinst er. »Sie verstehen?«

Sisi nickt. In der Tat sind diese Menschen allesamt älter als die antiken Sektgläser, aus denen bei *Art Déco Silber* getrunken wird.

H. W. Herrmann kennt sich erstaunlich gut mit den ausgestellten Kunstwerken aus und vertreibt Sisi die Zeit mit einigen Anekdoten. Davon hat er genug auf Lager, denn er ist gern gesehener Gast auf den Vernissagen. Und zwar als Käufer. Denn sein Grabsteinladen scheint gut zu laufen. »Früher oder später kriegen wir Sie doch«, ist sein Lieblingswitz, über den Sisi heute wirklich lachen kann.

»Eher früher, wenn ich mir das hier so ansehe.«

Er nickt. »Man weiß nie, wann bei denen einer gepflegt aus den Latschen kippt. Das da ist der Schreider, Peter. Ein Schwabe und Nichtsnutz. Ich habe ein paar sehr interessante Stücke bei ihm gekauft. Bilder, die mich an meine Vorfahren erinnern.«

Und schon steht der Schreider, Peter bei ihnen, man reicht

sich zur Begrüßung die Hand, und Schreider, Peter erzählt unaufgefordert von seinen just zu erwerbenden Gegenständen.

»Die Auktion bei Pichels in München am Samstag, demnächst Keraaaamik.«

»Da gehen Sie hin?«, fragt Herrmann. »Sie kaufen Keramik?« Er hätte auch sagen können: Sie vertreiben illegale Organspenden aus Osteuropa?

»Eigentlich nicht, eher inkognito, denn ich muss für eine Kundin was ersteigern.« Schreider rollt mit den Augen.

Sisi überlegt, wie man etwas ersteigert, ohne dabei zu sein. Inkognito, ohne Anwesenheit. Sicherlich bietet er über SMS. So wie bei eBay.

»Haben Sie ein Geschäft?«, fragt sie ehrlich interessiert.

»Nein«, sagt er beinahe angewidert. »Ich habe Kunden.«

»Und wie finden die Sie? Über das Internet?«

»Ich mache das schon über vierzig Jahre, da hat man Kunden.«

»Also, Sie haben kein Geschäft und im Internet kann man sich auch nichts ansehen. Und wie verkaufen Sie dann?«

»Ich mache nur Geschäfte mit den ganz Großen, wenn Sie verstehen. Im Auftrag. Und ich kaufe auf den Auktionen, oft im Auftrag, aber Sie entschuldigen mich bitte, ich muss da noch weiter …«, und ehe Sisi irgendetwas sagen kann, ist der kleine, dünne Mann in der Gästeschar verschwunden. Mops Conrad pupst. Das ist seine Reaktion auf Schreider, Peter. Oder auf das Backtriebmittel in den Salzbrezeln.

Seltsam, denkt Sisi. Wenn der nur Geschäfte mit den ganz Großen macht, was ich natürlich verstehe, warum hat der dann so ein billiges T-Shirt an und trägt so abgewetzte Schuhe? Es gibt wohl im Moment nur noch wenige Große, die etwas kaufen.

Herrmann grinst und trinkt sein drittes Glas Champus auf Candidas Kosten.

»Machen Sie sich nichts draus. Der ist immer so.«

»Der verkauft doch seit Jahren nichts mehr, der lebt doch von seiner Frau ...«, fliegt eine Bemerkung an Sisi und H. W. Herrmann vorbei, die eindeutig noch dem Schreider, Peter gilt. Aha, da haben wir's!

Wäre nicht Sisis Ladennachbar aufgetaucht, dann wäre wirklich niemand auf die Idee gekommen, mit ihr zu sprechen. Anerkennende oder auch bösartige Blicke, von denen fängt sie sich genug ein. Aber dass jemand mal was sagt: Nein. Die sind alle so mit sich selber beschäftigt und mit ihrem Tun, dass niemand auf die Idee kommt, ein Gespräch zu beginnen. Jeder ist hier der Mittelpunkt der Welt. Und die Welt hat viel zu tun, denn jeden Moment muss sie um jemand anderen kreisen. Anstrengend.

»Da bin ich wieder«, sagt Antonius fröhlich. »Ich konnte mich losreißen. Haben Sie sich gut unterhalten mit Schreider, Peter und dem anderen Herrn?«

Er verstummt. Wie peinlich, jetzt hat er zugegeben, dass er sie die ganze Zeit über aus den Augenwinkeln beobachtet hat.

Wenigstens hat er mich beobachtet. Wie schön!

»Wollen wir gehen? Unser Tisch wartet.«

»Müssen Sie nicht noch zu dem Abendessen gehen, das nachher in exquisiter Runde stattfindet? H. W. Herrmann hat erzählt, dass es noch eine Einladung für ausgewählte Freunde der Galeristin gibt in einem atemberaubenden Loft. Wahrscheinlich die ganz Großen«, murmelt Sisi und denkt an ihre kleine Art-déco-Galerie. Wahrscheinlich wäre nur der Nippes-Bär von ihren Antiquitäten begeistert.

»Ja, das stimmt«, sagt Antonius, »aber zu den ganz Großen dieser Gesellschaft hier möchte ich nicht gehören. Und außerdem sind wir verabredet.«

»Mit wem?«, fragt Sisi, die merkt, dass ihr Fieber wieder ansteigt.

»Miteinander«, sagt Antonius, hakt sich vorsichtig bei ihr

unter, weil sie ihm etwas schwächlich vorkommt und führt sie aus der Galerie. Mops Conrad folgt müde, pupst noch einmal vernehmlich, sieht Doro an und gähnt. *Von wegen faltiger Hund – guck dich mal an!*

Zwei Paar böse Augen folgen ihnen und ein mildes Lächeln. Candida und Doro sind stinksauer, während H. W. Herrmann schmunzelt und sich getreu seinem Motto den fünften Schampus auf Kosten des Hauses holt. Vielleicht ist er doch ein bisschen Schotte wie seine Urahnen, aber zumindest ist er nicht bösartig. Wenn ich da wieder richtig liege, wird daraus bestimmt eine schöne Geschichte, denkt er.

Und er trinkt auf das Wohl der beiden, die durch den Nieselregen davoneilen und einen Mops hinter sich herziehen, der Schneeregen, Salzbrezeln und arrogante Leute hasst. Über den Dreien fliegt ein kleiner Amor, der H. W. Herrmann mit einem Auge zuzwinkert. Aber der kann ihn natürlich nicht sehen.

Sisi hat sich auf diesen Abend mit Antonius vorbereitet. Auch wenn sie das niemals zugeben würde. eBay ist sicherlich auch ein Auktionshaus, aber bei Weitem nicht das Richtige für Antonius und sein erlesenes Haus. Wenn ich da mal hin und wieder ein paar alte Gläser für meine Vitrinen ersteigere, dann ist das okay, denkt Sisi. Aber nichts für Antonius. Herrmann würde sagen, der gehört zu den ganz Großen. Und Sisi hat – wie es ihre Art ist – sehr gut recherchiert.

»*Christie's*, *Sotheby's* und das *Dorotheum* zum Beispiel«, sagt sie, »die drucken ausgezeichnete Kataloge, die auch nach der Auktion noch Sammlerwert haben. Viele sind im Internet mit ihren Auktionen vertreten und haben Archive angelegt. Und dann gibt es noch hervorragende Datenbanken, die den Wert aller weltweit gehandelten Kunstwerke aufführen. Man muss nur Mitglied werden, gegen eine geringe Gebühr.«

»Dafür gibt es Bücher«, sagt Antonius vorsichtig.

»Das stimmt, aber die erscheinen periodisch. Das Internet ist aktueller.« Und Sisi ereifert sich weiter, bis sie einen roten Kopf bekommt. Vielleicht ist es aber auch das Fieber.

»Woher wissen Sie das alles?«, fragt Antonius am Ende ihres kleinen Vortrags tonlos. Er weiß das natürlich auch alles. Und was er nicht weiß, darüber hält ihn sein Freund Aurelio Rosato auf dem Laufenden. Aber Aurelio spricht eher wissenschaftlich dozierend über den Kunsthandel. Nicht so lebhaft und voller Spannung.

»Recherche«, sagt Sisi. »Hier, ich habe mir eine Zusammenfassung erstellt. Die 100 relevanten deutschen Auktionshäuser für Kunst und Antiquitäten. Die Großen wahrscheinlich, wie das der Schreider, Peter sicherlich meint ...«

Und sie prosten sich zu, während der Kellner herrlich duftende Minestrone mit geriebenem Parmesan bringt.

»Darf ich mal sehen?« Antonius greift nach dem gefalteten Stapel Papier, den Sisi aus ihrer Handtasche kramt. Eigentlich sind die Unterlagen als Spickzettel vorgesehen, um eventuell in einer Gesprächspause heimlich noch einmal draufzugucken. Schließlich ist ihr das Thema Kunsthandel in dieser Dimension – bis auf den einen Artikel über den Kunstfälscher, den sie mal geschrieben hat, und ihre Mini-Galerie – bisher nicht so transparent gewesen. Aber nicht uninteressant: 23 Seiten mit Texten, Grafiken und Internetadressen, alles zum Online-Handel mit Kunst hat sie zusammengetragen. Jetzt schwitzt Antonius. Und wie!

»Darf ich mir dies ausleihen?«, fragt er höflich.

»Gerne, aber soll ich Ihnen nicht lieber ein neues Papier ausdrucken? Dies hier ist sozusagen nur mein Entwurf.«

»Ich möchte es heute Nacht schon lesen«, sagt Antonius erregt und duldet gemäß seiner ruhigen, aber durchsetzungsstarken Art keinen Widerspruch.

»Nun gut. Ich kann Ihnen auch demnächst mal die Internetseiten zeigen, um die es sich handelt.«

Antonius blättert die Seiten rasch durch und liest sie quer, während die Minestrone kalt wird.

»Das ist wirklich interessant. Ich möchte, dass Sie mein Auktionshaus näher kennenlernen. Vielleicht kann man den Handel bei mir noch interessanter gestalten und eventuell beleben.«

»Das kann man vielleicht«, antwortet Sisi, die festgestellt hat, dass *Antonius Mercur – Auktionshaus für antike Schätze und Gegenwartskunst* nicht einmal einen richtig großen Internetauftritt hat. Jedenfalls keinen, der zu seinem Haus passt.

»Nicht dass die Details fehlen«, sagt sie. »Keinen großen Auftritt zu haben ist auch eine Aussage, aber vielleicht könnte man trotzdem etwas mehr ins Netz stellen?«

»Kennen Sie sich damit aus?«

»Internettexte zu schreiben ist für mich kein Problem, die Gestaltung und die Programmierung müsste allerdings jemand anderes machen. Ich kenne jemanden, der das für unsere Läden macht. Der ist sehr gut, flexibel, engagiert und junger Existenzgründer. Den würde ich für den ersten Start vorschlagen.«

»Ich möchte, dass Sie den Auftrag übernehmen. So schnell wie möglich. Wann können Sie beginnen und das arrangieren lassen?«

»Nächste Woche vielleicht«, hört Sisi sich sagen. Wie erklärt sie das Sigi? Das ist wirklich ein Grund, ins Schwitzen zu geraten. Zum Hauptgang hat auch Antonius gerötete Wangen. Durch die Suppe, den guten Wein und die Aufregung.

Die neuen Ideen beflügeln sie beide und tragen sie mit sich fort. Trotzdem überrascht es Sisi, dass sie zusagt, als Antonius sie zum Nachtisch in sein Zuhause einlädt.

»Ich habe einen Weißwein kühl gestellt und ein kleines Zitronensorbet vorbereitet. Und ich könnte Ihnen mal meine Ausstellungskataloge zeigen …«

Ein neues Projekt mit neuen Themen – das ist super! Also ist es vielleicht doch gut, dass der Job bei dem Berliner Magazin nicht zustande gekommen ist. Wer weiß? Monis Engel haben andere Pläne. Beziehungsweise ein ganz bestimmter kleiner Engel, der sich jetzt zu Mops Conrad beugt und ihm etwas ins Ohr flüstert. Mopsi hört aufmerksam zu.

Und während Sisi und Antonius zu seinem Haus schlendern, geht die Party bei Doro in ihrer Privatwohnung erst so richtig los. Doch sie ist nicht bei der Sache. Rachegedanken quälen sie. Alle Vorbereitungen kommen ihr plötzlich vergeblich vor. Zwar war Antonius Mercur zu der Vernissage ihrer Freundin erschienen, aber er ist nicht zu der gehobenen Privateinweihung zu ihr nach Hause mitgekommen. Das Buffet, der bepflanzte Balkon, die ausgesuchten edlen Weine und die Fliederbüsche und Rosen neben ihrem Bett – alles für die Katz. Und das wurmt sie so sehr, dass sie den ganzen Abend darüber nachdenkt, wie sie sich für diese Pleite rächen wird.

Alles mal entstauben, bitte

Ich zucke zusammen, und auf meinem Arm bildet sich eine Gänsehaut. Im Halbdunkel des Treppenhauses beginnt es zu dröhnen. Antonius sucht nach dem Lichtschalter und entschuldigt das Missgeschick.

»Das ist eine Westminster-Uhr. Man zieht mit einem Schlüssel das Uhrwerk auf und separat das Geläut. Man erkennt sie an den drei Löchern im Zifferblatt. Ich habe heute die Schlüssel wiedergefunden und sie aufgezogen, deshalb läutet sie gerade, wann sie will. Aber hier«, Antonius wird immer lebhafter, »das Schönste ist, dass auch ihre kleine Schwester noch funktioniert. Aufziehen, ein wenig schütteln, und schon geht sie.«

Ich denke an meinen Space-Age-Zahlen-Wecker mit den Plastikklappziffern in Orange und an meine verrückte Lila-Kuh-Küchenuhr. Die haben beide kein Geläut, nur die eine hat ein Radio. Auch sonst haben sie nicht viel mit einer Westminster-Uhr gemeinsam. Dafür haben sie Geschichte, wenn auch keine große Historie. Der Klappzahlenwecker stammt aus den Siebzigern und vom Flohmarkt am Schöneberger Rathaus. Und die lila Kuh, aber das wäre eine andere Geschichte, die ich Antonius heute Abend sicherlich nicht erzählen sollte.

Mops Conrad hat sich auf einem Zebrafell zusammengerollt, nachdem er es ausgiebig beschnüffelt hat. Und ich sitze äußerlich still, aber innerlich gespannt wie die Federn in Antonius' Westminster-Uhren in einem Korbsessel, während Antonius den Kamin gekonnt, aber ohne Hast entzündet.

Ich beobachte ihn dabei. Alles in seinem Leben hat einen Platz. Die Kaminhölzer, die Holzscheite, die Kaminanzünder – alles nimmt und regelt er auf stille, ruhige Weise. Ob er sich jemals richtig aufregen kann? Sicherlich, das habe ich an seinen Augen gesehen. Und kräftig ist er, auch wenn er das unter diesem karierten Pullunder gut versteckt. Die sollen ja wieder in sein, diese englischen Klamotten, habe ich gelesen. In schwierigen Zeiten besinnt sich der Mensch auf Traditionen, auch in der Kleidung. Aber ich glaube, Antonius hat nie etwas anderes getragen. Ich freue mich auf einen Schluck Weißwein, den kann ich jetzt gebrauchen. Was mache ich eigentlich hier bei diesem komischen Kauz in seiner – zugegeben hochherrschaftlichen, aber angestaubten Bude?

Antonius verschwindet in der Tiefe des Flurs, und ich kann nicht einmal irgendwelche Geräusche aufschnappen, um zu erraten, was er da draußen in der Dunkelheit seines Hauses wohl anstellt.

Antonius liebt durchaus auch so manche Antiquität, die hervorragend für den Verkauf in Sisis Galerie geeignet wäre. Aber auch nur, wenn sie ungefähr aus der Zeit des Art déco stammt. Und er liebt schwarze Lackmöbel, weil sie ihn daran erinnern, dass am Ende des Lebens alles dunkel wird. Licht aus, sozusagen. Da kann er eine fatale Ader entwickeln, die er zuweilen, in seinen Ohrensessel gelehnt mit einem guten Glas Shiraz, bis ins Unendliche ausmalen kann. Dass der Ohrensessel sein Lieblingsplatz ist, das erkennt man schnell. Nicht nur ist der Stoff an bestimmten Stellen arg beansprucht. Nein, auch um den Sessel herum sind alle wichtigen Utensilien seines Lebens aufgereiht worden. Bücher, Bücher, Kataloge und die Lesebrille.

Leben, das wäre es. Aufbäumendes, fröhliches Leben. Es so wie in der Zeit des Art déco zwischen zwei Weltkriegen richtig krachen lassen. Da sehnt sich Antonius nach seinem italienischen Großvater. Doch fehlt ihm der Mut, es ihm auch nur ansatzweise gleichzutun. Und so bleibt es bei den monatlich wiederkehrenden Rückschauen, die er einläutet, indem er sich die Bücher anschaut. Die Bücher, in denen die verkauften Gemälde fein säuberlich mit den entsprechenden Verkaufspreisen aufgelistet sind. Für die Ewigkeit in Leder gebunden sind sie, und er hat noch einige Leerexemplare geerbt, die bei einem achtzigjährigen Buchrestaurator lagern, bis Antonius am Ende eines jeden Jahres ein Buch zuschlägt und ein neues anfordert und beginnt.

Einige dieser Bücher trägt Antonius herbei, gibt sie Sisi und sagt dann andächtig: »Ich werde das Sorbet aus der Küche holen.«

Sisi blättert vorsichtig die Bücher durch. In wunderschöner, akkurater Handschrift stehen dort neben kleinen eingeklebten Bildern Namen, Nummern, Schätzwerte, Aufrufpreise und erzielte Auktionswerte. Doch eine Zusammenfassung gibt es nicht.

Hat der kein Excel? Wie rechnet der die – zugegeben – enorm hohen Umsatzzahlen bloß zusammen?

Antonius balanciert derweil ein silbernes Tablett durch die Dunkelheit des Flurs und stellt zwei Schalen mit hohem Stiel auf den kleinen Tisch am Kamin. Mit langen Silberlöffelchen und in stillem Einvernehmen löffeln sie ihr Eis, das Antonius im Überschwang der Gefühle mit einer großen Portion Schokoladensoße verziert hat.

»Die Bücher sind beinahe eine historische Dokumentation Ihrer Auktionen. Wunderschön. Aber wie stellen Sie die Umsätze zusammen? Per Computer?«

Antonius sieht sie verstört an. Umsätze zusammenstellen?

»Das mache ich monatlich per Hand. Und der Steuerberater macht natürlich auch seine Auswertung, aber die ist wiederum etwas ganz anderes.« Antonius schweigt verlegen.

»Na ja, im Internet müssten Sie ja nur die zur Auktion stehenden Kunstwerke beschreiben. Schön detailliert mit einem Foto, denke ich mir. Was Sie sonst noch so besitzen, das geht nur Sie etwas an.«

Antonius nickt erleichtert. »Ich sammle ja auch Dinge für mich, die ich nicht verkaufe. Oder nicht sofort …«

»Haben Sie eine kleine Historie Ihres Hauses, über die ich einen Text fürs Internet schreiben könnte? Sie können alles selbstverständlich vorher noch einmal anschauen«, fügt Sisi schnell hinzu.

»Im Büro. Die könnte ich Ihnen morgen vorbeibringen, dann kann ich mir auch mal die Internetseiten der anderen ansehen. Meine Sekretärin hat zwar auch einen Computer, den sie unbedingt haben wollte, aber ich möchte gerne, dass Sie mir dies alles noch einmal zeigen.«

Aha, eine Sekretärin hat er also doch. Und einen PC. Er ist also doch nicht ganz von gestern. Beruhigend. Nur, warum hilft ihm niemand dabei, seinen Schuppen hier mal auf Vordermann zu bringen? Auf Dauer kann er sich den Entwicklungen doch gar nicht entziehen. Sicherlich, wenn er genug Kapital hat, mag man seine Skurrilitäten vielleicht entschuldigen. Aber die anderen Auktionshäuser schlafen doch auch nicht.

»Was denken Sie?«, fragt Antonius aufrichtig, der von seiner Mutter, selig soll sie sein, gelernt hat, in stillen Momenten das Gegenüber lieber nach seinen Gedanken zu fragen, statt dumme Gesprächsbrücken zu bauen à la *Hat Ihnen das Essen heute Abend auch geschmeckt?*

»Ich habe viele Ideen, nichts Konkretes, aber Ihr Auktionshaus könnte eine richtig tolle Plattform für Sammler werden.«

»Ist es schon«, sagt Antonius leise, weil Sisi das wohl nicht wissen kann.

»Im Internet, meine ich. Die Sammler und auch die Händler sitzen dann zu Hause vor dem PC und können abends mal schauen, was Sie alles demnächst zur Auktion anbieten. Im Internet Kunst zu kaufen und zu verkaufen, das braucht Vertrauen. Ihr Name und Ihr Haus könnten ein seriöser Ansprechpartner werden.«

Antonius hört aufmerksam zu. Aufmerksamer als ohnehin schon. Nicht nur sein Geschäftssinn ist geweckt. Nein, Sisi in ihrer Aufregung macht ihm zu schaffen.

»Großartig, wie Sie das darstellen. Da würde mein Freund Aurelio Rosato große Augen machen«. Und weil Antonius Mercur wirklich glaubt, dass Sisi was davon versteht, und er dieses Wissen in ihrer bisherigen beruflichen Laufbahn vermutet, fragt er höflich nach: »Wann darf ich denn mal etwas von Ihnen lesen, was Sie geschrieben haben?«

Er hätte so gerne mehr von ihrem Leben gewusst. Sisi fällt in sich zusammen. Das auch noch! Dabei hat sie gerade so viele Träume und Ideen. Soll sie ihm etwas Näheres von *Fairplay* erzählen oder gar zeigen? Niemals! Das muss sie ihm irgendwann mal erklären. Aber nicht jetzt und nicht heute Abend. Nicht in dieser Woche und überhaupt. Und ihre kleine Galerie oder *Pitty Dessous* mit Moni, Paulina und nebenan dem Institut für Sepulkralkultur und den Gedenksteinen für den letzten Anlass?

»Ich muss jetzt gehen«, sagt sie und steht abrupt auf. »Vielen Dank für den wunderschönen Abend, ich …«, und sie eilt in den dunklen Flur, stolpert über eine Teppichkante, fängt sich, strauchelt und hält sich an einer Standgarderobe fest, von der scheppernd eine Art Ritterrüstung zu Boden kracht. Es könnte aber auch ein Staubsauger gewesen sein, so genau kann sie das in der Dunkelheit nicht sehen.

Antonius folgt ihr ein wenig verstört und schaltet endlich das Licht an. Auf diesen plötzlichen Aufbruch ist er gar nicht gefasst, denn nach dem Sorbet wollte er mit ihr noch einen Espresso trinken und etwas über ihr Leben plaudern. Und plötzlich steht sie auf und geht.

»Darf ich Sie nach Hause begleiten?«

»Vielen Dank, nein, es ist ja nicht weit und noch nicht spät. Es geht schon. Bis bald«, sagt sie, greift nach ihrem Mantel und Mopsis Leine, zieht schnell die Haustür auf und huscht über den Kiesweg zum Eisentor. Antonius hört nur noch das eilige Klappern ihrer Absätze in der Nacht.

Vielleicht haben wir einen anderen Rhythmus? Vielleicht muss sie morgen sehr früh raus? Oder ich habe sie verärgert. Aber womit? Antonius zermartert sich die halbe Nacht das Gehirn, was er sonst nur für Auktionsgegenstände zu tun pflegt, und ist froh, dass er vorsorglich noch einen Wein geöffnet hat. Auch wenn er den nun alleine trinkt.

Am nächsten Morgen steht Elisabeth, seine Haushälterin, vorwurfsvoll vor den Resten eines kommunikativen, doch abrupt beendeten Abends.

»Sie hatten Besuch?«

Antonius nickt.

»Von einer Frau offensichtlich«, sagt Elisabeth spitz, hält das Wasserglas gegen das Licht und zeigt auf den Lippenstift.

»Ja«, sagt Antonius beiläufig, während er seine Zeitungen der Vorwoche sortiert, damit Elisabeth sie nicht einfach heimlich in die Altpapiertonne bringt. Was sie aber trotzdem tut, sobald er das Haus verlassen hat. Das sieht Antonius ihrem Blick an.

»Ich habe die Frau, deren Auto ich zerstört habe, mit zur Vernissage genommen und dann auf ein kleines Dessert zu mir gebeten.«

»Zerstört? Sie reden ja gerade so, als ob sie mit einem Bulldozer über ihr Auto gefahren wären. Sie hatte doch Glück. Jetzt bekommt sie ein neues für ihre alte Rostbeule.«

Antonius hebt erstaunt den Kopf. Was ist denn mit Elisabeth los? Wie eine Walküre mit einer Schürze an der dicksten Stelle ihres Körpers, die auch noch eine Schleife auf dem

Po ziert, steht sie vor dem Herd und rührt ungeduldig in der Mousse au Chocolat für den Sonntag.

»Sie bekommt kein neues Auto«, sagt Antonius, um Gerechtigkeit bemüht. »Wir lassen es reparieren.«

»Wir?«

»Na, die Versicherungen untereinander. Meine gegen ihre oder miteinander oder wie auch immer.«

Antonius ist an sich ein beredter Mann, doch was ist denn das hier für ein Verhör? Da fehlen ihm die Worte. Wenn sich Elisabeth mit dem erhobenen Schokoladenlöffel jetzt umdrehen würde, dann würde sie aussehen wie Witwe Bolte in Wilhelm Buschs Zeichnungen. Antonius schmunzelt. Und sie dreht sich um.

»Das amüsiert Sie wohl auch noch, wenn ich mir Gedanken mache?«, fragt sie.

Antonius geht zum Gegenangriff über. Und der ist immer unschlagbar. Er wird charmant.

»Elisabeth«, sagt er ruhig, »Sie kaufen für mich doch immer solche feinen Geleefrüchte in Orangen- und Zitronenform, die mir so ausgezeichnet schmecken. Die mit der reichlichen Zuckerkruste.«

»Ja«, sagt sie und widmet sich wieder ihrer Mousse.

»Darf ich fragen, woher Sie die haben und was die kosten?«

Elisabeth fährt wieder herum, den Holzlöffel in der Hand. Schokotropfen fallen auf die Kacheln.

»Warum?«

Was ist nur mit ihr los?

»Ich habe mir neulich welche gekauft, und die waren so teuer.«

»Sie haben alleine eingekauft?« Elisabeth sieht ihn an, als ob er den Mount Everest barfuß bestiegen hätte.

»Nein, ich habe einen Koffer gekauft und kam an der Süßwarenabteilung vorbei und weil da …« Warum rechtfertigt er sich eigentlich?

»Ich kaufe sie bei Lidl«, sagt sie spitz. »Sie sind in einem durchsichtigen Plastikschälchen und kosten 99 Cent. Ich tue sie dann in Ihre Königszelt-Bonbonniere, dann sehen sie edler aus. Mehr nicht.«

Elisabeth ist eine gute Haushälterin, Antonius ist zufrieden. Sie kauft noch zu guten, alten Preisen ein und nicht so teuer wie im Kaufhaus, wo er 5 Euro für vier Geleefrüchte bezahlen musste. Doch warum sagt sie das so abfällig? Hat er sie verärgert? Und wer ist Liedel?

»Sie machen das schon richtig«, sagt er und schiebt ein Lob hinterher. »Sie wissen doch: Ohne Sie kann ich meinen Haushalt nicht führen. Sie sind unentbehrlich.« Und er lächelt. Dann nimmt er seinen Mantel und die vor Elisabeths ordnenden Händen geretteten Zeitschriften und Zeitungen und geht in sein Büro.

Er hinterlässt eine ratlose Elisabeth. Warum nur hat sie ihren einzigen gemeinsamen Vormittag in der Woche mit ihren Bemerkungen verdorben? Dabei ist das doch immer der schönste Vormittag der Woche. Und sie beschließt, ihm als Wiedergutmachung einige Geleefrüchte mit Schokolade auf seinen Rauchtisch zu stellen. Und mal nicht die billigen.

Ja, auch Elisabeth hat ihr Tun, aber sie würde sich nie beschweren. Von seiner Kindheit an bekocht sie Antonius, das hat sie seiner Mutter auf dem Sterbebett versprochen. Und sie liebt den Kleinen. Inzwischen den Großen. Auch wenn ihr die Arbeit nicht mehr so leicht von der Hand geht wie früher. Antonius ist zwar für alles sehr dankbar, aber doch recht weltfremd, was die gestiegenen Lebenshaltungskosten angeht. In den letzten zehn Jahren hat er ihr für die monatlichen Aufwendungen für die Küche nie mehr Geld gegeben. Elisabeth hat gar keine andere Wahl, als viele Grundnahrungsmittel im Discounter zu holen, wenn sie weiterhin die extra dunkle 78-prozentige Zartbitterschokolade für die Weinabende von Antonius bezahlen will. Ihr Preis hat sich verdoppelt in den letzten Jahren. Aber nie würde sie das Antonius sagen. Nie.

Manchmal wünscht sie sich schon ein bisschen mehr Unterstützung. Aber wie soll die aussehen, wenn sie ihre Position bei Antonius und in seinem Haus behalten möchte? Alles soll noch besser werden, aber gleichzeitig so bleiben wie es ist – das ist Elisabeths Wunsch. Und der ist wirklich nicht leicht umzusetzen.

Himbeeren

Antonius hat die ganze Nacht nicht geschlafen. Er führt es auf den Vollmond zurück, auf den schon seine Mutter, selig soll sie sein, äußerst empfindlich reagierte. Mit seinem Stapel geretteter Zeitschriften unter dem Arm und etwas müde betritt er das Büro und grüßt mit einem Kopfnicken seine Sekretärin, die erschreckt vom Schreiben ihrer privaten E-Mails aufsieht. Er ist an diesem Mittwoch früher im Büro als sonst. Zum einen, weil das wöchentliche Gespräch mit Elisabeth sehr kurz ausgefallen war. Zum anderen hat er den Mittwochmorgen-Muffin bei Starkies ausfallen lassen. Er hat es eilig, warum, ist ihm auch nicht klar. Er huscht in sein Arbeitszimmer, wirft die Zeitschriften auf den Besucherstuhl und stellt seine Espressomaschine an. Die, zu so ungewohnter Stunde, erst aufwärmen muss, ihm dann aber einen heißen, köstlichen Espresso kredenzt, den er leise summend aus der Tasse schlürft, während er aus dem Fenster schaut.

Sisi liegt mit ihrer Erkältung im Bett. Das frustrierende Ende ihres Abends mit Antonius hat ihr die letzten Widerstandskräfte gegen die Viren geraubt, die sich nun umso erfreuter in ihrer Blutbahn und sonst wo tummeln. Der Kopf brummt, die Glieder schmerzen, und ihr linker Weisheitszahn rumort. Ihr ist abwechselnd glühend heiß oder bibberkalt. Gottlob muss sie sich in keiner Firma krank melden, weil sie selbstständig ist. Aber das ist eigentlich noch schlimmer. Denn jetzt muss sie jemanden finden, der für sie den Laden aufschließt und die Kunden betreut.

»Moni, ich bin krank und kann heute nicht kommen.«

»Du? Du bist doch nie krank! Selbst mit deinem Schleudertrauma vom Autounfall und der blöden Halskrause hast du hier den Laden geschmissen.«

»Ja, aber heute geht es wirklich nicht. Ich habe so eine Art Grippe, habe Fieber und sehe wirklich so fahl aus wie mein weißes Betttuch.«

»Kann ich was für dich tun? Das beunruhigt mich jetzt wirklich.«

»Wenn du einfach nur den Laden heute für uns beide führst, dann wäre das schon eine große Hilfe.«

»Gar kein Problem. Egal wie viele Kunden heute kommen, das schaffe ich. Unsere Bestellungen aus dem Onlineshop können dann eben mal einen Tag warten. Hast du noch genug Erkältungstee von meiner eigenen Mischung?«

»Ja, alles klar, die spezielle Moni-Anti-Erkältungs-Tee-Mischung ist noch hier.«

»Gut, sonst komme ich nachher in der Mittagspause mal vorbei, wenn Paulina da ist und bringe dir neuen vorbei.«

»Nicht nötig, alles da!« Bloß keinen bitter schmeckenden Tee mehr für mich von Moni. Mir ist jetzt eher nach viel, viel Schlaf und vielleicht einer großen Quark-Himbeer-Torte. Seltsam, aber irgendwie appetitlich. Da es die aber nicht gibt, gehe ich ins Bett.

»Du, Moni. Ich rufe dich nachher an, um mal zu hören, ob alles bei euch klappt.«

»Das wird es. Verlass dich ganz auf uns. Wir müssen gerade mal einen Tag ohne dich klarkommen. Morgen biste wieder auf dem Schiff. Ich habe mir deinen Biorhythmus und die astronomische Konstellation in meinem Astro- und Moonlight-Programm im PC angeschaut. Donnerwetter, sage ich dir, bei dem Zusammentreffen wäre ich auch k.o.«

»Was für ein Zusammentreffen?«

»Irgendein besonderes Ereignis hat in den vergangenen Tagen in deinem Leben stattgefunden. Es zieht weitreichende

Änderungen in deinem Leben nach sich, steht hier. Na, da bin ich mal gespannt.«

»Ich auch.« Aber eigentlich ist es mir im Moment echt egal. Müüüüde!

»Du, das erklärst du mir dann morgen, okay?«

»Ganz sicher. Ich schaue mal, ob ich mehr Informationen finden kann. Und dann telefonieren wir aber trotzdem noch nachher? Vielleicht weiß ich dann doch schon mehr ...«

Moni ist einfach nicht zu stoppen. Jede Art von Fügung oder Ereignis in ihrem Leben und dem ihrer Freundinnen muss bei ihr gedeutet werden. Wahrscheinlich ist auch das Zusammenstoßen zweier unbekannter Passanten auf dem Ku'damm für sie ein bedeutsames Ereignis.

Murmelnd schlüpfe ich in meinen Kimono und wandere schlaftrunken in die Küche, um mir mit dem knallbunten Wasserkocher sprudelnd heißes Wasser für die Wärmflasche und für einen weiteren Tee aufzusetzen. Als der spezielle Holunderblütentee mit Hibiskus und Cranberries (Monis spezielle Gabe) gerade seine acht Minuten durchgezogen ist und ich mit meiner Plüschwärmflasche unter dem Arm und einem Plastikbecher Schokoladenpudding mit Stickstoffsahne aus dem Kühlschrank in der Hand wieder ins Bett gehen möchte, klingelt das Telefon.

Oh, das ist noch mal Moni, die mich aufmuntern will mit neuen Geschichten von Paulina und dem Laden. Aber Paulina selbst ist dran.

»Wie schön, dass du anrufst.«

»Ja, Moni hat mir gesagt, dass du krank bist und jemanden brauchst, der mit Mopsi mal eine Runde durch den Park geht.«

»Ja, das stimmt, aber hast du denn dafür Zeit?«

Paulina tut immer so, als ob sie Mopsi für völlig überflüssig hält und eigentlich nur toleriert, weil er eben zu mir gehört. Und wir sind Freundinnen. Also nimmt sie Mopsi notgedrungen auch mit ins Team. Umso unverständlicher ist ihr Angebot.

»Ich wollte dich sowieso fragen, ob du ihn mir jeden Mittwoch ausleihen kannst.«

»Ausleihen? Wofür?«

»Zum Joggen. Ich könnte Mopsi mit zum Joggen nehmen.«

»Paulina, du weißt doch, dass er sich nur so viel bewegt wie unbedingt nötig. Und außerdem ist er alt. Er joggt nicht gerne.«

»Muss *er* ja nicht. Ich jogge und er kommt mit. Ich habe für ihn einen Mops-Buggy ausgesucht.«

»Was hast du?«

»Einen Mops-Buggy. Wie ein Kinderwagen, nur eben für einen Hund. Dann muss er nicht selber laufen, sondern ich schiebe ihn vor mir her. Das Gefährt gibt es auch für Jogger mit drei praktischen Outdoor-Rädern.«

Ich überlege. Wie soll das bitteschön aussehen? Mopsi mit Rennfahrerbrille und Fliegerschal in einem rasenden Buggy, der von der schönen blonden Paulina durch den Lietzenseepark gefahren wird? Stylish würde man das wohl nennen.

»Warum Mopsi? Gibt es nicht auch andere Hunde in deinem Bekanntenkreis?«

»Es muss glaubwürdig sein. Einen sportlichen Hund kann ich da nicht reinsetzen, und ich will doch …«

»Was willst du?«

»Die Mitläufer in meiner Gruppe beeindrucken.«

»Vermutlich einen ganz besonderen?« Paulina tut nie etwas ohne Absicht. Gefühlsduseleien sind ihr fremd. Auch im Zwischenmenschlichen unterliegt bei ihr alles einem Plan. Da müsste ich noch viel von ihr lernen.

»Ja, einen ganz bestimmten, wenn du es genau wissen willst. Micha heißt er. Also leihst du mir Mopsi heute oder nicht?«

»Ja klar, kannst ihn dir gerne abholen. Aber das mit dem

Buggy muss er selber entscheiden. Wenn er drin sitzen bleibt, dann nimmst du ihn eben mit.«

»Wird er ganz bestimmt, denn ich habe ihm auch ein weiches Schaffell gekauft, was er so liebt. Und seinen Plüschmarienkäfer aus dem Laden geholt, damit er einen Mitfahrer hat.«

Paulina ist wirklich clever. Mit dem Plüschmarienkäfer hat sie schon gewonnen. Den würde Mops Conrad nie alleine in einem Mops-Buggy davonfahren lassen.

»Gut, dann komm einfach vorbei, wann es dir passt. Ich bin immer zu Hause.«

»Bin schon auf dem Weg«, ruft Paulina durchs Telefon.

Also würde sie gleich da sein, denn nachher wird sie um 10.00 Uhr frisch geduscht und top aussehend den Laden *Pitty Dessous & Shoes* öffnen. Auch in materiellen Dingen ist sie äußerst zuverlässig.

Ich schiebe meine grauen Gedanken beiseite und beschäftige mich mit dem Radioprogramm aus meinem Klappzahlenwecker. Da klingelt das Telefon schon wieder. Paulina hat bestimmt noch etwas vergessen. Aber es ist Antonius Mercur.

»Guten Morgen«, sagt er und hüstelt ein wenig verlegen. »Was für ein schöner Abend gestern, ich möchte mich bedanken für die nette Begleitung zur Vernissage.«

»Ich danke Ihnen.« Und schon muss ich niesen und kann nur mit Mühe den Schokopudding von der heißen Wärmflasche fernhalten.

»Oje, sind Sie krank?«, fragt Antonius besorgt.

»Ja, aber es ist nur eine Erkältung. Morgen ist es wieder besser.«

»Haben Sie jemanden, der sich um Sie kümmert?«

»Ja, alles kein Problem«, und ich schaue auf meinen Teddybär, den alten Petz aus Kindheitstagen. »Ich komme schon klar.« Wie immer.

»Nun gut, wenn Sie etwas brauchen, dann rufen Sie mich an. Nicht wahr?«

»Ja.« Und gleichzeitig denke ich: *Nein.*

»Gut, ich werde Ihnen die Materialien zusammenstellen über die Geschichte des Auktionshauses und lasse sie Ihnen nachher vorbeibringen. Dann haben Sie ein wenig Ablenkung. Mögen Sie Himbeeren?«

»Himbeeren?«

Ich habe eine Erkältung, stehe mit nackten Füßen auf den Küchenkacheln, während ich telefoniere, und Antonius fragt, ob ich Himbeeren mag?

»Ja, eigentlich schon.«

»Das ist gut. Sie enthalten viel Vitamin C – ich werde Ihnen welche mitschicken.«

Mitschicken? Was ist das für eine Idee?

»Ich werde dann mal wieder ins Bett gehen. Ich wünsche Ihnen noch einen schönen Tag.«

Und Antonius, der sich in diesem Moment daran erinnert, dass Sisi noch ein Telefon mit einer kilometerlangen Schnur hat, die aber sicherlich nicht bis ins warme Schlafzimmer reichen würde, entschuldigt sich für die Störung, wünscht Gute Besserung und legt leise auf.

Sofort beginnt er, sein Bücherregal nach der Geschichte des Hauses abzusuchen, die sein Großvater in einer Kladde verewigt hat (denn Großvater war sparsam an den richtigen Stellen), macht sich noch einen Espresso und vertieft sich in die Formulierungen seiner Briefe, die er am Nachmittag verschicken möchte. Doch immer wieder geht ihm durch den Kopf, dass er jetzt zwar den Grund von Sisis plötzlichen Aufbruch gestern Abend erfahren hat (sie war also krank gewesen), aber dafür nicht weiß, wer sich während ihrer Krankheit um sie kümmert. Er ahnt ja nicht, dass es sich im Moment um einen etwas verfilzten, aber gutmütigen alten Teddybären handelt. Und dann fällt ihm ein, dass sie mal etwas von einem Sigi gesagt hat. Das italienische Blut in seinen Adern beginnt zu kochen, doch er hält es für die Wirkung des Espressos.

Am Nachmittag klingelt es bei Sisi an der Wohnungstür.

»Wer kann das sein?«, fragt Moni, die Sisi natürlich doch ihren Erkältungstee vorbeigebracht hat. »Ich mache mal schnell auf.«

Es ist ein Bote mit einem Blumenstrauß, einem schweren, in Packpapier eingewickelten Paket und einer durchsichtigen Tüte mit einer großen Schale Himbeeren.

»Wer hat dir denn die geschickt?«, fragt Moni, wäscht die Himbeeren unter fließend kaltem Wasser, während Sisi das Paket auspackt. Es sind Auktionskataloge darin, Bücher über die Historie des Auktionshauses und einige Fotos der Familie. Auch Antonius' Großvater ist zu sehen, der in jungen Jahren ein überaus schöner Mann gewesen war. Und insgeheim erkennt Sisi, dass Antonius die guten Gene von ihm hat.

»Das kommt von Antonius«, sagt Sisi und zeigt Moni die beigelegte Karte.

»Der, der dein Auto kaputt gefahren und dich gestern zur Vernissage eingeladen hat?«

»Ja, von ihm. Er sagt, Himbeeren seien gut gegen Erkältung.«

»Sind sie, durch ihr Vitamin C, und sie sind zuckersüß. Hier, probier mal. Exzellente Ware. Wo er die bloß um diese Jahreszeit aufgetrieben hat? Sehr nett, wirklich.« Moni ist beeindruckt. Sicherlich würde sie gleich nachlesen, ob Himbeeren auch eine esoterische Bedeutung haben.

»Mhhh – und köstlich, da hast du recht.« Sisi lässt eine extra große Himbeere in ihrem Mund langsam zergehen, indem sie sie zart an den Gaumen drückt, bis der Saft herausläuft. Zuckersüß und fruchtig. Dieser Antonius ist ein Genießer, das muss man anerkennen. Und vermutlich ist das die Erkenntnis, die hinter den Himbeeren steckt.

Flucht zwecklos!

Ein gutes Weinjahr ist ein schlechtes Trüffeljahr und umgekehrt. Und im vergangenen Jahr hat es wunderbaren Wein gegeben. Doch Antonius braucht für seine Trüffelsauce einen weißen Trüffel. Schwarze kosten schon ein Vermögen, aber ein weißer ist in diesem Frühjahr kaum zu bekommen. Es sei denn für den Wert eines gebrauchten Kleinwagens, denkt Antonius. Er zieht seinen flauschigen Dufflecoat an, wickelt sich seinen englischen Schal um den Hals und wandert den Kurfürstendamm hinab und weiter zum KaDeWe. Wenn hier jemand helfen kann, dann nur diese Feinschmeckerabteilung.

Antonius schlendert durch die Regallabyrinthe, aber einen weißen Trüffel findet er nicht.

»Sie haben einen Wunsch?«, fragt der Feinschmeckerexperte leise und höflich, um den offensichtlich gut betuchten Kunden nicht zu verschrecken.

»Ja«, sagt Antonius. »Trüffel. Ich suche einen weißen Trüffel. Es war ein gutes Weinjahr, deshalb ist es diesmal so schwierig«, erklärt er wie für sich selbst. Der Verkäufer hat ihn sofort verstanden. Mit einem triumphierenden Blick führt er Antonius zu einem gläsernen Tresen, in dem neben Plastikweintrauben ein alter Kaugummi liegt. So sieht es zumindest aus. Oder eine helle Walnuss ohne Schale. Beglückt trägt Antonius seinen seltenen Trüffel nach Hause. Und weil der Trüffel wirklich durch alle Tüten und Pappschächtelchen hindurch nach modrigem Pilz riecht, trägt Antonius ihn in die Speisekammer, legt ihn unter eine Käseglocke und öffnet das Fenster. Die kühle Luft würde ihm guttun. Morgen Abend könnte er endlich Trüffelsauce kochen. Sein entspannendes Abendritual.

Als Antonius am nächsten Abend seine schlichte, aber wohlschmeckende italienische Sauce auf dem Herd zusammenköchelt und zum krönenden Abschluss hauchdünne Trüffelscheiben dazugeben will, geht er in die Speisekammer, um sein Kleinod zu holen. Doch der Trüffel ist weg! Spurlos verschwunden. Der Wert eines gebrauchten Kleinwagens, sein Heiligtum. Nur die Käseglocke steht noch da, auffällig fein gesäubert, aber ohne seinen alten Kaugummi. Antonius schüttelt ungläubig den Kopf. Wenn hier jemand weiß, was das zu bedeuten hat, dann seine Haushälterin.

Er ruft Elisabeth an.

»Trüffel? Nein, habe ich keine gesehen. Wo sollen die gewesen sein?«

»Unter der Käseglocke in der Speisekammer.«

»Da war kein Trüffel, da war nur eine alte Käserinde, vermutlich von einem Romadur, so wie das gestunken hat.«

»Wo ist er?«

»Die Rinde?«

»Ja, meinetwegen die Rinde.«

»In der Mülltonne.«

»In welcher?«

»Der Biotonne, war ja so etwas wie Bioabfall. Außerdem wird die morgen schon geleert.«

»Sie haben den Trüffel in die Mülltonne geworfen?«

»Nun ja«, sagt sie, jetzt schon etwas kleinlauter. »Der müffelte so …«

Antonius zieht sich seinen Allwetter-Dufflecoat an, nimmt die Taschenlampe, die für Notfälle wie Stromausfall oder durchgebrannte Sicherungen ebenfalls wie die Käseglocke in der Speisekammer ihren Platz hat, und geht raus hinter sein Haus zu den Biotonnen.

Er klappt die Riesentonne auf und wühlt mit einem Stock das Laub beiseite. Ausgerechnet heute hat der Gärtner nach seinem ersten Frühjahrsputz die alten Kastanienblätter in die Tonne geworfen. Und weil Antonius einen großen Garten hat, ist auch die Biotonne entsprechend groß. Mit seiner Angelei kommt er kaum weiter, und so beugt er sich mit seiner Taschenlampe so weit in die Tonne, bis nur noch seine Beine herausschauen. Er sucht im Schein seiner Taschenlampe weiter im Laub nach seinem Trüffel. Und da, siehe an, riecht es in einer Ecke der Tonne würziger als in den anderen Ecken. Antonius richtet den Lichtstrahl seiner Taschenlampe auf die Kartoffelschalen, Obstschnitze und runzeligen Karotten. Küchenabfälle, denkt er. Ich bin nahe dran. Und tatsächlich, unter einem alten Wirsingkohlblatt liegt sein Trüffel. Eingebettet in Apfelschalen. Sehr gut, denkt Antonius, das hat ihn frisch gehalten und gibt ihm einen guten Geschmack.

»Sigi, kann man ein Leben lang etwas sublimentieren?«

»Was kann man?«

»Was sublim…, was weiß ich.«

»Könntest du das näher erklären?«

»Also, wenn jemand ein Leben lang etwas nicht tut, weil er es unterdrückt, zum Beispiel. Kein Fleisch essen, wie die Vegetarier.«

Ein schöner Vergleich, aber unwissenschaftlich, denkt Sigi.

»Das ist durchaus möglich. Mönche und Heilige können schon so einiges sublimieren«, antwortet er.

»Und ein Normalsterblicher – so einer wie du und ich?«

»Der träumt manchmal nachts schon von einem saftigen Steak«, sagt Sigi und sieht Sisi mit einem Augenzwinkern an.

»Wenn er schon einmal Fleisch gegessen hat?«

»Wenn er es kennt, dann kann das passieren, ja.«

»Und wenn nicht?«

»Das weiß ich auch nicht. Ich vermute aber, dass das, was man nicht kennt, nur in wenigen Fällen einen sehr großen Reiz auslösen kann. Es sei denn, die Medien, die Erziehung oder sonst was gaukeln uns vor, dass gewisse Dinge für uns reizvoll sind und dass von ihnen unser Glück abhängt. Oder wenn wir sie nicht haben, unser Unglück.«

Mmmm. Alles, was Antonius Mercur an Medien konsumiert, sind seine antiquierten Bücher, Auktionskataloge und vielleicht noch eine Radiosendung über archäologische Ausgrabungen. Also nichts, hinter dem er herjagen und dann etwas anderes tun müsste, um es später zu sublimieren. Weil alles, wofür er sich interessiert, sich ohnehin nicht mehr bewegt.

»Ich kann für dich aber noch einmal nachlesen. Ich habe da ein neues Buch in meinem Arbeitszimmer liegen, da habe ich gestern etwas darüber gelesen. Träume und Sublimation hieß das wohl …«

Aha, auch mein Sigi hat größere Wünsche, als das Leben ihm erfüllt. Kein Wunder. Wann habe ich schon für ihn Zeit, um mal richtig was zu bewegen? Wann waren wir das letzte Mal ein Paar?

»Sag mal …«, sagt Sigi und kommt mit einem *PM-Magazin* unter dem Arm wieder zurück in die Küche. Seine Psychobücher möchte er Sisi nicht zumuten. Sie erscheint ihm doch etwas verwirrt heute.

»Wann waren wir eigentlich das letzte Mal schön beim Italiener? Nur wir zwei?«

»Beim Italiener? Bei welchem?«

Sisi versucht, Zeit zu gewinnen.

»Beim Italiener mit den besten Doraden von Berlin, den müssen wir mal ausprobieren.«

Oje, er meint das Restaurant, in dem sie mit Antonius gewesen ist.

»Mir ist mehr nach Pizza, und die gibt es da nicht, also …«, will sie noch hinzufügen.

»Zu unserem Jahrestag soll es schon etwas mehr als eine Pizza Spinaci sein«, sagt Sigi. »Also für nächsten Samstag bestellen wir einen Tisch. Ich übernehme das«, fügt er noch hinzu, als er Sisis ratloses Gesicht sieht. Mit Sigi in *ihr* Restaurant? Das Restaurant von Antonius? Aber das geht doch nicht. Das ist so etwas – wie, wie ... Wie soll sie es bloß ausdrücken? Verrat! Ja, das ist es. So etwas wie Verrat. Das geht gar nicht, da muss sie sich etwas einfallen lassen. Unmöglich, dass sie zusammen dorthin gehen würden...

»Mopsi muss noch mal raus«, lenkt sie schnell ab. »Das übernehme ich heute mal.« Luft, nur Luft! Und Mopsi ist überrascht. Denn ein Abendgang mit Sisi ist ungewöhnlich und unbequem. Sie bleibt vor jedem Schaufenster stehen, während er versucht, die Laternen zu erreichen. Was nie klappt, und es gibt jedes Mal ein fürchterliches Hin- und Hergezerre an der Leine. Wenn seine Sisi abends mit ihm rausgeht, dann schaut sie nur, was in den Schaufenstern angepriesen wird. Mitbewerber-Recherche nennt sie das. Sigi hingegen hat abends nur Augen für Mopsi, seine Handlungen und seine Verdauung, die er genauestens studiert. Das findet Mopsi nun auch wieder nicht so klasse. Ein Eingriff in seine persönliche Gestaltungsfreiheit, sozusagen.

Doch heute ist alles anders. Sisi sieht nicht ein einziges Schaufenster. Sie sieht nichts. Wie paralysiert geht sie neben Mopsi her, der das Tempo bestimmt. Er! Das ist ihm ja noch nie passiert. Nur bei Herrn Kaloke ist er immer der Chef. Der richtet sich grundsätzlich nach Mopsi, sodass Conrad die Länge des Spaziergangs, den Weg und die Pausen bestimmt. So sind sie mal zwischen einer und drei Stunden unterwegs. Je nach Mopsis Laune. Einmal hätte Paulina beinahe schon einen Suchtrupp hinter Mops Conrad und Herrn Kaloke hergeschickt, weil die beiden nicht wieder auftauchten.

Und heute ist also sein Abend. Sisi ist nicht bei der Sache, und so testet er, was passiert, wenn er an jeder Laterne stehen bleibt. Nichts geschieht! Sisi bleibt auch stehen und schaut in den Sternenhimmel, und Mopsi ist es, der sie wieder in Gang bringt, denn sonst wäre sie einfach neben der Laterne festgewachsen.

»Mopsi, wenn mir nur etwas einfallen würde. Du weißt schon ...«

Mopsi setzt sich hin und sieht sie an. Er versteht sie nur zu gut. Vor über einem Jahr hat er sich in die kleine Mopsdame in der Nebenstraße verliebt, doch sie hat kein Auge für ihn. Geht immer nur hochmütig an ihm vorbei à la Prinzessin auf der Erbse. Egal was er tut. Sich benehmen oder sich nicht benehmen. Sie sieht ihn einfach nicht. Er seufzt. Ja, Liebeskummer ist mindestens so furchtbar wie Katzenfutter. Und Katzen!

»Conrad, nun mach doch endlich. Es ist kalt, und wir frieren.«

Wir? Du frierst. Ich nicht. Ich habe meinen Pelz und die, ähem, Speckschicht. Wir sind erst eine Stunde unterwegs, und ich will noch nicht zurück nach Hause und aufs Sofa, wenn der schreckliche Krimi läuft. Und außerdem habe ich gerade so wundervolle Gedanken mit Herzweh.

»Sag mal, wo sind wir beide denn hier? Wo haben wir uns denn hinverirrt?«

Verirrt? Wir beide sind genau richtig. Und er schnüffelt am Zaun von Antonius' Anwesen und kratzt an der Gartenpforte.

»Nicht, Conrad, du löst noch die Alarmanlage aus, lass das ...«

Conrad kratzt weiter.

»Conrad, hörst du heute wieder schlecht?«

Heute so schlecht wie immer. Wenn es nützt.

Antonius fegt mit einem Lindenzweig die Blätter in der Riesen-Biotonne hin und her, um an seinen Trüffel zu gelangen.

»Was ist das, Conrad, hörst du das auch?«

Conrad sieht sie wissend an und steht ungeduldig vor dem Gartentor. Er zieht an der Leine. Es raschelt wieder. Sisi bekommt Angst.

Waschbären! Die gibt es in den großen Gärten. Sie zieht Conrad zur Seite. »Conrad, komm doch bitte, das sind Waschbären. Das gibt nur Ärger.«

Doch Mops Conrad stößt plötzlich das Gartentor auf, zieht den Kopf aus seinem viel zu großen Halsband, und schon flitzt er in den dunklen Garten und wird nicht mehr gesehen.

»Super, jetzt muss ich auch noch in dieser Dunkelheit den Hund suchen. Ein prima Abend!« Leise tastet sie sich im Halbdunkeln vor. Conrad erkennt Antonius sofort, auch wenn er nur seine Beine sehen kann, die aus der Tonne ragen. Er begrüßt ihn vorsichtig mit einem Nasenstüber. Antonius stößt sich vor Schreck den Kopf am Tonnendeckel und bleibt benommen neben seiner Biotonne stehen.

»Was machst du denn hier?«, fragt er. »Bist du nicht der Mops von Sisi?«

Toll! Ich bin ihm im Gedächtnis geblieben.

»Mopsi, wo bist du?«, flüstert es hinter den Buchsbaumhecken.

»Er ist hier!«, ruft Antonius zurück.

Oh nein! Er hat uns erwischt.

»Hallo, guten Abend. Entschuldigung, er hat sich losgerissen«, sagt Sisi und zeigt Conrads Halsband, das sie ihm extra zwei Nummern größer gekauft hat, damit er sich nicht so stranguliert fühlt.

»Das macht nichts, ich war sowieso noch im Garten unterwegs. Es ist nichts passiert.«

»Er hat doch nichts angestellt?«

»Nein, natürlich nicht. Aber Sie könnten mir bitte einen Moment helfen.«

»Ich?«

»Ja, ich müsste kurz was aus der Biotonne retten. Würden sie mir bitte kurz die Taschenlampe halten?«

Waschbären oder eine Katze, die da reingefallen ist.

Antonius klettert flink in die Tonne, greift sich die Apfelschalen mit dem Trüffel und klettert genauso fix wieder raus. Das hätte ihm Sisi gar nicht zugetraut.

»Was ist das?«, fragt Sisi. Es sieht aus wie ein altes Kaugummi. Doch es muss ihm sehr viel wert sein, denn zwei glückliche braune Augen sehen sie an.

»Ich habe meinen Trüffel gesucht und gefunden. *Tuber magnatum*«, sagt Antonius und hält Sisi den Pilz entgegen, der schlimmer riecht als Conrad an nassen Tagen.

»Ojeee! Und für das Ding sind Sie da reingekrochen? Nachts und in dieser Kälte?«

»Ja, und ich habe ihn tatsächlich gefunden. Meine Haushälterin hatte ihn weggeworfen, aber …«

Antonius nimmt Sisi die Taschenlampe wieder ab und sieht Conrad glücklich an.

»Danke, dass Sie mir geholfen haben, ihn zu retten«, sagt er.

»Conrad hat Sie gehört.«

»Ja, er ist ein echter Trüffelhund. Wussten Sie, dass die Trüffel gar nicht mehr mit Schweinen, sondern mit Hunden gesucht werden?«

»Ich glaube, wir müssen dann mal los«, ist ihre Antwort.

»Darf ich Sie auf einen Grog einladen, den ich uns schnell mache? Es ist doch ein sehr kalter Abend.«

Sisi starrt auf den knautschigen Pilz namens Tumber irgendwas und dann auf Antonius.

»Nein, danke, ist echt nett, aber wir müssen nach Hause.«

»Schauen Sie mal, dieser wunderbare Mond heute Nacht.

Wie eine große goldene Kugel«, sagt Antonius, der schon immer etwas für die Gestirne und ihren Lauf übrig hatte. Er wäre auch gerne Astronaut geworden.

»Und da! Tatsächlich eine Sternschnuppe um diese Jahreszeit!«

Sisi wünscht sich schnell etwas. Und Antonius insgeheim auch.

»Bleibt es bei unserem Internetprojekt?«, fragt Antonius plötzlich in die Stille.

»Ja«, sagt Sisi. »Ich habe schon ein paar technische Sachen vorbereiten lassen und gebe dem Administrator gerne Ihre Telefonnummer. Dann können Sie beide die Details klären, das geht schneller. Die Texte kommen wie versprochen dann von mir.«

»Das hört sich gut an«, freut sich Antonius. »Wann können wir uns treffen, um alles zu besprechen?«

»Nächste Woche?«, überlegt Sisi unsicher. Bei Antonius will sie alles immer in die nächste Woche verschieben. Wann auch immer diese sein würde.

»Wir telefonieren noch einmal, ja? Und vorher schaut der Admin bei Ihnen vorbei. Dann wissen wir auch den Umfang der Seiten. Bis später dann, wir müssen los«, und schnell laufen sie und Mops Conrad nach Hause, bevor Antonius noch einmal etwas fragen kann. Der steht zufrieden in seinem Garten und schaut abwechselnd auf seinen Trüffel und auf den Mond. Sein Trüffel ist wieder da, und mit Sisi hat er auch gesprochen.

Nach diesem Ausflug kann Conrad es kaum erwarten, wieder auf das Sofa zu klettern. Er ist ein Trüffelhund! Das hat Antonius gesagt. Er hat ihn im dunklen Garten aufgespürt. Das sollte ihm erst mal ein anderer Hund nachmachen. Vielleicht könnte er mit diesem Erlebnis die kleine Mopsdame aus der Nebenstraße beeindrucken.

»Sag mal, wo kommt ihr beide denn her? Ich habe mir

schon ernstlich Sorgen um euch gemacht. Seid ihr bis in den Grunewald gewandert?«, fragt Sigi zerknirscht.

»Nein«, murmelt Sisi nachdenklich. »Pilze sammeln ...« Soll sie ihm von der Begegnung erzählen? Von einem ungewöhnlichen Mann im Dufflecoat mit dunkelbraunen Augen, der nachts in der Kälte nach etwas sucht, was nur er für ein Kleinod hält? Was würde Sigi als Psychologe dazu sagen? *Werte sind relativ*, vielleicht. Sisi geht in die Küche und ruft Sigi, der nachdenklich durch das Abendprogramm zappt, zu:

»Möchtest du auch einen Grog? Mir ist so kalt.« Grog? So etwas Altmodisches? Wo sie das bloß wieder herhatte.

Angriff

Wer ist diese Person, die ihr den Antonius wegschnappen will?

»Ich kenne sie nicht, ein unbeschriebenes Blatt«, sagt Candida.

»Im Kunstmarkt vielleicht, aber auf anderen Seiten hat sie durchaus schon von sich reden gemacht.« Und Doro hält die letzte Ausgabe von *Fairplay* hoch.

»Was ist das? Ein Männermagazin? Ist sie da drin? Nackt?«

»Fast, sie schreibt für dieses Schundblatt. Hier, eine Kolumne über Mann und Frau.«

»Sex?«

»Vielleicht auch. Jedenfalls solche Beziehungstipps.«

»Wo hast du das Magazin her?«

Soll sie erklären, dass sie es ihrem Loverboy vom Nachttisch entliehen hat? Das käme nicht so gut an.

»Geheime Recherche.« Alle wissen sowieso, dass sie es von irgendeinem Mann aus seiner vermutlich reichhaltigen Sammlung geklaut hat. Vermutlich einem Vielflieger. Denn nichts ist im Flugzeug so schnell vergriffen wie das neueste Nackerlmagazin. Und wie sich die Herren dann anstellen, das Magazin so zu halten, dass frau nicht sieht, dass er nicht *Focus Money* oder *Welt Kompakt*, sondern die bunten Nackerl als Fluglektüre nutzt. Herrlich, die betretenen Gesichter!

»Jedenfalls ist dieses Früchtchen kein Umgang für den feinen Antonius Mercur«, sagt Doro. »Und das müssen wir ihm mal mitteilen.«

»Wie?«

»Wir schreiben ihm einen anonymen Brief. Was sonst? Und vielleicht legen wir auch noch einen Prospekt von ihrem Kaufhaus der Sinne bei?«

»Was ist das denn noch?«, fragt Candida durchaus interessiert.

»Ein Trend-Shop für die gepflegte Zweisamkeit, das habe ich mal gehört«, erklärt Emmie.

»Ach, was! Ein schmuddeliger Sex-Shop.«

»Eben nicht, das ist ja gerade das Besondere. Ein Kaufhaus für die Sinne, in dem frau gerne einkauft. Mit Stil und Niveau. Und keineswegs in Bahnhofsnähe.«

Doro sieht Emmie böse an. Die Nächste, die sie in ihrer nicht vorhandenen Freundinnen-Liste löschen würde, wäre Emmie. Diese Bemerkung ist ihr Knock-out. Emmie jedoch ist es total egal. Sie hat schon lange keine Lust mehr auf Doros negative Machenschaften und nimmt ihre Tasche.

»Ich klinke mich dann mal aus und gehe zum Sport. Einen schönen Tag noch.« Und schon ist sie weg.

»Dann machen wir das eben alleine«, sagt Doro wütend und reißt die Seite mit Sisis Artikel aus *Fairplay* heraus.

»Was schreiben wir ihm zuerst?«

»Nicht viel, würde ich sagen. Ein Prospekt von *Pitty Dessous & Shoes*. Ein Artikel, in dem wir mit Textmarker hellorange ihren Namen als Autorin herausstellen. Das war's schon und die Bombe geht hoch.«

Doro kann sich dennoch nicht verkneifen, noch ein Post-it-Zettelchen dazuzukleben mit dem Satz: *Was sagen Sie nun zu Ihrer neuen Freundin? Jetzt sehen Sie mal, womit sich Ihre neue Bekannte beschäftigt!* Dann lässt sie alles in einem neutralen Umschlag verschwinden, bittet ihre Freundin, die Adresse draufzuschreiben und gibt es Ulli mit zur Post. Das wäre doch gelacht. Mit ihr soll man sich nicht anlegen!

Antonius ruft bei Sisi an. Seine Zurückhaltung hat nun ein Ende. Erstens hat er schon mit dem Administrator alles für seine Internetseiten geklärt, und zweitens sind schon fast drei Wochen rum.

»Sisi, hallo, guten Tag. Ich bin es, Antonius. Ich möchte nachfragen, wann wir uns mal wieder zusammensetzen können, um die Dinge für mein Auktionshaus zu besprechen. Es wäre mir wirklich sehr wichtig, Sie wiederzusehen.«

Sisi beißt sich auf die Unterlippe.

»Ich weiß nicht, ob das so eine gute Idee ist«, sagt sie und schaut vom Schreibtisch ihrer Art-déco-Galerie durch ihren winzigen Laden hinaus auf den Kurfürstendamm. Antonius hat ein riesiges Auktionshaus und eine Sammlung, die Sisi nicht einmal ansatzweise schätzen konnte. Und was hat sie? Ein paar Porzellanrauchverzehrer aus dem Erzgebirge, Kirschholzmöbel, die von Paulinas Bruder in Polen restauriert wurden und Mops Conrad. Der liegt wieder auf seinem Blueberry-Kissen und schnarcht, dass der Tulpenstrauß in der Vase über ihm bebt.

»Warum nicht? Ich finde das eine wunderbare Idee. Sie wissen alles und außerdem haben Sie versprochen, es mir zu zeigen.«

»Ich habe im Moment wenig Zeit und muss mich um meinen Laden kümmern. Da ist einiges nicht erledigt worden seit Jahresbeginn.«

»Ich komme auch gerne zu Ihnen, falls Sie wollen. Gar kein Problem, dann können Sie trotzdem weiterarbeiten, während ich mir alles angucke.«

»Es kommt gerade jemand«, sagt Sisi, »ich rufe Sie gleich zurück.«

»Sehr gerne«, sagt Antonius Mercur höflich, »ich warte.«

Der jemand, der hereinkommt, ist niemand anderer als ihr langjähriger Freund Donate.

»Na, wie geht es dir?«, fragt er.

»Es geht«, sagt Sisi.

»Du siehst nachdenklich aus.«

»Bin ich auch.«

»Zeit für einen Bienenstich heute, oder sieht alles trübe aus bei euch?«

»Freitag ist und bleibt Bienenstich-Tag«, ruft Moni von nebenan aus der Bücherecke. »Ich hole dann gleich mal ein Tablett, und dann geht es los. Mopsi, kommst du mit?«

Bienenstich holen? Ja klar, denn dann kann ich der süßen Bäckerin noch ein Mandelhörnchen abluchsen, wenn ich sie nett anlächele. Mopsi weiß seine Stärken durchaus für sich einzusetzen.

»Was ist los?«, fragt Donate. »Willst du darüber reden?«

»Mit einem Mann?«

»Warum nicht? Vielleicht kann ich dir was raten, aus männlicher Sicht sozusagen.« Und er holt sich Opas Glasaschenbecher vom Tischchen, setzt sich auf den lederbezogenen Sessel gegenüber Sisis Schreibtisch und wartet.

»Du verstehst das nicht.«

»Ich verstehe das schon. Kenn ich dich nun schon seit fünf Jahren oder nicht?«

»Donate, stell dir vor, du lernst jemanden kennen.«

»Schon geschehen«, sagt Donate, der für Abenteuer immer zu haben ist.

»Stell dir vor, du lernst jemanden kennen«, wiederholt Sisi, »eine Frau zum Beispiel …«

»Was denn sonst? Alles andere ist mir doch egal.«

»Weiß ich. Also machen wir es andersherum … Worauf achtest du, wenn du jemanden kennenlernst?«

»Eine Frau?«

»Ja, eine Frau.«

»Ob sie mir gefällt, mehr nicht.«

Super, denkt Sisi. Ein echter Donate.

»Und was genau ist das im Detail?«

»Ob sie gut aussieht. Ob sie lachen kann und mir zuhört.

Ob sie mich klasse findet und meinen Job. Und wenn es ernster wird, dann muss sie natürlich auf meiner Seite stehen und zu mir halten.«

»Das ist alles?«

»Ja, das ist alles.«

»Ist dir egal, was sie macht?«

»Wie, was sie macht?«

»Arbeitet oder was auch immer.«

»Also den Beruf meinst du?«

»Ja, meinetwegen.«

»Das ist mir eigentlich fast egal. Wichtig ist, dass sie noch Wünsche und Visionen hat und sich vielleicht auch was anderes vorstellen könnte.«

»Dir ist egal, ob sie Geld hat oder nicht?«

»Ich habe Geld, das reicht doch«, sagt Donate wichtigtuerisch und lässt mal wieder sein spanisches Temperament raushängen.

»Ja, Donate, danke, das reicht wirklich.«

Klingbing, Moni ist wieder da. Und mit ihr ein Blech voller zuckrigem Kuchen und ein Mopsi mit einem Butterhörnchen in der Schnauze, das er gleich nach nebenan zu Paulina bei *Pitty Dessous & Shoes* trägt. Sie findet ihn unmöglich verfressen. Aber sie ist es, die ihm nachmittags immer sein Butterhörnchen in eine Schüssel mit lauwarmer Milch legt, damit es schön weich wird.

»Er hat ja keine richtigen Zähne«, sagt sie dann immer entschuldigend und zeigt auf Mopsi, der neben Paulina steht und wartet, bis diese wunderschöne schlanke Elfe mit den blonden Haaren ihm seine Milchschüssel runterreicht und er einen Blick auf ihren hübschen Ausschnitt erhaschen kann. Denn auch Mops Conrad ist da ein echter Genießer. Und darum geht es doch im Kaufhaus der Sinne und im Leben. Oder nicht?

Ist das wieder ein Spaß an diesem Freitagnachmittag! Alle vier reden durcheinander. Über die Woche, neue Ware für *Pitty Dessous* und die Planungen für den Sommer. Mopsi sitzt zufrieden in seinem Schaufenster und zählt Passanten, während er sich die Reste des Puderzuckers aus den Barthaaren putzt.

Antonius wartet vergeblich auf einen Rückruf. Nach zwei Stunden wird ihm die Warterei zu bunt. Was hatte sie gesagt? Art-déco-Galerie? Seine Sekretärin druckt ihm fix die Adresse aus, denn im Gegensatz zu Antonius kennt sie Google.

Am Kurfürstendamm ist es – das ist beinahe ganz in der Nähe. Dahin mache ich mal einen Spaziergang. Eventuell gäbe es ja doch noch etwas zu besprechen.

Schon von Weitem sieht er ein pinkfarbenes Firmenschild *Pitty Dessous* und eine im Wind flatternde Fahne mit einem roten Kussmund. Rot ist seine Lieblingsfarbe, neben Grün und Blau. Kurz bevor er bei *Pitty Dessous* angekommen ist, erregt der Nachbarladen sein Interesse. *Art Déco Silber – Alles von Opa und Oma* steht auf dem Schaufenster. Das sind immer großartige Fundgruben. Sein Jagdfieber ist erwacht. Und sicherlich wird dies Sisis Geschäft sein.

Mops Conrad liegt in seinem Blueberry-Nest und traut seinen kugelrunden Augen nicht. Ist das nicht dieser Trüffelsammler Antonius ...?

Doch bevor er Alarm schlagen kann, reißt Antonius unabsichtlich mit etwas zu viel Schwung die Ladentür auf, dass es nur so scheppert. Er hat erwartet, dass die schwere Tür auch schwer zu öffnen wäre, doch Donate hat sie gerade vor zwei Tagen geölt. *Klingbing* lärmt es durch den Laden, und das fröhliche Gelächter der Freunde erstirbt.

Sisi starrt wie versteinert auf Antonius Mercur, der sich

noch an dem Türgriff festhält, weil es ihm peinlich ist, einen solchen Lärm verursacht zu haben. Er sieht verlegen in die Runde der anwesenden Freundesclique. Sisi wiederum sieht Antonius erschreckt an. Was macht der denn hier? Seinen hilflosen Gesichtsausdruck bezieht sie auf die winzig kleine Galerie und das unkomplizierte Sit-in mit Bienenstich und ihren Freunden. Alles ist herausgekommen!

Doch Antonius kümmert das alles überhaupt nicht.

»Ich möchte eigentlich zu Sisi Wall«, sagt er und sieht sich suchend um. So viele Menschen hat er in dem kleinen Laden nicht erwartet. Alles Kunden? Dann läuft das Geschäft ja, denkt er.

»Ohhh, kein Problem, Sisi ist auch hier«, sagt Paulina, putzt sich die Krümel von ihrer strassbesetzten Jeans und kommt ihm auf atemberaubenden High Heels entgegen.

Nein, ich bin nicht da, Paulina. Ich bin gerade tot umgefallen. In eine Erdspalte gerutscht. Nie da gewesen. Kreise im Orbit um Mars und Jupiter ... Und während Sisi sich in Gedanken noch eine Million Ausreden einfallen lässt und sich hinter Donate duckt, schiebt Paulina Antonius durch den engen Laden in Richtung Sisi.

»Hallo«, sagt er hocherfreut. »Ich habe Sie gesucht. Wir wollten doch noch mal über das Internetprojekt sprechen.«

»Sind Sie ein Freund?«, fragt Donate, der immer alles auf den Punkt bringt.

»So in etwa«, sagt Antonius eine Spur zu forsch. War das dieser Sigi?

»Dann setzen Sie sich erst einmal dazu. Es gibt heute frischen Bienenstich. Die Arbeit kann mal fünf Minuten warten.«

Sisi gibt Donate ein Zeichen, was so viel bedeutet wie *Nachher reiß ich dir die Rübe ab*, doch dieser achtet nicht auf sie und zieht ruckzuck eine hölzerne Bauernbrauttruhe heran, damit Antonius auch einen Sitzplatz hat.

»Möchten Sie einen Tee?«, fragt Moni. Sisi schüttelt den

Kopf und hält ihren Zeigefinger an die Stirn, doch Moni achtet genau wie Donate nicht auf sie. Jetzt wollen doch alle mal sehen, warum Sisi, die sonst die gastfreundlichste Person aller Zeiten ist, diesen – zugegeben komischen Kauz – nicht im Laden haben will.

Doch zu allem Unglück geht die Ladentür noch einmal auf. Der Bestatter von nebenan! Er kommt auf Antonius zugelaufen und ruft aufgeregt: »Gehört Ihnen das Auto da draußen?«

»Nein«, sagt Antonius, der H.W. Herrmann von der Vernissage wiedererkennt.

»Wie gut, uns ist gerade beim Verladen eine Steinplatte auf die Windschutzscheibe gefallen. Nichts Ernstes. Nur ein Achsenbruch und wahrscheinlich Totalschaden.«

»Totalschaden? Von einem Stein? Das muss aber ein Riesenstein gewesen sein?«

»Ein Super-Gedenkstein, sage ich Ihnen! Für ein Denkmal aus meinem Institut für Sepulkralkultur nebenan. Ich handele mit besonders schönen Gedenksteinen, wenn man das so ausdrücken will«, sagt er und ergreift Antonius' Hand.

»Mein Name ist Herrmann. H.W. Herrmann – Kommen Sie doch mal vorbei, für einen guten Stein ist es nie zu früh.«

»Wir nennen ihn den Bestatter«, sagt Paulina, als H.W. Herrmann wieder draußen ist. »Er ist eigentlich ein umgänglicher Typ. Wenn man davon absieht, dass es in seinem Laden auch im Hochsommer immer kühl ist und einige Leute nie mehr auftauchen, die einmal in seinem Institut gewesen sind.«

»Nett«, sagt Antonius und trinkt seinen Tee. Doch das Wörtchen *nett* bezieht sich auf Mopsi, der Antonius gerade mit seinem Lieblingsspielzeug aufmuntern möchte. Leider ist dies ein Strumpfband mit überdimensionierter Schleife, was Paulina ihm manchmal aus Scherz um den Hals bindet. Sisi ist einer Ohnmacht nahe. Machen sich heute eigentlich alle zu Deppen? Was soll Antonius denn von ihnen denken?

»Wissen Sie«, fängt Donate an, »wir haben hier jeden Freitagnachmittag unser Bienenstich-Essen. Ich weiß, Bienenstich ist ein langweiliger Kuchen, aber das ist nun mal unsere Tradition. Sonst sehen wir Freunde uns einfach zu wenig.«

Antonius liebt Traditionen. Und Freundschaften. Für beides hat er ein Herz. Und er denkt an seinen Freund Aurelio Rosato und an Zürich. Und weil es irgendwie anheimelnd ist in dieser kleinen Galerie, erzählt er von seiner Jugend, seinen Freundschaften und von seiner Lieblingsbeschäftigung: dem Kochen. Und dass er dies auch gerne mal zusammen mit Freunden machen würde. Kochen für Freunde.

»Haben Sie keine Freunde hier in Berlin?«, fragt Moni.

»Nein«, sagt Antonius nach kurzem Zögern. »So direkt eigentlich nicht.«

»Dann kommen Sie eben ab und zu bei uns vorbei«, sagt Donate, der Antonius klasse findet. Denn irgendetwas hat dieser Kerl hinter seiner wohltemperierten Fassade. Das sieht Donate, der Spanier, gleich. Bei Antonius ist Feuer in den Adern. Mit dem kann man was erleben. Vielleicht wäre der der Richtige für ein paar gute Geschäfte?

»Ich muss dann mal wieder los«, sagt Donate. »Noch ein Brot kaufen.«

»Und ich muss noch einen Karton mit neuen Liebesratgebern ins Regal einsortieren«, sagt Moni.

»Meine Negligés müssen gebügelt werden. Sie sind völlig zerknittert aus Italien hier angekommen. Ach, diese Italiener«, seufzt Paulina mit rollenden Augen und verschwindet nebenan bei *Pitty Dessous*. Ahnt sie etwas? Bei ihr muss man vorsichtig sein. Sie hat einen siebten Sinn.

Antonius hingegen ist höchst zufrieden. Er setzt sich neben Sisi an den Schreibtisch und zeigt ihr die Navigation seiner leeren Internetseiten.

»Wir haben uns von Ihren Ideen und Christie's und Sotheby's inspirieren lassen. Der Internet-Mann, den Sie mir empfohlen haben, der ist wirklich kompetent. Aber Ihre eigenen Internetseiten habe ich noch nicht gesehen.«

Christie's gegen *Art Déco Silber – Alles von Opa und Oma*. Na super!

Doch Antonius lässt sich nicht beirren, und schließlich zeigt Sisi ihm ihre Internetseiten. Warum eigentlich nicht? Alle Menschen dieser Welt könnten ihre Seiten anklicken, also warum nicht auch Antonius? Weil er etwas Besonderes ist? Sisi sieht ihn von der Seite an. Er hat seine schreckliche Brille abgenommen und schaut fasziniert auf den Bildschirm. Seine Haare haben sich wieder gegen das Gel durchgesetzt und beginnen, sich im Nacken bereits nach seiner italienischen Art zu locken, was wiederum Sisi sehr verlockend findet. Vielleicht sollte ihm mal jemand sagen, dass er das blöde Haargel einfach weglassen kann? Antonius Mercur ist durchaus begeisterungsfähig und hat Humor. Und manchmal wird er von einer Leidenschaft für eine Sache gepackt, die sie sonst nur bei ihren Freundinnen kennt. Und das macht ihn erstaunlich attraktiv.

Als Sisi das Startseiten-Bild ihres Kaufhauses der Sinne sieht, sind alle Zweifel verflogen, und ihre Energie kehrt zurück. Und der Stolz auf das, was sie drei Frauen ganz alleine geschafft haben.

»Wir sind die *Fabulous Three*. Wir haben eigentlich drei Läden«, erzählt Sisi stolz. »*Pitty Dessous* – das Kaufhaus der Sinne mit dem Spezialgebiet Spitze an den richtigen Stellen. *Pitty Dessous & Shoes*, denn gute Schuhe erheben ein ganzes Outfit. Und *Art Déco Silber* – den Laden gab es zuerst. Wir sind die drei Expertinnen für Lebensstil in unserem Lifestyle-Haus der Sinne.« So, jetzt ist es raus.

»Ein Kaufhaus für alle Sinne?«, fragt er nach.

»Für *alle* Sinne, ganz richtig«, sagt Sisi. »Fühlen, sehen, hören, schmecken – genießen mit allen Sinnen. Von Body-

Butter bis Orangenblüten-Badesalz über Entspannungsmusik bis hin zu Erdbeeren in Schokolade, von feinsten Stoffen bis zu ... Na ja, was eben alles so dazugehört für eine erfüllte, glückliche und insbesondere sinnliche Partnerschaft.«

»Wunderbar«, sagt Antonius. »Da werde ich doch gleich noch einmal bei Ihrer Freundin nebenan vorbeischauen.«

Antonius hat viel gehört und begriffen. Vom Internet und von Sisis Kaufhaus der Sinne. Jetzt geht es an die Umsetzung.

»Wann sehen wir uns wieder?«, fragt er. »Ich möchte die Texte für meinen Internetauftritt einsetzen. Wir müssen nur beginnen.«

»Nächste Woche«, sagt Sisi. Zeit gewinnen, denkt sie. Antonius ist für sie der Nächste-Woche-Mann. »Nächste Woche kann ich Ihnen schon was zuschicken. Die Inhalte nehme ich aus den Katalogen, und die Navigation steht ja schon fest. Das haben wir fix zusammen.«

»Ja«, nickt Antonius zufrieden. »Nächste Woche bin ich wieder da. Am Bienenstich-Tag?«

Dann steht er auf, gibt Sisi viel zu förmlich die Hand. Sie will ihn schon zur Ladentür begleiten, doch er geht sicheren Schrittes durch die Seitentür nach nebenan ins Kaufhaus der Sinne. Über eine halbe Stunde ist er nebenan, dann verlässt er mit einer Papiertüte von *Pitty Dessous* den Laden, geht draußen am Schaufenster vorbei und winkt Sisi und Mops Conrad zum Abschied noch einmal zu.

»Was hat er gekauft?«, fragt Sisi Paulina, als die mit verschränkten Armen lächelnd im Türrahmen steht.

»Kundengeheimnis, liebe Sisi. Aber eines kann ich dir sagen: Anspruchsvoll ist dein neuer Bekannter schon. Sehr anspruchsvoll sogar.« Sie schmunzelt.

»Und er hat mir gesagt, was uns fehlt.«

»Uns fehlt etwas? Was?«

»Champagner rosé! Wir haben nur Pink Prosecco. Aber

manchmal, für einen besonderen Anlass, einen gaaaanz besonderen Anlass, da muss es auch einmal etwas mehr sein.«

»Was hat er gekauft, Paulina?«, fragt Sisi noch einmal.

»Weiß nicht. Habe ich gerade vergessen.«

»Warum benehmt ihr euch heute alle bloß so komisch?«

»Schämst du dich für uns?«

»Nein, natürlich nicht. Es ist nur so: Er kommt aus einer anderen Welt.«

»Na und? Wir kamen bisher klar. Wir haben unsere Welt. Er kommt dazu. Er muss mit uns klarkommen. Nicht wir mit ihm«, sagt Paulina gereizt. Sie ist es gewohnt, dass sich die Männer um sie drehen und nicht sie sich um die Männer. Und ihr Leben beweist, dass das klappen kann. Wenn frau so toll aussieht wie Paulina, heißt das.

»Wenn es sein soll«, orakelt Moni hinter ihren beleuchteten Salzsteinen, die sie als »Love-Lights« verkauft, »dass er zu uns passt, dann wird sich das ganz von alleine ergeben. Und wenn nicht, dann eben nicht. Bloß keine Verrenkungen anstellen. Das ist nicht gut fürs Seelenheil. Mal sehen, was in deinem Astrogramm dazu steht ...«

Krokodil

Sisi kaut nachdenklich auf dem Bleistift herum. Wie soll sie es bloß vermeiden, dass Sigi und sie zusammen in dieses italienische Restaurant gehen? Sie hat wirklich nichts gegen eine Einladung zum Abendessen von Sigi einzuwenden. Sie isst gerne und mit allen den Sinnen zur Verfügung stehenden Möglichkeiten. Aber in Antonius' Restaurant mit Sigi? Das geht nun wirklich nicht.

Doch wie so oft im Leben ergibt sich die Lösung von einer ganz anderen Seite als erwartet. Und diesmal ausgerechnet in Gestalt von Donate. Fröhlich kommt er zur Ladentür herein, schnappt sich ungebeten einen Jugendstilstuhl, setzt sich vor Sisis Schreibtisch und zieht seine Zigarettenpackung aus der Tasche.

»Du wirst es nicht glauben, ich habe was ganz Tolles für dich.«

»Das glaube ich wirklich nicht«, sagt Sisi lachend. »Hallo, erst einmal.«

»Sowieso«, sagt Donate und sucht nach dem Feuerzeug.

»Hier, nimm die«, und Sisi reicht ihm eine Packung Kaminhölzer.

»Willst du mich umbringen, was sind das denn für Ess-Stäbchen?«

»Sind keine. Sie wären das Richtige für einen Abend am Kamin, aber wir haben ja keinen.«

»Doch, jetzt schon«, sagt Donate und holt aus seiner Jackentasche einen Umschlag hervor.

»Hier, sieh mal, diese Gutscheine habe ich bekommen.

Eine Einladung für zwei Personen im neuen Restaurant am Savignyplatz. Mit Kamin!«

Sisi schaut sich die Fotos auf dem Gutschein an.

»Sieht sehr modern aus. Eindeutig kühler Architektenstil.«

»Ja, scheint so zu sein. Und das Wichtigste: Es nennt sich Lounge-Bar-Restaurant. Du kannst nach dem Essen noch ein bisschen abchillen. Ein Hot Spot von Berlin. Und du wärest gleich nach der Eröffnung schon einmal da gewesen und kannst mitreden ...«

»Das ist mir alles eher weniger wichtig ...«

»Aber das Essen. Du kannst dir alles selber zusammenstellen und aus acht verschiedenen Saucen wählen, mit denen sie dir das Gemüse dünsten. Und guck mal! Es gibt sogar Krokodil.«

»Auch das interessiert mich eher weniger. Aber ist natürlich toll zu wissen, wenn man jemanden einladen will«, ergänzt Sisi schnell, um Donate in seiner Euphorie nicht zu stark zu bremsen.

»Genau, mit irgendwas muss man ja schließlich angeben«, sagt Donate. Damit kennt er sich wirklich aus. »Und ein Willkommenscocktail ist auch noch dabei.«

»Ein Gutschein für zwei Personen? Und was kostet der?«

»Offiziell 100 Euro, mit einem Fuffi bin ich voll zufrieden«, sagt Donate.

»Gemacht!« Das ist die Lösung für ihr Problem: Sisi würde mit einem 100-Euro-Gutschein bei Sigi auftauchen, da könnte er eigentlich nichts dagegen haben, das Lokal zu wechseln.

»Es gibt nur ein Problem ...«

»Welches?«

»Er ist nur noch bis Sonntag gültig. Also nur noch zwei Tage.«

»Kein Thema, ich würde morgen hingehen.« Noch besser. Ein Gutschein, der in zwei Tagen abläuft, ist ein noch weitaus besseres Argument.

»Na, dann passt das.«

»Und wie!«, ruft Sisi.

»Hier ist dein Gutschein.«

»Und hier ist dein Fuffi«, antwortet Sisi fröhlich.

»Bin gerne zu weiteren Geschäften bereit«, sagt Donate. »Und falls du noch jemanden kennst, der einen Gutschein braucht ...«

»Eher weniger, im Moment«, sagt Sisi. Eigentlich wäre ein Abend mit Sigi in so einem schicken neuen Lounge-Bar-Restaurant doch genau das Richtige, um mal auszuspannen, ohne gleich jeden zu kennen.

»Aber du könntest es bei den Kleinanzeigen reinsetzen, vielleicht meldet sich jemand?«

Doch da hat sie sich in Donates Geschäftssinn mächtig getäuscht.

Klingbing, die Ladentür geht auf, und der nette Möbeltransporteur ist da, um die Vitrine abzuholen, die Sisi gestern verkauft hat.

»Na, dann will ich mal wieder«, sagt Donate. Das sieht ihm dann doch zu sehr nach Arbeit aus. Doch er ist eine Sekunde zu langsam.

»Hallo, wäre nett, wenn Sie noch schnell bei der Vitrine mit anfassen könnten. Nur bis zum Lieferwagen«, sagt der junge Mann und zieht sein Zopfgummi im Nacken fest. Dumm gelaufen für Donate. Und so muss er das erste Mal an diesem Tag tatsächlich etwas tun.

Sigi ist gar nicht begeistert. Er hatte sich schon so auf einen romantischen italienischen Abend mit Sisi gefreut. Und nun soll er in so einen neuen Schuppen gehen, der auf den Fotos die Atmosphäre eines Kühlhauses verströmt. Am liebsten würde er diesen blöden Gutschein verfallen lassen. Das ist doch sowieso immer nur Nepp mit diesen Gutscheinen. Garantiert steckt da wieder dieser Donate dahinter. Der hat doch ständig mit seinem Kumpel Rodriguez, der Türsteher in so einem In-Lokal ist, irgendwelche Sonderaktionen laufen. Aber wenn Sisi unbedingt will, dann werden sie eben dort hingehen. Er kann sie dann ja zu Hause mit etwas Nettem überraschen.

»Und was wird mit Mops Conrad?«

»Der darf entweder mit oder verbringt einen netten Fernsehabend bei Herrn Kaloke auf dem Sofa.«

»Sofa statt Sushi. Conrad, was möchtest du?«

Conrad sieht von Sisi zu Sigi. Sofa ist ihm ein Begriff. Da kann es sich nur um das braune, weiche Samtsofa mit den großen Kissen handeln, die er immer erst einmal auf den Boden wirft, um Platz zu haben. Sofa ist prima. Sushi kennt er nicht und will er angesichts der Aussicht auf einen warmen Platz auf dem Sofa und einen Fernsehabend mit Herrn Kaloke auch nicht kennenlernen. Denn schließlich gibt es bei Herrn Kaloke zum Spielfilm immer einen Snack in Form von Schokodrops. Also setzt sich Conrad mit seinem Plüschtier in sein Körbchen, was soviel bedeutet wie: Ich komme schon mit Teddy sehr gut alleine klar.

»Also nicht Sushi«, deutet Sigi richtig.

Vor dem Restaurant lodern hohe Feuerfackeln, und ein roter Teppich begrüßt die Gäste. Ganz klar sind das noch Utensilien der letzten Berlinale. Nachdem sie ihre Mäntel einem Mädchen in einem schmucklosen grauen Leinenkasack übergeben haben, werden sie zum Kamin geführt, um auf den weißen Lederkuben einen fingerhutgroßen Begrüßungscocktail einzunehmen.

»Das ist nicht einmal ein Schnapsglas voll«, mault Sigi.

»Ja, aber es kommt ja darauf an, was drin ist.«

»Zitronensaft, ich schmecke nur Zitronensaft.«

»Und was ist das Rote, was da unten im Glas schwimmt? Auch etwa Zitrone?«

Sigi holt ganz pragmatisch sein Schweizer Taschenmesser

aus der Hosentasche, und ehe Sisi eingreifen kann, hat er es umständlich geöffnet und den Teil mit dem Zahnstocher hervorgeschoben. Mit diesem rührt er in seinem Fingerhut-Cocktail herum, wobei er seine Zunge zwischen die Lippen presst. Er sieht aus wie ein Wissenschaftler bei einem gefährlichen Experiment.

»Ich kann es nicht herausfischen«, murmelt er schließlich. »Aber verrühren kann man es. Soll ich deins auch verrühren?«, fragt er hilfsbereit nach.

Sisi schaut in das Kaminfeuer, das auf einem Plasma-Bildschirm projiziert läuft, und überlegt, ob sie sich gleich erschießen soll oder vielleicht erst nach dem Essen.

Vorher wäre doch besser gewesen, denn das Ambiente ist einfach eine Katastrophe. Zuerst werden sie beide an einen endlos langen Tapeziertisch mit leeren Plätzen gesetzt und warten locker zwanzig Minuten auf ein Glas Mineralwasser. Und dann füllt sich der stadiongroße Raum langsam mit Touristengruppen, die busweise einfallen. Bevor Sigi auch nur den Vorschlag machen kann, doch einfach wieder zu gehen, kommt eine lärmende Gruppe auf sie zu, die sie nur zu gut kennen. Es sind Moni und ihr Peter, Paulina mit einem neuen Begleiter, Donate und Frau mit drei Kindern und nicht zuletzt auch noch der Bestatter von nebenan, der jemanden dabeihat, den Sisi noch nie gesehen hat. Was bei dem Bestatter nichts bedeutet, denn manche seiner Kunden sahen sie tatsächlich nur einmal und dann nie wieder. Plötzlich kommt Leben in das stylishe Kühlhaus, die Freunde setzen sich natürlich sofort zu ihnen an den Tisch, lachen miteinander, und endlich scheint der Abend so etwas wie Wärme zu bekommen.

»Donate, du hast doch nicht etwa …?«

»Doch, alle Gutscheine verkauft. So eine Gelegenheit lässt man nicht verfallen. Und außerdem: Wann haben wir gemeinsam so viel Spaß?«

»Jeden Tag«, sagt Sigi etwas zerknirscht. »Ich wollte eigentlich mal alleine mit Sisi ...«

»Biste doch nachher immer noch«, flüstert Donate und zwinkert verschwörerisch. »Und nun komm, du als Feinschmecker hast doch bestimmt noch nie Krokodil gegessen ...« Und schon eilt Donate mit Sigi an ein meterlanges Buffet und füllt aus über vierzig Zutaten ein Porzellanschüsselchen, was dann beim Koch abgegeben und vor den Augen der erstaunten Gäste auf einer heißen Platte gedünstet wird.

»Front-Cooking können die wenigsten«, ruft Donate, und Sigi schaut interessiert zu. Als leidenschaftlicher Koch entflammt sich sein Herz für die glänzenden Edelstahlutensilien und nicht für die exotischen Zutaten aus aller Welt. Und schon gar nicht für das weiße Krokodil- oder das tiefrote Känguru-Fleisch. Das ist nicht nach seinem Geschmack.

Einer fehlt immer am Tisch, weil die Mini-Schüsselchen ruckzuck leer gegessen sind. Denn während des Bratens auf der heißen Platte verlieren sie locker um die Hälfte an Volumen. Man isst sich wortwörtlich hungrig. Und so ist es auch der stets hungrige Donate, der nach der zweiten Portion (mehr gibt es nicht für den gloriosen Gutschein) vorschlägt: »Ich weiß ja nicht, wie es euch geht. Aber von dem bisschen Gemüse hier werde ich nicht satt. Wie wäre es mit einer echten Currywurst bei uns um die Ecke am Ku'damm?« Und alle stimmen zu und lassen den erstaunten Front-Cooking-Koch ratlos hinter seiner Glaswand stehen.

Und als Sisi und Sigi endlich gesättigt und alleine über den Ku'damm durch die Nacht zurück nach Hause wandern, sagt Sigi:

»Du hattest in den letzten Wochen noch weniger Zeit für uns beide als sonst. Und außerdem gibt es dich wohl nur noch in der Familienpackung mit all deinen Freunden?«

»Ist besser als eine Sparpackung«, antwortet Sisi etwas zu trotzig. Und der restliche Abend ist gelaufen. Abgesehen davon, dass man nicht gerne jemanden küsst, der Krokodil gegessen hat.

Eine geplante Überraschung

Sisi läuft aufgeregt durch den Laden und rückt hier etwas zurecht, staubt dort etwas ab und sucht ausreichend Tassen für den Espresso zusammen und eine Glasplatte von Oma für den Bienenstich. Sie können ihn unmöglich wie immer direkt auf der Pappe der Bäckerei schneiden und aus der Hand essen.

»Warum bist du denn heute so nervös? Die Woche ist doch gut gelaufen?«, fragt Paulina.

»Ich weiß auch nicht.«

»Ich schon«, grinst Moni. »Gleich kommt Antonius, und Sisi will einen guten Eindruck machen.«

»Warum kommt er ausgerechnet heute?«

»Weil heute alle da sind und Sisi nicht mit ihm alleine sein muss. Deshalb«, erklärt Moni. »Aber das wird ihr auf Dauer gar nichts nützen«, orakelt sie.

»Nützt tatsächlich nichts«, sagt Paulina. »Das Schicksal kommt so, wie es sein soll. Ich war doch mit Mops Conrad beim Joggen, und er saß in seinem neuen Buggy wie eine Eins. Alle waren begeistert, einfach toll, wie er das gemacht hat. Auch den haben wir beeindruckt, den ich beeindrucken wollte. Nur waren wir eben nie alleine, sondern immer in einer Joggergruppe. Und dann …«

»Was dann …?«

»Dann ist Mopsi plötzlich rausgesprungen, durchs Unterholz geflitzt und weg war er.«

»Was? Das hast du mir gar nicht erzählt.«

»War auch besser so. Ich hätte es dir erst erzählt, wenn wir ihn nicht wiedergefunden hätten.«

»Er war weg?«

»Über eine Stunde. Wir riefen und suchten, schauten hinter jeden Strauch. Kein Conrad. Alle Jogger mussten nach und nach zum Job oder nach Hause und ließen mich bei meiner Suche alleine. Nur mein Mister Superjogger nicht. Der blieb und half mir suchen.«

»Und wo war er?«

»Wer? Mopsi? Du wirst es nicht glauben: Er saß auf dem Parkplatz neben meinem Auto und verdrückte eine Butterstulle mit den Holzfällern. Als wir kamen, rannte er gleich auf mich zu. *Ganz schön ausgehungert, der Kleine,* haben mir die Holzfäller noch zugerufen, und schon habe ich ihn ins Auto verfrachtet.«

»Mopsi, du machst ja Sachen!« Sisi tätschelt besorgt sein rundes Köpfchen. Mopsi schaut aus seinem Blueberry-Körbchen auf und findet das völlig normal. Erstens muss man einfach Hasen jagen, wenn man schon mal ein so altes und dickes Tier vor die Nase bekommt wie das im Grunewald. Da besteht zumindest eine Minimalchance, dass man den Hasen mal beriechen kann. Und zweitens hätte es Paulina sonst nie geschafft, ihren Gigolo-Jogger mal alleine für sich zu haben.

»Ach, Mops Conrad ging es danach richtig gut. Wir waren im Café, und er hat erst einmal eine warme Milch mit Honig bekommen. Und ich ein neues Date mit meinem Micha. Ohne Joggingklamotten. Na, der wird Augen machen.«

»Ganz sicher«, stimmt Moni zu, »das wird er.« Und sie strahlt wie die Engelchen auf ihren Glücksamuletten, denn auch für Paulina scheinen die Sterne gerade sehr günstig zu stehen.

»Und dir wird es früher oder später auch nichts nützen, diesem Antonius auszuweichen. Was geschehen muss, geschieht.«

»Es geschieht ja nichts«, trotzt Sisi.

»Denkst du. Wenn du ehrlich bist, geschieht schon etwas. Deine Sterne sagen übrigens …«

Klingbing, die Ladentür öffnet sich, und Antonius steht mit einer großen Pappschachtel in der Tür.

»Ich habe mir erlaubt, heute für den Bienenstich zu sorgen«, sagt er und stellt den Riesenkarton auf den Tisch.

»Wenn da Bienenstich drin ist«, ruft Paulina, »können wir die halbe Straße einladen.«

»Bienenstich und Mandelhörnchen. Ich habe gehört, dass hier jemand auch gerne Mandelhörnchen isst.« Und er schaut glücklich auf Sisi.

»Ja, Mops Conrad«, antwortet Paulina.

Antonius ist enttäuscht. Eigentlich wollte er jemand anderen beschenken.

»Schön, dass Sie da sind«, sagt Sisi eine Spur zu formal. Und Moni grinst so breit, dass sie sich in die Miniküche zurückziehen muss, damit es keiner merkt.

Antonius sitzt neben Sisi vor dem PC, und sie klicken sich durch seine Webseiten, die noch nicht freigeschaltet sind.

»Sie sind ausnehmend gut geworden, auch die Fotos sind äußerst gelungen. Ich habe auch Aurelio schon die Internetadresse mit Passwort gegeben, damit er sich die Seiten vorab mal anschaut. Nur unsere Firmenphilosophie, über die muss ich noch nachdenken.«

»Mmhhh«, sagt Sisi. Mehr nicht. Die kann sie sich ja schlecht auch noch ausdenken, das übernimmt bitteschön er.

»Ich habe mir auch dieses eBay einmal in Ruhe angeschaut.«

»Wo?«, fragt Sisi. Er hat doch gar keinen PC.

»Mit Aurelio. Er ist in Berlin, und wir haben gestern meine Sekretärin gebeten, dass sie mir das mal aufruft. Wir haben eine Stunde lang die Rubrik Antiquitäten, Malerei und antikes Glas angeschaut. Ich glaube, das ist kein hochwertiger Markt für wirklich gute Dinge.«

»Das mag sein«, sagt Sisi. Allenfalls Art-déco-Deckeldosen sind da ab und zu mal nachts zu ergattern, wenn alle anderen schlafen. Und eine kleine, traurige Hirschkuh, ergänzt sie in Gedanken.

»Qualifizierte Beratung und Vertrauen sind nach wie vor die wichtigsten Eigenschaften eines guten Auktionshauses, beides hat man nicht bei …«

»Das ist der Anfang des Textes für die Firmenphilosophie«, ruft Moni aus der Miniküche.

»Stimmt!« Antonius ist begeistert und notiert das gleich in seinem antiquierten, schweinsledern gebundenen Heftchen.

»Und ich will damit sagen: Unsere Kunden kaufen nicht bei eBay.«

»Unsere auch nicht«, ruft jetzt Paulina dazwischen. »Gutsitzende Dessous muss frau gottlob anprobieren. Außerdem die Qualität der Spitze fühlen. Das merkt man nur auf der eigenen Haut und nicht im Internet.«

Antonius wendet sich wieder Sisi zu und ergänzt leise: »Aurelio meint, eBay erreicht den Kunst- und Antiquitätenmarkt nur sehr eingeschränkt. Er hat nachgeforscht. Maximal ein bis zwei Prozent des Umsatzes des Gesamtmarktes findet über eBay statt. Also brauchen wir uns davor wirklich nicht zu fürchten.«

»Wir fürchten uns auch nicht. Unsere Kunden haben eine Stöber- und Genussmentalität, und die kann man nur ausleben, wenn man die Sachen anfassen und betasten kann.«

Sisi weiß gar nicht, warum sie so ruppig zu Antonius ist. Eigentlich hat sie sich doch gefreut, dass er heute kommt. Wenn sie ehrlich ist, hat sie ein bisschen Angst davor, dass ihr Internetprojekt bald fertig sein wird. Was könnte sie dann mit Antonius anstellen, um ihn näher kennenzulernen?

Sigi tigert währenddessen in seiner Psychologen-Praxis auf und ab und starrt auf sein Telefon. Früher hat Sisi ihn ab und zu mal in der Mittagspause angerufen. Einfach nur so. Um ihm etwas zu erzählen: was sie verkauft hatte oder wen sie gerade auf dem Ku'damm vorbeispazieren gesehen hatte. Mario Adorf etwa, oder Gudrun Landgrebe. Oder irgendwelche Soapsternchen, die man nur erkannte, weil sie sich selber so wichtig nahmen. Aber jetzt schweigt sein privates Sisi-Telefon. Es ist schon eingestaubt. Ein Plan muss her. Irgendwie muss sich Sigi wieder ins Spiel bringen. Und er will herausfinden, wer ihn aus dem Spiel zu drängen versucht. Aber als Psychologe, denkt er, wird ihm das schon gelingen. Heute würde er keinen Patientenbericht mehr schreiben, sondern einen Plan aushecken. Er geht zu seiner Lieblings-Currywurstbude und bestellt sich bei Kalle erst einmal eine »Best Wurst in Town«, wie auf dem Schild über dem Tresen zu lesen ist. Mit hungrigem Magen kann Sigi nicht nachdenken. Da ist er wie Sisi. Er lehnt sich an Kalles heiße Kiste und wartet darauf, dass die Bratwurst richtig kross gebraten ist. Kalle gibt alles, denn Sigi ist anspruchsvoll. Den kann er nur mit einer exzellent gebratenen Wurst zufriedenstellen und nicht mit noch einem Dosenbier aufs Haus wie die anderen, die hier herumstehen.

»Na, auch Beziehungsprobleme?«, ruft Kalle aus seiner heißen Kiste und wendet die Würste geschickt auf dem Grill.

»Wieso?«, fragt Sigi.

»Haben doch alle hier«, sagt Kalle und zeigt mit der Wurstzange auf seine Kunden am Tresen. Die nicken einhellig. Manche wacher, andere weniger wach.

Sigi bestellt sich eine Afri-Cola und dann noch einen Kaffee im Pappbecher, aber beides bringt auch keine klareren Gedanken.

»Bring mal Blumen mit«, ruft plötzlich der eine. »So ein bisschen Grünzeug wirkt Wunder.«

»Danke für den Tipp, aber damit ist es nicht getan.«

»Dann kauf doch mal ein Schmuckstück. Bei Tchibo gibt es immer was«, rät der andere. Sigi nickt, weil er die Jungs nicht verärgern möchte. Aber ihre Tipps sind nichts für Sisi. Gäbe es hier nicht so eine leckere Wurst, Sigi würde nie mehr bei Kalles heißer Kiste vorbeischauen.

»Wie isses mit Dessous?«

Sigi grinst. Davon hat Sisi wirklich mehr als genug. Endlich ist die Wurst fertig. Sigi lässt sich extra noch etwas mehr Currypulver draufstreuen. »Scharfes soll ja beim Denken helfen«, ruft ihm der erste Kumpel von gegenüber zu.

»Oder bei der Verdauung«, ergänzt der andere.

»Jungs, es reicht. Lasst mal die Gäste in Ruhe«, ordnet Kalle an. »Nicht jeder will hier unterhalten werden.«

»Nichts für ungut«, murmelt der Erste wieder und widmet sich seiner Sportzeitung.

»Fahr' doch mal weg mit ihr«, sagt der Zweite noch, der wirklich behilflich sein möchte. Denn Sigi hat ihm mal ein Bier ausgegeben, als er kein Geld dabeihatte. Das hat er nicht vergessen. Ein strafender Blick von Kalle trifft ihn, dann ist endlich Ruhe, und Sigi kann seine Wurst mit Pommes essen.

»Eine Runde auf mich für die Jungs da drüben. Die Ideen waren ja nett gemeint.« Kalle nickt zerknirscht und wischt den Tresen ab. Tatsächlich hat Sigi nicht nur eine prima Wurst gegessen, sondern auch einen Plan gefunden.

Wenn Sisi zu Hause ist, registriert er jede ihrer Bewegungen. Doch an ihr ist nichts Außergewöhnliches zu bemerken. Gut, sie vergisst, nach dem Teeaufgießen den Wasserkocher abzustellen und die Frühstückseier rechtzeitig aus dem Topf zu nehmen, sodass sie hart genug sind, um mit ihnen Baseball zu spielen. Und sie schraubt die falschen Deckel auf die Gläser. Den gelben Orangenmarmeladendeckel auf die sauren Spreewälder Gurken und umgekehrt. Aber ist das bei ihr etwas Besonderes? Sigi beobachtet Mops Conrad. Der blinzelt zurück und tut einen auf unschuldig. Warum soll er Antonius verraten? Es ist doch nichts Schlimmes passiert. Im

Gegenteil! Seit Antonius in ihr Leben gekommen ist, passiert endlich wieder etwas. Er kann als Supermops Menschen in Tonnen finden, war zwischen Architekten und Models auf Vernissagen zugegen und saß beim teuersten Italiener von ganz Berlin vor dem Kaminfeuer. Conrad ist durchaus angetan von Antonius. Als Freund, versteht sich. Und mehr ist ja auch nicht geschehen. Oder?

Am nächsten Tag steht Sigi um elf Uhr in *Pitty Dessous & Shoes*.

»Was machst du denn hier?«, fragt Paulina. »Sisi ist nicht hier. Die holt gerade mit Mops Conrad frische Croissants und ist auch noch zur Post.«

»Ich will auch nicht zu Sisi, sondern zu euch beiden. Ist Moni auch da?«

»Ja, nebenan. Sie verkauft gerade sechs Esszimmer-Stühle.«

»Kannst du ihr Bescheid sagen, dass ich sie mal kurz sprechen möchte?«

»Klar, aber wer passt auf *Pitty Dessous & Shoes* auf?«

»Ich. In dem Augenblick wird ja keiner kommen.«

Paulina huscht nach nebenan, und schon geht die Ladentür auf und eine junge Frau kommt herein. Suchend sieht sie sich um.

»Kann ich Ihnen helfen?«, fragt Sigi höflich nach fünf Minuten. »Paulina ist gerade ...«, doch weiter spricht er nicht.

»Sie? Das wäre ja noch schöner. Natürlich können Sie mir *nicht* helfen.«

»Ich meine ja nur, dass Paulina ...«

»Ich komme schon alleine klar, danke«, sagt sie brüsk und sucht in den Schaumbädern herum.

»Nun gut«, sagt Sigi und setzt sich mit roten Ohren auf Paulinas Platz neben die Spitzenstrapse. Was seine Ohren noch mehr zum Glühen bringt.

Wo bleiben die beiden bloß? Mir wird es hier wirklich langsam zu warm.

Die Kundin ist inzwischen bei den Bikinis angekommen. Oder das, was mann gerade noch als Bikini wahrnehmen kann.

»Haben Sie die auch in Körbchengröße D?«, fragt sie.

»Mmh, da muss ich mal Paulina fragen …« Und Sigi greift zum Telefonhörer, um die interne 1 zu wählen. Er wusste: »1« gleich Galerie, weil sie als erstes gegründet wurde. »2« war *Pitty Dessous*, da saß er gerade fest. Und »3« war für die High-Heel-Abteilung von Paulina.

»Ich probiere es einfach mal«, sagt sie und verschwindet mit einem Hauch von Stoff in der Umkleidekabine. Die wird sich doch jetzt nicht … Sigi schwitzt. Doch, sie wird.

Endlich! Paulinas Stimme. »Wann kommt ihr beide? Ich brauche Hilfe«, flüstert Sigi in den Telefonhörer.

»Du? Das glaube ich dir im Leben nicht. Du bist doch der Psychologe. Aber kein Problem, wir sind gleich da«, flötet Paulina zurück.

Tatsächlich aber beraten sie und Moni nebenan, was der überraschende Besuch von Sigi zu bedeuten hat und wie sie sich verhalten sollen.

»Schauen Sie mal, kann ich das tragen?«, ruft es aus der Kabine.

»Was?«, fragt Sigi um Zeit zu gewinnen.

»Kann ich das tragen oder steht mir das nicht?«, ruft es hinter dem Samtvorhang.

»Paulina kommt gleich«, sagt er.

»Ich frage Sie, nicht Paulina. Sie sind doch ein Mann, oder nicht?«

»Eigentlich schon, ja, aber ich bin hier nur sozusagen als Vertretung.«

»Aber Augen haben Sie doch im Kopf, oder nicht?«

Es nützt nichts. Sigi geht langsam zur Kabine. So langsam wie die Riesenschildkröte im Berliner Zoo. Aber irgendwann ist auch der kürzeste Weg nicht mehr weiter in die Länge zu ziehen. Sie schiebt den Vorhang zur Seite.

»Und?«, ruft sie triumphierend. Sigi schließt vor Angst die Augen. Dann nimmt er all seine Psychologen-Kenntnisse zusammen und reißt die Augen wieder auf. Ein Traum in Türkis steht vor ihm. Körbchengröße D, das weiß er ja nun, und auch sonst profund ausgestattet, wie er unschwer erkennt.

»Super«, sagt er, das würde Sisi sagen. »Einfach fabelhaft«, sagt immer der Friseur. »Sehr zu empfehlen«, sagt Kalle aus seiner heißen Kiste. Ein »Donnerwetter!« von Donate fügt er auch noch hinzu. Mindestens noch vier weitere Floskeln seiner Bekannten kann er anwenden, dann endlich geht der Traum in Türkis wieder in die Kabine und zieht den Vorhang zu. Sigi wischt sich den Schweiß von der Stirn und setzt sich wieder auf Paulinas Platz neben den Strapse-Korb. Endlich hört er die erlösende Ladentürglocke, und Moni und Paulina sind wieder da.

»Was machst du denn hier?«, fragt Moni.

»Ich wollte euch was fragen. Aber«, er zeigt auf die Kabine, »eine Kundin ist da. Wartet einen Moment.«

»Eine Kundin, du hast eine Kundin bedient?«, flüstert Paulina.

»Was sollte ich machen? Ihr wart ja nicht da!«

Der Samtvorhang öffnet sich langsam, und die Dame in Türkis kommt heraus. Jedoch hat sie jetzt etwas mehr an und den Hauch von Bikini in der Hand.

»Hat mich eins a beraten, ihr schwuler Kollege. Einfach ein Mann mit Stil. Das nehme ich«, und sie legt den Bikini im Wert von 180 Euro neben die Kasse.

»Schwul?«, fragt Moni, als die Kundin den Laden verlassen hat.

Sigi zuckt mit den Schultern. »Keine Ahnung, wie sie darauf kommt. Vielleicht lag es an dem Ausdruck *Super*?«

»Was wolltest du eigentlich fragen?«, sagt jetzt Moni.

»Ob ihr auch mal eine Woche ohne Sisi klarkommen könntet.«

»Wieso?«, fragt Paulina.

»Vielleicht möchte ich sie mal mit etwas überraschen, und das geht nur eine Woche lang.«

»Mmmm, generell schwierig. Man müsste es vorher planen. Dann geht es natürlich«, sagt Moni wichtig. Schließlich ist Sisi hier unentbehrlich, außer sie ist mal schnell beim Bäcker oder bei der Post oder bei der Bank oder mit Donate neue Antiquitäten aussuchen und verladen.

»Gut, dann werde ich einen Termin ausgucken, und wir überlegen zusammen noch einmal, ob es passt. Ich muss jetzt los«, sagt Sigi noch. »In die Praxis, die Arbeit wartet nicht.« Und schon ist er losgeeilt.

Paulina und Moni sehen sich ratlos an. »Werden wir sie vorwarnen?«

»Auf jeden Fall«, sagt Moni. »Schließlich sind wir ihre Freundinnen.«

»Hat er gesagt, was er vorhat?«, fragt Sisi, als die beiden ihr von der Geschichte erzählen.

»Nein, leider nicht. Aber zumindest den Termin will er absprechen. Immerhin.«

Oldies und Goldies

Antonius wälzt sich unruhig im Bett hin und her. Seit Tagen hat er nicht richtig durchgeschlafen. Eigentlich ist seine Ruhe dahin, seit er Sisi kennt, aber so weit hat er das noch nicht durchschaut. Irgendetwas ist schiefgelaufen bei dem letzten Gespräch mit Sisi. Sie war so still, und er hat gar nicht herausfinden können, was sie von alledem und seinem Internet hielt. Vielleicht sollte er morgen mal mit Elisabeth reden? Es ist wieder ihr gemeinsamer Mittwoch. Und eine Frau könnte ihm am besten erklären, was Sisi wohl denkt.

»Woher soll ich das wissen?«, sagt Elisabeth gereizt, als Antonius ihr die Geschichte erzählt hat. Er sitzt am Küchentisch und isst seinen Toast mit rotem Weingelee, während Elisabeth die Bestände der Vorratskammer durchsieht.

»Das müssen Sie sie schon selber fragen!«

»Aber eines möchte ich von Ihnen wissen, Elisabeth«, sagt Antonius mit weicher Stimme. Denn das hat er im Laufe der Jahre gelernt: Frauen, und insbesondere Elisabeth, war nicht mit Gezänk, sondern mit leiser Stimme oder einem Augenaufschlag seiner braunen Augen beizukommen. Das entwaffnete sie.

»Was?«, fragt sie kurz angebunden, und schiebt missmutig die Gläser mit eingelegten Aprikosen in Armagnac in ihrer Speisekammer hin und her.

»Es ist doch nett, dass sie mir geholfen hat, diese Internetseiten zu machen. Ich wäre alleine doch gar nicht darauf gekommen.«

»Und was wollte sie dafür haben?«

»Dafür haben?«

»Ja, was hat es gekostet?«, fragt Elisabeth wieder.

»Nichts«, sagt Antonius, und plötzlich wird ihm klar, dass er tatsächlich nicht mit Sisi darüber gesprochen hat, was eine völlig neue Internetpräsenz kostet. Und dabei ist das doch auch ihr Job, von dem sie lebt. Antonius wird nervös. Wie peinlich, daran hatte er überhaupt nicht gedacht!

»Nichts? Das gibt es doch nicht!«, sagt Elisabeth.

»Doch, im Gegenteil. Sie hat mir sogar noch jemanden vermittelt, der das alles in zwei Wochen programmieren kann, weil ich es so eilig habe. Und einen Fotografen für die Außenaufnahmen des Hauses.«

»Nun, dann ...«, sagt Elisabeth etwas versöhnlicher, »ist das aber wirklich ganz nett von ihr.«

Antonius nimmt sich noch einen großen Becher von Elisabeths köstlicher heißer Schokolade mit Sahne und beißt in ein Stück frisch gebackenen Hefezopf. Seltsam. Normalerweise vergisst er nie, nach Preisen zu fragen. Das ist sozusagen sein Geschäft. Er muss wirklich sehr verwirrt sein.

In seinem Büro angekommen, wirft er den englischen Regenmantel lässig über die Garderobe, sodass diese gefährlich hin- und herschwankt. Die erschreckte Sekretärin beendet ihr Gespräch mit dem neuen Praktikanten. Die beiden sind gerade dabei, für die nächste Auktion die Einlieferungen zu sortieren und in den PC einzugeben. Denn neuerdings geht bei Antonius im Auktionshaus nichts mehr ohne elektronische Datenerfassung. Großvaters alte Auktionsbücher haben ausgedient. Er kann die Informationen immer noch einmal nachtragen, in einem ruhigen Moment, vielleicht. Im Internet sind bereits die Highlights der kommenden Auktion für jedermann einzusehen. Und Antonius ist wirklich sehr erstaunt, denn es kommen diesbezüglich sogar schon die ersten Nachfragen.

Nachdem Antonius noch ein Telefonat mit London über einen Matisse und ein Gespräch innerhalb Berlins wegen eines angesagten Mauerkünstlers absolviert hat, ist sein Privattelefonat an der Reihe. Er hat sich mit seinen beruflichen Aktivitäten Mut gemacht. Denn diese laufen immer wie von alleine und zeigen ihm, dass er das richtige Gespür und die richtigen Kunden hat. Bei Sisi ist das anders. Worauf kann er sich in der Kommunikation mit ihr verlassen? Antonius setzt auf Geschäftigkeit, verbunden mit Intuition. Er sucht sein handgeschriebenes Telefonbuch heraus und wählt Sisis Nummer. Natürlich ist sie nicht im Laden, das ist ja klar. Aber er hat sich ihre Handynummer geben lassen. Für alle Fälle. Und besondere Situationen erfordern nun mal besondere Maßnahmen.

Sisi steht mit Mops Conrad vor dem Schaufenster der Blumenhandlung und überlegt, was sie heute noch alles zu erledigen hat, als ihr Handy summt. Das wird Moni sein. Sie kommt bestimmt wieder etwas später. Gestern war ihr Yoga-Kurs, danach ist sie immer gaaaaanz langsaaam.

»Hallo, du. Wie geht es dir?«, ruft Sisi in ihr Handy.

»Sehr gut«, sagt Antonius geistesgegenwärtig. Heute ist er mal auf Draht, wie die Berliner sagen. »Und Ihnen?«

»Uii«, sagt Sisi. »Auch gut.«

»Ich möchte Sie einladen. Heute findet die Oldtimermesse statt und am Abend zum Abschluss eine Oldtimernacht mit Musik und Abendessen. Haben Sie Zeit, mitzukommen?« Sisi schweigt, weil sie Mops Conrad beobachtet. Der versucht, durch einen lebensgefährlichen Wettlauf mit dem Doppeldeckerbus die Mopsdame von gegenüber zu beeindrucken. Doch die schaut geistesabwesend in die andere Richtung, während ihm vor Anstrengung schon schwarz vor Augen wird.

»Hallo, sind Sie noch dran?«

»Ja, ich weiß nicht ...«

»Es ist etwas kurzfristig, aber ich habe es heute erst gelesen. Und es wäre schön, wenn Sie Zeit hätten. Ich könnte Sie direkt vom Geschäft abholen«, sagt Antonius, der – wenn er etwas wirklich will – durchaus argumentieren und überzeugen kann.

Sigi ist heute Abend an der Uni bei einem Seminar. Der wäre also kein Problem. Und Paulina könnte sicherlich auf Mopsi aufpassen. Oder Herr Kaloke. Da ist Mopsi auch immer gern gesehener Gast.

»O ja, das wäre es. Ja, ich komme mit. Gerne sogar«, fügt sie noch schnell hinzu.

»Das ist wunderbar, ich bin um sieben Uhr bei der Galerie.«

»Was soll ich bloß anziehen?«, jammert Sisi, als sie erschöpft bei Paulina im Laden auf dem Plüschhocker sitzt.

»Das, was du jetzt anhast, ist nichts für die Oldtimernacht. Zwischen blankpolierten Nobelkarossen muss man auch das entsprechende Outfit haben.« Paulina holt die Tageszeitung aus dem Papierkorb.

»Hier lies mal. Da steht was drin zum Thema: Abendessen am Buffet, Oldtimershow und Musik auf der Bühne. Guck mal, der Rolls Royce hier kostet 2,6 Millionen Euro und ist 9 Millionen Euro wert.«

»Was habe ich damit zu tun? Mein Auto hat nur noch Schrottwert.«

»Das ist egal, das weiß ja keiner. Ich finde, du musst entsprechend gekleidet sein. Ausgeflippt klassisch und sexy. Ganz klar.«

»Und was, bitteschön, ist das?«

»Ein schwarzes Etuikleid wie das von Audrey Hepburn beim Tiffany-Frühstück, schwarze High Heels aus meinem Laden. Und hier die passende Dior-Clutch leihe ich dir auch noch. Und damit es so richtig toll aussieht, nimmst du Omas weiße Fuchsstola mit.«

»Meinen Wunschfuchs?«

»Richtig. Der bringt dir immer Glück.«

»Ich kann doch nicht ...«

»Du kannst.« *Plopp*, tönt es aus der Miniküche, Moni hat eine Flasche Prickelwasser geöffnet. Ihr Yoga-Abend hat ihr beigebracht, sich auf das Wesentliche zu konzentrieren: Genuss.

»Champagner rosé von Jacques Picard«, flötet Paulina. »Ganz wie es dein neuer Bekannter sich wünschte. Für ganz besondere Anlässe.«

Paulina reicht Sisi einen Champagnerkelch und prostet ihr zu.

»Die guten Gläser.«

»Natürlich die Guten«, bestätigt Moni. »Wir können sie ja nachher wieder abwaschen und ins Schaufenster stellen. Jetzt wird erst einmal gefeiert.«

»Und schwarze Satinhandschuhe nimmst du auch noch«, sagt Paulina.

»Gehe ich zum Opernball?«

»Nein, du machst hier einen auf Oldtimer-Kenner. Die leben eben in einer anderen Zeit. In den Roaring Twenties, das weißt du doch. Von Art déco verstehste doch was. Oder nicht?«

»Hmmm«, sagt Sisi und sieht sich die hinreißenden Abendkleider bei *Pitty Dessous* an.

»Du wirst himmlisch aussehen«, schwärmt Paulina. »Und ich will heute die Worte *dicke Bockwurst im Pelz* nicht hören. Klar?«

Sisi nickt. Und während der Champagner sie langsam beschwingt, zieht sie sich in der Umkleidekabine von *Pitty Dessous* um.

»Und einen Spitzen-BH brauchst du auch, nicht wahr?«

»So weit kommt es nicht, Paulina ...«

»Es kommt nicht darauf an, dass er den BH sieht, sondern dass du die Spitze fühlst. Du strahlst dann gleich viel sinnlicher als in deinem praktischen Sport-BH aus Nylongemisch.«

Sisi betrachtet sich im Spiegel. Was ist das wieder für eine völlig verrückte Aktion? Conrad wälzt sich unter dem Vorhang durch, stellt sich neben Sisi und schaut auch in den Spiegel. Er ist hin- und hergerissen, was er natürlich gekonnt mit einem philosophischen Gesichtsausdruck überspielt.

»Conrad, du bist meine Rettung! Und wer passt heute Abend auf Conrad auf? Sigi ist an der Uni«, ruft Sisi aus der Umkleidekabine.

»ICH!«, flötet es zweistimmig. Und dann prusten Paulina und Moni los.

»Auf einmal sind sich alle einig, was, Conrad?« Er blinzelt fröhlich. Bei Paulina sein ist mal was anderes als zu Hause im Körbchen. Ob Paulina auch so eine stylishe Wohnung hat – passend zu ihren Klamotten? Er könnte sich ja immer noch in den Mops-Buggy zurückziehen, den sie bestimmt auf dem Flur stehen hat. Und wenn er Glück hat, dann sitzt da auch noch sein Plüschmarienkäfer drin und wartet auf ihn und die nächste Ausfahrt. Conrad quetscht sich wieder unter dem Vorhang durch in den Laden, wobei er den Vorhang mit sich zieht, sodass Sisi im Freien steht.

»Das Kleid sieht super an dir aus«, ruft Paulina auch gleich. Und Moni hält den Daumen hoch wie ein Trucker. Zur Stärkung der Nerven nimmt Sisi noch ein Schlückchen Champagner rosé.

Antonius liebt Pünktlichkeit. Er ist bereits zweimal den Ku'damm rauf- und runtergefahren, hat getankt und die Scheiben poliert und am Kiosk eine Zeitung gekauft, weil er viel zu früh dran ist. Aber vor 19.00 Uhr will er nicht im Laden erscheinen, um Sisi nicht zu erschrecken. Jetzt kommt er mit großen Schritten auf die kleine Galerie zugeeilt, reißt die Ladentür wieder einmal einen Deut zu schnell auf, sodass alle vom *Klingbing* der Ladenglocke fast einen Herzinfarkt bekommen. Mops Conrad erschrickt so sehr, dass er eine Minipfütze aufs Parkett macht.

»Oh nein«, ruft Paulina, nimmt ein Stück Küchenkrepp, putzt die Minipfütze weg, hebt Conrad auf den Arm und trägt ihn nach draußen.

»In der Aufregung haben wir ganz vergessen, deinen Nachmittagsspaziergang zu machen, du armer Schatz«, flüstert sie in sein samtweiches Ohr und setzt ihn draußen an einem Baum ab. Wie gut, dass sie jetzt das Gesicht von Antonius nicht sieht. Sie wäre vor Erwartung wahrscheinlich geplatzt.

Antonius ist sprachlos. Endlich stammelt er leise und kaum verständlich: »Sie sehen wunderbar aus, einfach wunderbar ...«, mehr fällt ihm nicht ein.

»Meinen Sie, ich kann so zur Oldtimernight gehen?«

»Wenn nicht so, wie dann?«, sagt Antonius, der seine Sprache wiedergefunden hat. Moni sammelt unauffällig die Champagnerkelche ein.

»Dann mal viel Spaß. Mopsi bleibt bei Paulina. Sie bringt ihn morgen wieder mit in den Laden.«

»Das geht nicht. Ich muss ihn heute Abend wieder abholen und mit nach Hause nehmen, auch wegen Sigi«, flüstert Sisi leise.

»Ach, ja«, erinnert sich Moni, »Stimmt. Gut, dann warten Paulina und ich einfach hier auf dich.«

»Aber ...«

»Wir warten«, sagt Moni leise und schiebt Sisi aus der Miniküche zurück in den Laden. Und dann öffnet Antonius, ganz Gentleman, erst die Ladentür für Sisi und dann die Beifahrertür seines blitzblanken, alten Jaguars. Ich bin hier irgendwie im falschen Film, denkt Sisi, während sie versucht, graziös einzusteigen, ohne sich das Knie anzustoßen oder den Schlitz im Kleid zu ruinieren. Denn in der einen Hand hält sie die schwarze Lackclutch und in der anderen

Hand den weißen Wunschfuchspelz. Klapp, die Autotür geht leise zu. Und als Antonius losfährt und sie noch einmal zurück zu ihren Freundinnen schaut, da stehen die beiden lächelnd mit Mops Conrad auf dem Arm vor *Pitty Dessous*, und Moni winkt ihr nach.

»Ein schöner, lauer Abend«, sagt Antonius. Sein Jaguar gleitet behäbig wie ein fahrendes Wohnzimmer über den Kurfürstendamm, und Sisi kann jetzt gut verstehen, warum er es mit diesem Auto so leicht gehabt hatte, ihren kleinen MG vor die Laterne zu schieben.

Um die Messehallen am Funkturm herrscht ein Riesenandrang. Antonius sucht seinen Parkplatz, den er – umsichtig, wie er heute Abend ist – vorbestellt hat. Jemand zieht eine rote Kordel zur Seite, und schon fahren sie mit dem Jaguar auf einen Parkplatz direkt neben den erleuchteten Funkturm. Wow, von hier unten sieht er aus wie der Eiffelturm, denkt Sisi. Antonius hat die Eintrittskarten im schwarzen Sakko, und sie dürfen durch einen Nebeneingang in die Halle 1. Doch statt Oldtimern gibt es hier nur Zubehörteile, die in wildem Durcheinander auf dem Boden der Halle ausgebreitet liegen. In Halle 2 sind die Youngtimer, also alle Fahrzeuge aus den 70ern, die sich großer Beliebtheit erfreuen, weil man sie noch bezahlen kann: ein orangefarbener BMW, den sie noch aus den alten Tatort-Serien kennt. Und ein gelber Scirocco. Wie lange war das her?

Alle starren Sisi an, die mit einem Abendkleid und Satinhandschuhen durch eine grell erleuchtete Messehalle schwebt.

»Ich glaube, ich bin hier irgendwie falsch angezogen.«

»Nein, nein«, sagt Antonius beschwichtigend. »Die Oldtimernacht ist in Halle 5.« Und tatsächlich steht vor der Halle 5 wieder ein Kartenkontrolleur, der nicht alle abendlichen Messebesucher zur Oldtimershow durchlässt. Trotzdem ist Sisi mehr als auffällig gekleidet. Von der Showbühne spielt T. Rex, was auch nicht unbedingt zu ihrem Outfit passt.

»Ich brauche was zu trinken«, murmelt sie leise. »Und zwar ganz schnell …«

Doch Antonius bahnt sich mit ihr einen Weg durch die erstaunten Menschen zur VIP-Tribüne, wo er ohne zu zögern seine Karte zeigt, und schon bekommen sie einen Tisch mit bester Sicht auf die Bühne. Und was Sisi etwas sicherer stimmt: Hier ist das Licht etwas gedimmt. Nebenan sitzen zwei Damen in Charleston-Kleidern mit schwarzen Jet-Perlen und Federhütchen auf dem Kopf. Und ihre beiden dazugehörigen Herren tragen helle Sommerstrohhüte und schwarz-weiß gestreifte Westen. Das sieht dann doch mehr nach dem Stil von Oldtimertreffen aus, wie Sisi, Paulina und Moni es sich vorgestellt haben.

»Wir trinken hier nur eine Kleinigkeit«, sagt Antonius. »Einen kleinen Apéro. Dann, habe ich mir gedacht, schauen wir uns die Jaguare an und gehen was essen.« Sisi lächelt. Das ist immer eine gute Reaktion, wenn man keine Antwort weiß und ausnahmsweise nicht alles selber plant, wie sonst immer.

»Wo sind die Jaguar-Oldtimer?«, fragt sie.

»Dort, hinter den roten Ferraris«, sagt Antonius und weist an das andere Ende der Messehalle. Also noch einmal im Twenties-Outfit durch die ganzen Menschen marschieren, denkt Sisi. Aber nach einem Apéro wäre das sicherlich viel leichter.

Begeistert erklärt ihr Antonius später die Oldtimermodelle, und in eines darf sich Sisi sogar hineinsetzen. Auf dem Messestand ist auch der Wahnsinns-Rolls-Royce vertreten, den Paulina schon ausgesucht hatte. Und weil die Kühlerfigur Emily Flügel hat und Sisi alles liebt, was beflügelt, gibt sie der chromglänzenden Emily einen Kuss. Das wiederum hält der Fotograf des Berliner Magazins fest und sendet es fix vor Nachtredaktionsschluss noch an seine Kollegen bei der Zeitung.

»Hier steht auch ein MG«, ruft Sisi.

»Ja«, sagt Antonius etwas verlegen. »Wir haben den organisieren müssen. Ich meine, ein MG ist nicht unbedingt üblich auf einem Jaguarstand.«

»Er sieht fast aus wie meiner«, ruft Sisi begeistert.

»Ja, fast«, sagt Antonius. »Nur hat dieser etwas weniger Kilometer auf dem Tacho.«

»Und er ist schwarz statt rot.«

Auch der Jaguarhändler ist hocherfreut, Antonius in einer derart stilvollen Begleitung zu sehen, und will die beiden gar nicht mehr gehen lassen. Seht her – diese beiden ungewöhnlichen Kunden gehören zu mir. Die passen zu den Oldtimern. Ich, Krawatt, habe mal wieder die richtigen Leute am Stand. Und tatsächlich nützt alles Hälserecken von Ferrari nebenan nichts, Antonius bleibt auf einen Weißwein beim guten Krawatt sitzen, während Sisi mit dem Handy alle Oldtimer auf dem Stand fotografiert und die Aufnahmen an Paulina sendet.

»Wollen wir jetzt eine Kleinigkeit essen gehen?«, fragt Antonius höflich.

»Das wäre super, mir ist schon etwas flau«, sagt Sisi, die seit heute Morgen nichts mehr gegessen hat. Sie wollte schließlich nicht aussehen wie eine Bockwurst im Pelz. Auch wenn diese Diätbemühungen innerhalb eines Tages sicherlich keinen Effekt zeigen würden. Antonius führt Sisi durch die Messehallen zurück zum Ausgang, vorbei an den erstaunten Messebesuchern. Doch Sisi bemerkt es gar nicht mehr.

»Essen wir nicht hier?«, fragt sie und zeigt wieder auf die VIP-Terrasse.

»Nein, da gibt es heute Abend nur Kartoffelsalat und Würstchen.«

Köstlich, das wäre genau richtig. Ein Stück Würstchen könnte sie für Conrad zur Belohnung für seinen Abend bei Paulina mitnehmen.

»Ich habe uns einen Tisch auf dem Funkturm reserviert.«

Und sie fahren mit dem Fahrstuhl innerhalb der Stahlkonstruktion in schwindelnde Höhe. Berlin liegt ihnen zu Füßen und glitzert in allen Regenbogenfarben. Man kann an diesem Abend fast bis zum Brandenburger Tor sehen. Und dreht man sich um in die andere Richtung, dann fahren unter einem die Autos in gelben Lichterschlangen auf der Avus, der alten Berliner Rennstrecke, vorbei.

»Es ist traumhaft hier oben.«

»Ja«, sagt Antonius. »Passend für eine Retro-Nacht. Und ein besonders schöner Platz für eine schöne Frau.«

Uups, ein Kompliment, es wird gefährlich.

Doch Antonius sieht sie unbefangen an: »Wollen wir nicht *DU* zueinander sagen?«

Sisi schweigt und schaut ihn verlegen an.

»Ich weiß wohl, dass die Dame dem Herrn das Du zuerst anbietet. Aber wir müssen ja nicht in allen Dingen an der Tradition haften.« Diesen Satz hatte er dreimal geübt und mit Aurelio durchgesprochen, der ebenfalls dafür war, dass Antonius ein bisschen mehr Initiative zeigte.

»Ja, warum nicht? Wir haben ja schon so viel zusammen erlebt.«

»Und es wird noch mehr«, erwidert Antonius und gibt ihr einen ganz zarten Kuss auf die Wange. Dann schauen sie beide über das nächtliche Berlin. Wer von ihnen ein Gebäude im Lichtermeer erkennt, der umschreibt es, und der andere rät. Und so vergessen sie über den Ansichten vom Reichstag, Fernsehturm, Europacenter und der Tiergartenstraße im Lichtermeer beinahe ihre Vorspeise.

Antonius bringt Sisi mit dem Auto zurück zur kleinen Galerie. Er parkt im Halteverbot auf dem Seitenstreifen, geht um das Auto herum und öffnet Sisi die Tür. Geschickt klettert sie aus dem Auto, und er bringt sie zum Laden. Danke, das kann ich schon selbst, will sie gerade sagen. Aber irgendwie ist es auch faszinierend und schön, mal so nett hofiert zu werden. An der Ladentür dreht sie sich um, sucht nach ihrem Schlüssel, und dann schauen beide in das erleuchtete Schaufenster.

»Was würdest du nehmen?«, fragt Antonius.

»Wie, ich?«

»Na, dein Schaufensterspiel. Erinnerst du dich noch an unsere erste Vernissage?«

»Ich würde den Mops in dem Blueberry-Nest nehmen«, sagt Sisi und zeigt auf Conrad, der friedlich schläft.

»Und ich nehme das silberne Teeservice. Oder nein, doch lieber die Champagnerkelche. Die haben eine lange Vergangenheit.« Und er strahlt sie an.

»Es war ein wunderschöner Abend«, sagt Sisi. »Ganz lieben Dank. Ich habe mich gefühlt wie in einer anderen Welt.«

»Wir waren in einer anderen Welt«, sagt Antonius und verabschiedet sich mit einem Küsschen auf die Stirn. Sisi sieht ihm nach und wartet, bis der große Jaguar in die Nebenstraße eingebogen ist. Dann holt sie tief Luft, seufzt und schließt die Ladentür auf. Mops Conrad wird wach und kommt ihr schlaftrunken entgegen. Nicht nur er hat den Abend für einen Schönheitsschlaf genutzt. Moni liegt auf Opas Chaiselongue und träumt tief und fest. Aus *Pitty Dessous & Shoes* klingt leise Klaviermusik. Bei Kerzenschein und einem von Monis Gute-Nacht-Tees sitzt Paulina vor dem PC und recherchiert in Amerika nach neuen Handtaschen.

»Hallo, da bist du ja wieder. War es schön?«, ruft sie begeistert.

»Es war, ehrlich gesagt, traumhaft. Wir waren ganz woanders und doch hier. Ich glaube, ich habe so etwas noch nie erlebt.«

»Hast du was geraucht?«, fragt Paulina.

»Nein, keineswegs. Ich meine, wir waren wie in einer anderen Welt. Die Sorgen mit dem Laden, unsere tagtäglichen Problemchen und das alles waren für ein paar Stunden wie weggeblasen. Einfach ausgeblendet. Ich hätte nicht gedacht, dass das möglich ist.«

»Doch«, sagt eine verschlafene Stimme hinter den beiden. »Es geht. Verliebtsein nennt man das, Sisi.«

Moni zwinkert Paulina zu. Dann zieht sich Sisi wieder ganz schnell um und schlüpft in ihr Tagesoutfit, nimmt Mopsi an die Leine, fix wird der kleine Laden abgeschlossen, und die drei Freundinnen trennen sich.

»Erzählst du mir morgen mehr?«, fragt Moni.

»Klar, wenn du magst.«

»Sicher, schließlich muss sie doch noch jedes Wort deuten«, ergänzt Paulina. Schnell umarmen sie sich, und Paulina stürmt zu dem Bus, der gerade an der Bushaltestelle ankommt. Moni setzt sich in ihre rostige Ente, den alten Hans, und knattert davon. Nur Sisi und Mops Conrad bleiben still in einer blauen Abgaswolke stehen und schauen auf den nächtlichen Ku'damm.

»Komm, dann wollen wir mal nach Hause gehen.« Sie trotten beide davon. Doch so lange wie heute Abend haben sie noch nie für den Heimweg gebraucht.

Nerventee oder Bienenstich?

Vielleicht wäre die Oldtimernacht nie an die Öffentlichkeit gekommen. Doch ein Foto auf Seite eins in der Tageszeitung ist unübersehbar. Sisi entdeckt es zuerst, als sie die Zeitung unter der Tür vorzieht.

»Oh nein! Mein Bild auf Seite eins. Und dann noch nicht mal richtig beschriftet. Wie sage ich das bloß …?«

Sisi hat eine Idee. Hätte Sigi keine Zeit für ein langes Frühstück, dann könnte er die Zeitung nicht lesen, weil er sonst zu spät in seine Praxis kommen würde. Und abends hat er meistens sowieso keine Lust mehr auf die Geschehnisse vom Vortag, da sieht er lieber die aktuellen Nachrichten im Fernsehen. Also müsste sie sein Frühstück verkürzen. Aber wie? Wieder ist Mopsi der Retter in der Not, der nichts ahnend aus dem Schlafzimmer herbeiwackelt und sich in morgendlichem Genuss auf dem Flokati im Flur gerade ausgiebig auf dem Rücken herumwälzt.

»Sigi, ich glaube, Mopsi muss raus. Er hat, er hat …« Ja, was hat er denn eigentlich? »Er hat, glaube ich, Durchfall.«

Mopsi sieht Sisi entgeistert an. *Ich? Mir geht es hervorragend, wie kommst du nur auf solche Sachen?* Doch Sigi hat die vermeintliche Gefahr erkannt und kommt aus der Küche gerannt.

»Bloß nicht auf den hellen Flokati, der ist das Einzige, was mir aus meiner Studentenbude geblieben ist.«

»Da sitzt er schon drauf«, unterstützt Sisi ihren wirklich nicht sehr netten Plan.

»Bin schon weg. Komm, Conrad, Rettung folgt.« Und im Laufen zieht er sich seine Lederjacke über und greift Mopsi samt Leine. Der weiß gar nicht, wie ihm geschieht, wird ruckzuck am Halsband gepackt, auf den Arm genommen und im Sauseschritt die Treppen runtergetragen. Sisi wartet, bis sie die Haustür ins Schloss fallen hört, dann nimmt sie die Zeitung und versteckt sie auf dem Gästeklo. Falls Sigi danach fragen würde, wäre das ein Versteck, das man preisgeben konnte und das noch einen gewissen Sinn hatte. Altpapiertonne und Ähnliches sind für die druckfrische Zeitung undenkbar. Sigi bleibt fast eine halbe Stunde weg. Ihr Plan scheint aufzugehen.

Super! Die Zeit muss er wieder aufholen, also wird es nichts mit einem langen Frühstück und der Zeitungslektüre, dum-di-dum...

Es klingelt. »Ich habe in der Eile den Schlüssel vergessen«, sagt Sigi, als er mit einem verstörten Mopsi vor der Tür steht. Doch was ist das? Er hat eine Zeitung in der Hand. Ein Exemplar von heute, wovon Sisi soeben eines versteckt hatte!

»Unser Nachbar Herr Kaloke ist nicht zu Hause. Vor seiner Wohnung fliegen die Zeitungen herum. Da habe ich sie ihm ordentlich sortiert, damit es nicht ganz so unbewohnt aussieht. Und was finde ich da? Dich auf Seite eins!«

»Ähem, ja?«, sagt Sisi.

»Das ist doch ein wundervolles Foto von dir. Einfach klasse siehst du aus. Glücklich und sehr elegant. Nur was hast du mit einer Oldtimermesse zu tun? Es sieht eher aus wie ein Outfit aus eurem Kaufhaus der Sinne.«

»Es ist tatsächlich von Paulina zusammengestellt worden. Das mit der Messe ist eine längere Geschichte ...«

»Für die habe ich leider keine Zeit mehr. Der erste irre Patient ist schon um 9.30 Uhr in der Praxis. Ich muss mich sputen.«

»Ich habe einfach nach einem neuen Auto geguckt. Meines ist ja hin, wie du weißt.«

»Allerdings. Was ist eigentlich mit der Versicherung?«

Sisi zieht die Augenbrauen hoch. »Weiß nicht.«

»Vielleicht sollte ich da mal anrufen? Das dauert mir etwas zu lange.«

»Nein, nein, bloß das nicht … Ich meine, das geht sicher seinen Gang. Wahrscheinlich ist da nur einer im Urlaub.«

Wie hätte sie Sigi auch erklären sollen, dass sie auf Schmerzensgeld und andere Boni verzichtet? Hauptsache, die Versicherung lässt mit sich reden und stimmt einem Versuch zu, das Auto noch mal auszubeulen. Sigi setzt Mops Conrad in sein Körbchen, zieht schnell die Lederjacke aus und seinen Trenchcoat an, gibt Sisi einen Kuss und rennt mit wehendem Mantel durchs Treppenhaus davon.

»Viel Spaß«, ruft sie noch hinterher, weil ihr nichts anderes einfällt.

»Werde ich mit den Irren habe. Danke«, ruft er zurück und weg ist er.

Mopsi sieht Sisi an. *Ich bin genervt. Ohne Frühstück, ohne die üblichen Streicheleinheiten gleich raus in die Kälte und so tun, als ob ich eine Pfütze oder noch Schlimmeres machen muss. Na toll. Und das alles nur wegen …* Seine Miene heitert sich plötzlich auf, als er den kleinen Amor sieht, der neben dem Toaster sitzt und die angekohlten Toastscheiben betrachtet.

Ach so, ein Dienst im Sinne der Liebe! Das ist natürlich was ganz anderes. Und er hüpft fröhlich aus seinem Körbchen, geht in die Küche und schaut nach, ob vielleicht schon etwas warme Milch in seinem Schüsselchen ist.

Sisi nimmt sich noch einen Henkelpott Kaffee, bringt Mopsi warme Honigmilch und streichelt ihm den faltigen Nacken.

»Mensch, Dicker, das war knapp. Danke für deine Hilfe. Oh nein, ich habe die Toastscheiben vergessen …«

Doch es ist längst zu spät. Weißer Dunst bestätigt, dass da nichts mehr zu machen ist. Aber blitzt da nicht etwas neben dem Toaster? Ein Sonnenstrahl vielleicht. Und schon ist das frische Croissant wesentlich interessanter als alle selbst produzierten Toastbriketts dieser Welt.

»Und was hast du ihm gesagt?«

»Irgendwas von meinem Auto, und dass ich mich umgesehen habe.«

»Das stimmt ja auch irgendwie«, frohlockt Paulina. »Allerdings nicht nach einem Auto.«

»Was soll das bloß werden?«, jammert Sisi.

»Lass es auf dich zukommen. Du kannst da nichts entscheiden, denn noch gibt es gar keine Entscheidungsmöglichkeiten.«

»Du sagst das einfach so.«

»Nein, ich sage das nicht einfach so. Ich weiß selber, wie das ist. Meinst du, ich habe Rodriguez von meinem Joggingpartner erzählt? Der würde ausflippen vor Eifersucht. Also warte ich erst einmal ab. Die Männer machen es doch genauso.«

»Paulina, ich weiß nicht, ob das die richtige Strategie ist.«

»Es ist die richtige Strategie, sagen meine Karten. Es wird sich von alleine ergeben, steht hier. Also wart ab und genieß in der Zwischenzeit dein Leben«, ergänzt Moni.

»Ihr habt Nerven.«

»Von wegen«, sagt Paulina. »Wir wissen es nur nicht besser.«

»Genau. Und deshalb mache ich uns einen heißen Nerventee mit scharfem Ingwer«, bietet Moni an.

»Na super«, antworten Paulina und Sisi wie aus einem Mund. Den bitteren Moni-Tee können sie in dieser Situation schon gar nicht gebrauchen. Moni schaut beleidigt von Sisi zu Paulina und wieder zurück.

»Okay, was hätten die Damen dann gerne?«

»Bienenstich!«, hallt es durch die Art-déco-Galerie, die an diesem schönen Sommertag lichtdurchflutet ist.

»Genau richtig«, antwortet Sisi. »Du kommst wie gerufen.«

»Weiß ich doch, meine Mädels«, sagt Donate generös und stellt ein Paket mit eindeutiger Bäckereibeschriftung auf Sisis Schreibtisch.

»Kommt denn heute auch wieder dieser verhaltene Typ?«

»Was für ein verhaltener Typ?«

»Na, der mit den guten Geschäften und seinem verstaubten Anzug.«

»Ich weiß nicht – das wäre möglich«, weicht Sisi aus.

»Ganz sicher«, sagt Moni. »Der war doch die letzten Freitage auch immer da.«

Paulina nickt ebenfalls. »Ich habe schon ein Tellerchen mehr aus der Vitrine herausgesucht. Der kommt bestimmt.«

Plötzlich hören sie ein tiefes Motorengeräusch, das klingt, als führe ein Kieslaster im zweiten Gang bergauf.

»Der Bestatter bekommt wieder neue Steine«, überlegt Moni.

»Nee«, weiß Donate, der zur Ladentür rausguckt. »Das sieht mir eher nach einer großen Überraschung aus ...«

Antonius kommt etwas verlegen zur Ladentür herein.

»Hallo, ich bin heute etwas früher dran, weil ich noch etwas abholen musste. Und das konnte ich nicht so lange unterbringen.«

»Kein Problem«, sagt Moni. »Der Kaffee läuft schon durch.«

»Ich habe eine Überraschung für dich«, sagt er zu Sisi und gibt ihr einen Kuss auf die Wange.

»Oh, was ist es?«, will Paulina wissen. »Wir lieben Überraschungen!«

Antonius überreicht Sisi ein kleines Schächtelchen mit einer roten Schleife.

»Aufmachen«, ruft Paulina. »Ich platze sonst.«

Sisi nimmt die dunkelblaue Pappschachtel und schüttelt sie.

Ein metallisches Geräusch.

»Oh, wie spannend! Mach endlich auf ...!«

Donate grinst und zündet sich eine Zigarette an. Sisi löst die Schleife, öffnet das Schächtelchen und schiebt die Watte zur Seite.

»Ein Schlüsselanhänger. Wie wunderbar. Ein MG-Schlüsselanhänger.«

»Nicht ganz«, sagt Donate. Antonius legt den Zeigefinger auf seine Lippen, um Donate zu verstehen zu geben, nichts zu verraten. Doch der hat gar nicht die Absicht, etwas auszuplaudern. Das hier ist so gut eingefädelt, warum soll er diese gute Show vermasseln?

Antonius hüstelt verlegen. »An dem Schlüsselanhänger ist noch was dran«, sagt er.

»Ja, ein Schlüssel. Wofür?«

»Schau mal raus«, sagt Donate und bläst den Rauch aus der offenen Ladentür.

»Du meinst ...«

»Ich weiß nichts«, sagt er.

Antonius nimmt Sisi an die Hand und zieht sie vorsichtig aus dem Laden.

»Das gibt es doch nicht. Das kann doch nicht wahr sein ... Das ist doch der MG ...«

»Ja, das schwarze Cabrio von gestern Abend«, bestätigt Antonius. »Arthur war so nett und hat ihn mir aus der Messehalle gefahren, obwohl das eigentlich vor Ende der Messe nicht erlaubt ist.«

»Aber was soll der hier?«

»Es ist deiner.«

»MEINER?!«

»Ja, deiner.«

»Aber ..., warum ...?« Sisi versteht nichts.

»Weil dein alter Wagen leider nicht mehr zu reparieren war.«

»Was?«

»Ja, leider, da war nichts mehr zu machen.«

»Aber deshalb kannst du doch nicht ...«

»Doch, ich kann«, sagt Antonius. »Denn erstens habe ich dein Auto kaputt gefahren, und zweitens hast du mir die Internetseiten geschrieben und programmieren lassen. Ich habe mich erkundigt, was das bei einer Agentur kosten würde. Das Autochen ist im Wert schon richtig.«

»Eben«, sagt Donate, der für großzügige Geschenke immer zu haben ist. »Außerdem ist er ja nicht neu«, fügt er hinzu. »Den kannste wirklich guten Gewissens annehmen.«

Antonius bestätigt das mit einem Lächeln. Sisi geht zum Auto und streicht mit der Hand über den blank polierten schwarzen Kotflügel. Wow, wie der glänzt! Der ist chic.

»Sie sind total verrückt«, sagt Donate anerkennend zu Antonius.

»Na ja, es hält sich in Grenzen«, antwortet Antonius bescheiden.

»Gefällt mir«, sagt Donate und klopft ihm auf die Schulter. »Männer mit großzügigen Ideen sind heutzutage selten. Sind doch alles weichgespülte Sandkastenheinis.«

»Donate, danke für deine Kommentare. Aber im Moment ...«, sagt Moni.

»Worauf warten wir??? Probe fahren!!!«, ruft Paulina, die wie Donate Geschenke entsprechend zu würdigen weiß.

»Ja? Wollen wir Probe fahren?« Moni schaltet sofort die Kaffeemaschine wieder aus. Das kann warten.

»Einsteigen, bitte«, und schon quetscht sich Paulina hinter den Fahrersitz auf den Rand der Kofferraumabdeckung, ohne das Verdeck noch weiter zu zerdrücken.

»Ich auch«, ruft Moni. Und zack, sitzt sie neben Paulina im Cabrio.

»Gib mal Mopsi rüber«, ruft sie Donate zu.

»Hier hast du ihn.«

Und schon sitzt Mops Conrad auf den Knien von Moni und Paulina.

»Einsteigen, der Herr«, empfiehlt Donate und öffnet Antonius die Beifahrertür.

»Und Sie? Ich kann doch nicht …«

»Doch, Sie können. Und ich passe hier mal kurz auf die drei Läden auf, wenn ihr über den Ku'damm brettert.«

»Sisi! Du fährst.« Sisi guckt von einem zum anderen.

»Ihr seid alle so verrückt wie ich. Mindestens …«

»Also, dann fahren wir«, ruft Paulina.

Und fix steigt Sisi in ihr neues, altes Cabrio, umfasst beglückt das Holzlenkrad, kramt nach dem Schlüssel, und die Probefahrt geht los. Natürlich ächzt der Motor etwas, denn es sitzen immerhin vier Erwachsene und ein Mops in dem alten Gefährt. Und angegurtet sind die natürlich auch alle nicht. Aber für eine Einweihungsfahrt einmal Richtung Halensee und wieder zurück zur Gedächtniskirche, das muss an diesem Tag einfach drin sein. Und als sie bei Donate an den Geschäften vorbeikommen, drückt Sisi kräftig auf die Hupe. Donate sitzt auf einem der Gartenstühle vor *Art Déco Silber*, schiebt seine Zigarette in den rechten Mundwinkel, um ihnen mit beiden Händen zuwinken zu können.

»Schon wieder eine türkische Hochzeit«, sagt eine alte Dame zu ihrem Mann und sieht dem schwarzen Flitzer nach.

»Wenn du meinst«, antwortet der alte Herr. »Ich habe aber gar keinen Blumenschmuck auf dem Auto gesehen …«

Donate lächelt. Das als Hochzeit zu bezeichnen war tatsächlich eine witzige Idee. Nur: Wer spielt die Brautleute?

Alles schnuppe

Sigi hat die Faxen dicke, wie man in Berlin so sagt. Längst ist sein Plan für einen Abenteuerurlaub mit Sisi gereift. Die Buchung ist nur noch ein Kinderspiel. Und weil Moni und Paulina ihm zugesichert haben, die Läden in Sisis Abwesenheit zu beaufsichtigen, schaut er nur in seinen eigenen Terminkalender und bucht für eine Woche. Länger würde sie sicher nicht mitfahren, das weiß er ganz genau. Und warum soll er den Plan schon im Vorfeld dem Untergang preisgeben? Dann lässt er alle Patiententermine für diese Woche verschieben und nimmt sich den Nachmittag frei. Im Trekkingladen kauft er einen wetterfesten Schlafsack für zwei Personen und einen Kompass mit Nachtsichtfunktion. Da wäre Sisi sicherlich platt, wenn er damit nach Hause käme.

»Was willst du denn damit?«, fragt Sisi und schaut auf den schlammfarbenen, wattierten Mumienschlafsack, den Sigi mitten im Zimmer ausgebreitet hat. Daneben stehen ein beleuchteter Globus mit einer angeklebten roten Fahne aus Papier und der Kompass.

»Wir hatten lange keinen Urlaub und außerdem auch wenig Zeit für uns. Deshalb habe ich mich in der Praxis mal eine Woche freigeschaufelt und eine Überraschung für dich vorbereitet.«

Noch eine? Paulina wäre begeistert. Ich bin es jedoch noch nicht. Bei Sigis Überraschungen muss man vorsichtig sein. Wenn sie nicht mit einem selbst gekochten Abendessen eingeleitet werden, haben seine Überraschungen immer Pannenqualitäten.

»Ich habe uns eine Reise zu den Sternschnuppen gebucht. Auf Puerto Rico gibt es das Arecibo Observatorium. Wir werden einen gigantischen Blick in den Himmel haben. Du wolltest doch immer mal einen Regen von Sternschnuppen sehen. Dort gibt es die meisten, und da dachte ich mir, wir fahren dorthin, schauen uns das Observatorium an, das auch in dem James-Bond-Film »Golden Eye« als Filmkulisse diente, und legen uns nachts in den Schlafsack, um die Sterne zu beobachten.«

Sisi schweigt. Ja, Sternschnuppen liebt sie über alles. Und in Berlin sieht man bekanntlich eher weniger davon. Aber mit Sigi jetzt wegfahren, das passt ihr überhaupt nicht in den Kram.

»Wann soll es denn losgehen?«, fragt sie wenig begeistert.

Sigi überhört den Unterton und antwortet erfreut: »Am Samstag in zwei Wochen für eine ganze Woche. Es ist ein Wochenende drin, dann sind die Flüge billiger.«

Das ist jetzt wieder typisch Sigi. Sisi braucht sich also keine Sorgen um ihn zu machen.

»Wie findest du das?«

»Tja, ich weiß ehrlich gesagt nicht …«

»Wieso, es war doch immer dein Wunsch?«

»Ja, aber es kommt so plötzlich. Ich kann mich gar nicht damit anfreunden. Außerdem haben wir im Laden im Moment so viel zu tun.« Soll sie ihm sagen, dass auch Antonius' erste modernisierte Auktion, unterstützt durch den neuen Internetauftritt, demnächst stattfinden würde und sie das auf gar keinen Fall versäumen möchte? Doch Sigi weiß nicht einmal, dass es Antonius in ihrem Leben gibt.

»Ich habe mit Moni und Paulina gesprochen. Sie würden die Läden beaufsichtigen. Zusammen mit Donate, der in der Zwischenzeit *»Art Déco Silber«* mal neu streicht. Das wäre sicherlich nötig, sagt er, und wäre sein Geschenk zu deinem Geburtstag.«

Na super. Machen hier alle Pläne ohne mich? Sie machen

Pläne für dich, antwortet Sisis innere Stimme. Und das findet Sisi gleich viel einleuchtender. Aber wen soll sie in ihre eigenen Pläne für die Zukunft mit einbeziehen?

»Und?«, fragt Sigi mit großen Augen.

»Eine tolle Idee«, sagt Sisi lauwarm. Absagen kann sie jetzt noch nicht. Eventuell fällt ihr bis zur Reise noch eine plausible Ausrede ein. Vielleicht wissen auch Moni und Paulina einen Rat?

»Und falls du denkst, dass du dir um Mopsi Gedanken machen musst: Das ist unnötig. Herr Kaloke ist in der Zeit zu Hause und würde jeden Tag mit ihm zum Lietzensee gehen. Und übernachten kann er entweder bei Paulina, Moni oder auch bei Herrn Kaloke. Er würde für diesen besonderen Fall sogar Mopsis Körbchen und eine zweite Garnitur Wasser- und Futternäpfe mit in seine Wohnung einziehen lassen.«

Sisi sieht Mopsi an. Na, Dicker? Da muss uns aber noch mächtig was einfallen, wie wir das wieder hinkriegen. Doch Mopsi zwinkert zuversichtlich: *Ich kann immer noch krank werden. Durchfall zum Beispiel.* Und er grinst so breit, dass man seine untere Zahnreihe sehen kann.

Sisi hockt im Schneidersitz vor ihrem Kleiderschrank. Was soll sie bloß auf einer solchen Reise anziehen? Sie hat wirklich nichts Passendes. Und dies ist ausnahmsweise mal keine typische Frauenausrede. Ein Paar Jeans fliegen in hohem Bogen hinter ihr in den Koffer, und weiße Polohemden pfeffert sie hinterher. Die sind mindestens acht Jahre alt. Sie trägt, seit es *Pitty Dessous* gibt, einfach einen anderen Stil. Und der ist nicht für einen Abenteuerurlaub gedacht. Sie möchte ihren Kundinnen ein Vorbild, eine optische Anregung sein. Und extra für diesen Dschungelurlaub einkaufen gehen, das will sie eigentlich auch nicht. Sie würde das Zeug die nächsten Jahre sowieso nie mehr anziehen.

»Moni, ich habe nichts anzuziehen für diesen Urlaub.«

»Das glaube ich dir gerne. Aber was können wir tun?«

»Ich will nichts Neues kaufen, das schmeiße ich danach sowieso weg, oder es verrottet in den Untiefen meines Kleiderschrankes«, mault Sisi.

»Ich weiß ganz genau, warum du so nörgelst. Du willst gar nicht wegfahren.«

»Genau, das passt mir überhaupt nicht. Ich habe keine Lust.«

»Eben, das ist es«, sagt Paulina. »Deshalb möchtest du dich am liebsten in Tarnklamotten stecken, damit die Reise umso schneller wieder vorbeigeht.« Moni hat kurzerhand Paulina eingeweiht und zu Sisi nach Hause geschickt. Paulina nimmt eine Abwechslung von ihrem Laden gerne an, zumal es bei Sisis Problem um das Lieblingsthema Mode geht.

»Gib die alten Polohemden her, die fliegen weg und zwar sofort. Die Jeans lasse ich gelten. Komm, wir gehen einkaufen in unseren Lieblingsläden unter den S-Bahn-Bögen.«

Nachdem Paulina für Sisi und sich einen Begrüßungssekt beim Geschäftsführer organisiert hat, obwohl nicht Samstag ist, stehen beide vor den Regalen.

»Auf ein tolles Outfit«, prostet Paulina ihr zu. »Nun legen wir mal los. Es muss sportlich sein und was aushalten. Und wir müssen es so aussuchen, dass du die Sachen nachher mit ein bisschen Kombinationsgeschick auch noch bei *Art Déco Silber* und in unserem Kaufhaus der Sinne anziehen kannst.«

»Und es muss bezahlbar bleiben«, sagt Sisi noch.

»Sowieso«, stimmt Paulina zu. »Das ist oberstes Gebot.« Nach einer Stunde hat Sisi die komplette Reisegarderobe: ein paar Basics wie weiße und schwarze Baumwollhosen, ein Safari-Leinenkleid mit einem breiten Ledergürtel, bunte, freche Tops, die sie übereinander tragen kann oder einfach nur mit einem Bikini, Römersandalen und Flipflops mit Blüten, ein schwarzes Kleid, das man hundertmal und mehr waschen kann, ohne es zu bügeln, und zu guter Letzt auch noch ein kuscheliges Twinset in Zitronenfarbe für kühlere Abende.

»Tücher für den Strand und den Abend leihe ich dir«, sagt Moni. »Davon habe ich eine Riesenauswahl.« Sie ist begeistert von den Einkäufen und Paulinas phantastischer Beratung.

»Und Schmuck nimmst du von mir mit. Ich habe sehr stylishe Stücke«, sagt Paulina. »Auch ohne Strass«, fügt sie noch schnell hinzu, als sie Monis Gesichtsausdruck sieht.

»Alles kannst du auch im Sommer bei uns tragen«, sagt Moni. »Und die Borsalino-Kappe sogar in deinem Cabrio. Ihr seid beide klasse!«

»Und pleite«, sagt Sisi.

»Fast«, korrigiert Paulina. »Es ist noch etwas Geld übrig.«

»Ja, zum Eis kaufen«, seufzt Sisi.

»Du bist nicht gerade begeistert«, sagt Paulina enttäuscht.

»Doch, ist sie. Deine Auswahl ist großartig. Wenn es nur nicht für einen Urlaub mit Sigi wäre.«

»Da wirst du wohl nicht drum herumkommen«, sagt Paulina.

»Es sei denn, wir haben noch eine gute Ausrede.«

»Welche?«

»Krankheit? Bus verpasst? Migräne? Fischvergiftung?«

»Ist alles sehr leicht durchschaubar. Außerdem sind die Flüge nicht umbuchbar. Ihr kennt doch Sigi. Er hat natürlich die Flüge genommen, die man antreten muss, sonst verfallen sie.«

»Eine schlechte Entscheidung, wenn Mann mit einer Frau verreisen will«, urteilt Paulina.

»Finde ich auch. Aber er geht ja davon aus, dass nichts dazwischenkommen kann.«

»Die Woche wird langweilig ohne dich.«

»Und langweilig ohne euch, ich habe gar keine Lust«, wiederholt Sisi wieder.

»Ist doch verrückt oder nicht? Da kannst du eine wunderbare Reise machen und willst nicht mit!«

»Es liegt an etwas anderem«, sagt Moni und schaut von

ihrem Astrogramm im PC auf. »Da ist noch etwas ganz anderes.«

»Ich bin doch nicht blöd«, sagt Paulina. »Ich habe nur darauf gewartet, dass Sisi es mir sagt. Aber die weiß es anscheinend selber gar nicht. Die Auktion bei Antonius, nicht wahr? Du wärst am liebsten dabei, um dir alles anzusehen?«

»Genau. Ich verpasse die Vorbesichtigung und die Auktion. Dabei haben wir uns doch so darauf gefreut. Schließlich haben wir alles im Internet vorbereitet. Und die Zeichen stehen so gut.«

»Bei einem Erfolg, den man mit verursacht hat, nicht dabei zu sein, das ist wirklich bitter«, sagt Paulina. »Ich will euch ja wirklich nicht zu einem Schlückchen animieren. Aber entweder Moni kocht uns jetzt einen starken Nerventee, oder ich mache einen Prosecco auf.«

Es wird dann doch nur ein starker Espresso mit Milchschaum. Denn sie müssen sich ja auch mal um die Geschäfte kümmern, die Kundenbestellungen verschicken, neu dekorieren und die Kundinnen beraten. Manchmal müssen auch die drei Freundinnen vernünftig sein. Obwohl das die langweiligste von allen Möglichkeiten ist.

Immer diese Frauen!

Antonius ist erschüttert. Warum verreist Sisi ausgerechnet dann, wenn ihre erste gemeinsam vorbereitete Auktion startet? Ja, sie hat natürlich mit den Einlieferungen und den üblichen Abläufen nichts zu tun. Und auch die Hängung der Exponate würde diesmal Aurelio übernehmen, den er mit seinem Sachverstand aus Zürich eingeladen hat, um ihn zu unterstützen. Denn er will Aurelio Sisi vorstellen. Von seinem alten, einzigen Freund möchte er eine Meinung einholen. Und das wäre doch am besten, wenn er Sisi in Aktion sehen könnte. Aber nun? Nun wird er mit Aurelio alleine dasitzen. Resigniert lässt er die Schultern hängen.

In Wirklichkeit ist Antonius nie alleine. Eine ganze Heerschar an aktiven Geistern unterstützt ihn bei jeder Auktion. Vom Sicherheitsdienst bis zum staatlich vereidigten Auktionator, vom Valet-Parking-Dienst bis zu einem ganzen Stab an Mitarbeitern und Telefonistinnen. Er ist nie allein. Und doch fühlt er sich diesmal so. Er sitzt in seinem Wintergarten zwischen den blühenden Kamelienbäumen und trinkt einen Sherry.

»Du bist nachdenklich«, sagt sein Freund Aurelio. »Machst du dir Sorgen ums Geschäft?«

»Nein«, sagt Antonius. »Wir haben sehr gute Werke in der Einlieferung. Toplose. Kaum zu übertreffen.«

»Die Krise betrifft dich nicht?«

»Welche?«, fragt Antonius. Und das ist durchaus nicht snobistisch gemeint. Er hat eine Krise, aber die ist ganz anderer Art. Irgendetwas hat ihm das glühende Licht, seinen Enthusiasmus für die Sache getrübt. Ja, ein gutes Kunstwerk ist noch immer ein gutes Kunstwerk. Und der Zauber, der von einem guten Bild ausgeht, versetzt ihn nach wie vor in Entzücken. Aber etwas bremst ihn, legt einen Schatten über seine Aktivitäten.

»Wann lerne ich deine helfende Hand kennen?«, fragt Aurelio.

»Sie ist verreist, wenn es morgen losgeht.«

»Sie ist nicht bei der Vorbesichtigung?«

»Nein, und auch nicht bei der Auktion. Sie ist genau in dieser Woche verreist.«

»Warum?«

Antonius zuckt mit den Schultern und nippt an seinem Sherry. Aurelio weiß dazu auch nichts weiter zu sagen, und so sitzen sie in stillem Einvernehmen im Wintergarten, bis die Sonne hinter den großen Kastanienbäumen untergeht und die Sherryflasche geleert ist. Dann erheben sie sich wortlos aus den Korbstühlen und gehen in Antonius' Restaurant zum Abendessen. Und ganz gleich, wie viel Mühe der Koch darauf verwendet, Antonius und seinen alten Freund mit einem lukullischen Genuss aus der Küche zu erfreuen, es ist nicht möglich. Schweigsam sitzen sie später am Kamin und sehen in das Feuer.

»Magst du sie?«

»Ja«, antwortet Antonius.

»Sehr?«, fragt Aurelio.

»Ja«, sagt Antonius. Mehr nicht. Und mehr ist auch nicht nötig, denn der kleine Amor hat gute Ohren und fliegt vergnügt in die Küche, um den Koch aufzumuntern. Seine Kochkünste haben die graue Stimmung nicht ausgelöst, doch das kann er ja nicht wissen. Und so organisiert der geflügelte Amor für den Koch ein außerordentliches Lob von Tisch 36 mit Gruß an die Küche.

Sisi versucht alles, um die Reise zu vereiteln. Sie verstellt den Wecker um zwei Stunden und bringt absichtlich Mops

Conrad nicht am Vorabend bei Herrn Kaloke vorbei. Doch Sigi vertraut in solchen Fällen auf seine eigene Weltuhr und hat die Koffer schon im Flur aufgestellt, als er Sisi weckt. Und auch Herr Kaloke, von dem sich Sisi eine erhebliche Verzögerung erhofft, ist diesmal nicht sehr redselig. Verschlafen, aber frisch gekämmt und rasiert, angezogen mit seinem braunen Bademantel und den Filzpuschen, öffnet er die Wohnungstür und nimmt Mopsi hocherfreut in Empfang.

»Der blaue Napf ist für das Wasser und der rote für das Futter.«

»Wie immer«, sagt Herr Kaloke.

»Und sein Körbchen stellen Sie am besten an die Balkontür, da kann er rausgucken.«

»Er legt sich sowieso gleich auf mein Sofa«, wendet Herr Kaloke ein.

»Und er mag keine Pilze und keine Lakritze«, sagt Sisi.

»Natürlich nicht!«, erwidert Herr Kaloke.

»Und abends muss er immer früh ins Nest.«

»Das entscheidet er doch sowieso alleine«, brummt Herr Kaloke.

Was sind das diesmal für absurde Anweisungen? Mopsi und er sind ein eingespieltes Team. Beide hassen Pilze und Lakritze. Aber Sisi versucht Zeit herauszuschinden, während Sigi bereits im Taxi sitzt und auf sie wartet. Doch alles nützt nichts.

»Ich will Sie nicht verärgern«, sagt Sisi. »Ich versuche nur …«

»Sie werden noch das Flugzeug verpassen.«

»Genau, das wäre ideal.«

»Wird aber schwierig«, sagt Herr Kaloke. »Es fliegt erst in eineinhalb Stunden, und bis zum Flughafen Tegel brauchen Sie nur zwanzig Minuten.«

»Haben Sie eine andere Idee?«

Herr Kaloke ist irritiert. Ist das eine Urlaubsfahrt oder

eine Steuerflucht? »Aber Sie kommen wieder, ja?«, fragt er verängstigt.

»Natürlich komme ich wieder. Aber erst in einer Woche ...«

»Das ist kein Problem. Mopsi und ich, wir haben uns viel zu erzählen.«

Und schon reicht er Sisi zum Abschied die Hand, und Mopsi sieht sie aufmunternd an. Das wird schon, scheint sein Gesichtsausdruck zu sagen. Doch Sisi ist sich nicht so sicher und streichelt Mopsi noch einmal hinter den Ohren. Das liebt er sehr.

Das Taxi steht mit laufendem Motor vor der Haustür. Sigi verkneift sich eine Bemerkung. Besser keinen Streit vom Zaun brechen, das könnte die ganze Reise gefährden. Aber Sisi ist nicht in Streitlaune. Sie überlegt fieberhaft, wie sie dieser Reise entkommen kann. Auf Streit kommt sie dabei nicht. Der Taxifahrer versucht die schweigsamen Gäste aufzumuntern, schaltet die Radioprogramme ein und aus und fragt nach, mit welcher Fluggesellschaft die beiden denn fliegen würden. So könnte er an der Anzeigetafel des Flughafens noch eine Extrarunde fahren, die ihm weitere Euros einbringen würde. Doch Sigi ist vorbereitet und hat im Internet nachgelesen. Die zusätzlichen Euros für den Taxifahrer sind somit gestrichen.

»Erstmal bis Frankfurt von Terminal C, und dann sehen wir weiter«, sagt Sigi.

Sisi zählt die Werbeplakate am Straßenrand. Nur Werbung und keine Parteien. Wenn es bis zum Flughafen eine ungerade Anzahl von Plakaten wird, dann simuliere ich einen Schwächeanfall. Bei einer geraden Anzahl lasse ich mir was anderes einfallen. Sie zählt und sucht aufmerksam. Das letzte Plakat vor dem Flughafen ist ausgerechnet ein Plakat für Sonnencreme, es hat die Nummer 180. Das gibt es doch nicht! Es muss doch hier noch irgendwo ein vergessenes Plakat geben. Notfalls dann doch für eine Partei. Aber bis zum Terminal C taucht keines mehr auf.

Gut. Dann folgt eben Plan B.

Antonius hat die ganze Nacht trotz Sherry wieder nur wenig geschlafen. Seine vortreffliche Bettruhe, die ihn sonst immer ereilt, sobald er auch nur sein Himmelbett und seine weichen Kissen erblickt, hat ihn vollständig verlassen. Vielleicht liegt es am heutigen Start der Vorbesichtigung für die Auktion? Auch am Frühstückstisch ist er heute sehr ungeduldig. Aurelio isst in Ruhe sein Rührei, häuft sich Orangenmarmelade auf die warmen, aufgebackenen Brötchen und scherzt mit Elisabeth, die glücklich über das Interesse an ihren Kochkünsten sofort ihre berühmte heiße Schokolade aufsetzt. Antonius hört den beiden nicht zu. Er sieht aus dem Fenster und rührt in seinem englischen Frühstückstee. Schal fühlt er sich heute Morgen. Gleich würden sie im Auktionshaus alle über ihn herfallen. Herr Mercur, wo ist dies und wo ist das? Haben Sie daran gedacht, die Teppiche festzunageln, damit niemand stürzt? Ist Ihnen entgangen, dass in Zimmer 14 die Lampen die Zeichnungen zu stark beleuchten, sie könnten Schaden nehmen. Bitte denken Sie an den reservierten Parkplatz für den Konsul. Alles Dinge, die ihm normalerweise mit leichtem Lächeln von der Hand gehen oder die er seine eigens für diese Zwecke ernannte zweite Assistentin lösen lässt. Doch heute hat er nicht die Nerven dazu. Es ist sein Leben, es ist sein Business, sein Geschäft und trotzdem fühlt er sich heute so weich gekocht wie dieser scheußliche Porridge hier. Er schiebt den Teller zur Seite.

»Sie müssen eine Kleinigkeit essen, Herr Mercur«, sagt Elisabeth. »Heute ist ein großer Tag, da müssen Sie gewappnet sein. Ich mache Ihnen jetzt das, was Ihr Großvater an solchen Tagen zu sich zu nehmen pflegte. Das wird Ihnen guttun.«

»Was war das?«, fragt Aurelio interessiert.

»Zwei Eier im Glas. Das gibt Kraft, und schon wirft einen nix mehr um«, antwortet Elisabeth und duldet keine ablehnende Antwort von Antonius.

Er lässt es geschehen. Die Eier im Glas schmecken vorzüglich, und so langsam kommt er tatsächlich zu Kräften. Jetzt noch einen ordentlichen Espresso im Büro und nicht diesen faden Frühstückstee, und schon würde er es wieder mit der Welt aufnehmen. Und tatsächlich, als Aurelio und Antonius die Treppe runter ins Auktionshaus gehen wollen, da sieht man den beiden nicht mehr an, dass sie eine lange Nacht mit Männergesprächen verbracht haben. Also stumm vor dem Kamin saßen und Sherry genossen.

»Ich habe noch ein wenig Zeit, bis die ersten Interessenten kommen, wir öffnen erst um 10.00 Uhr. Ich gehe noch einmal kurz in mein Arbeitszimmer und kümmere mich um die Post.«

Aurelio nickt. »Dann schaue ich die Hängung noch einmal durch und die Sicherheitsanlagen. Dann komme ich auf einen Espresso bei dir vorbei, bevor es hier losgeht. Der Frühstückstee in allen Ehren, aber wach werde ich davon nicht.«

Antonius lächelt. Er auch nicht. Doch Elisabeth ist nicht davon zu überzeugen, dass ein Espresso oder Kaffee für Antonius zum Frühstück besser ist. Englische Tradition hat es in diesem Hause immer gegeben, das würde auch Antonius nicht ändern. Und andererseits ist ihm das Thema nicht wichtig genug, um es sich deswegen mit Elisabeth zu verderben. Er hatte sich kurzerhand einen eigenen Vollautomaten von Jura ins Büro stellen lassen, und schon war das Problem ohne Streit gelöst. Denn eines ist Antonius noch verhasster als lauer Tee am Morgen – und das ist Streit.

Er schließt die Tür von seinem Arbeitszimmer auf, gießt seinen Geldbaum, sieht aus dem Fenster und auf den Computerbildschirm. Antonius hat keine Muße, etwas wirklich

Wichtiges zu beginnen. Dafür ist der Zeitraum bis zum Beginn der Vorbesichtigung zu kurz. Also betrachtet er den Poststapel, der in den vergangenen Wochen bedrohlich angewachsen ist. Das heißt, die wichtigen Papiere sind längst herausgesucht worden. Was verbleibt, sind alle Sendungen, die aussehen wie Kataloge oder keinen Absender haben. Denn das hasst Antonius wirklich: Briefe ohne Absender. Ein solches Exemplar hat er jetzt vor sich. Wäre es nicht per Hand beschriftet worden, sondern nur mit einem Adressetikett beklebt, hätte er es wahrscheinlich gleich weggeworfen. So aber glaubt er, dass der Inhalt doch von einer gewissen Wichtigkeit sein könnte, denn der Absender hat sich immerhin die Mühe gemacht, den Brief eigenhändig zu adressieren.

Es ist der Brief, den Doro mit ihrer Freundin abgeschickt hatte, den Antonius jetzt öffnet. Hervor kommt eine Ausgabe von *Fairplay*, in der ein Merkzettel klebt. Antonius sieht das ansprechende Titelbild mit der barbusigen Frau. Gab es so was nicht auch bei Jeff Koons und seiner Cicciolina? Ein bisschen auch bei Rubens, aber da waren die Damen etwas fülliger. Und sie trugen keine Stiefel. Er schlägt die Seite mit dem eingeklebten Merkzettel auf und liest eine Kolumne über den neuen Trend, das Skijöring. Ein Pferd zieht einen Skifahrer über das Eis des Sankt Moritzsees. Zur olympischen Disziplin hat es die Sportart nicht ganz geschafft, aber immerhin zur Attraktion in St. Moritz. Antonius ist begeistert. Ein Artikel über Pferde und noch dazu von … Er liest den Namen unter dem Artikel gleich zweimal. SISI WALL. Seine Sisi! Er lächelt. Das war aber nett! Er hat sich doch so sehr einen Artikel von ihr gewünscht, und nun hat er einen bekommen. Doch leider hat er ihn erst jetzt gefunden. Wie lange mag er wohl in der Post gelegen haben? Interessiert schaut er nach einem Begleitbrief. Sicherlich wäre da auch ein Gruß von ihr dabei. Doch er findet nur das kurze Schmäh-Pamphlet von Doro. *Jetzt sehen Sie mal, womit sich Ihre neue Bekannte beschäftigt!*

Mit Pferden, denkt Antonius und findet eigentlich nichts dabei. Gut, das Magazinumfeld gefällt ihm nicht so recht. Die Hälfte besteht aus Werbung für Produkte, für die er persönlich keinerlei Bedarf hat. Rennwagen, hochpreisige Taucheruhren, Duftwässerchen für den Mann, Slips mit Tigermuster. Nein, das ist nicht seine Welt. Und auch die Nackedeis auf den Seiten dazwischen interessieren ihn nicht. Doch wer mochte ihm das geschickt haben? Sicherlich jemand mit unlauteren Absichten. Doch wer kann das sein?

Das Telefon klingelt, und seine Sekretärin ist dran.

»Es ist ein Anruf für Sie gekommen.«

»So früh? Wir öffnen erst um 10.00 Uhr, also in 8 Minuten.«

»Ich weiß«, sagt sie, die von seiner Genauigkeit manchmal genervt ist, »aber die Anruferin hat es schon zweimal versucht. Darf ich sie verbinden?« Vielleicht ist es Sisi? Da werde ich mal gleich rangehen, denkt Antonius.

Leider ist es nicht Sisi, denn die sitzt auf dem Flughafen Tegel fest. Sondern es ist Doro von der Mey.

»Wissen Sie, ich interessiere mich für den Lesser Ury und würde mir den gerne anschauen.«

»Sicherlich möglich«, sagt Antonius steif. »Wir werden gleich öffnen, die Vorbesichtigung läuft fünf Tage. Sie haben ausreichend Zeit, sich das Werk anzuschauen.«

»Können Sie mich nicht durch die Ausstellung führen? Das wäre mir ganz lieb, denn dann könnte ich Ihre Meinung zur Ergänzung meiner Privatsammlung hören.«

»Ich glaube, dafür ist mein Kollege Aurelio Rosato eher geeignet. Er hat die nötige Kenntnis über das Zusammenstellen von Sammlungen.«

Und wie gerufen, aber nichts ahnend, kommt Aurelio zur Tür herein, um sich seinen versprochenen Espresso abzuholen.

»Könntest du bitte den Anruf annehmen, er ist für dich.«

Und schon gibt Antonius ihm den Telefonhörer mit einem Zeichen, das Aurelio an seinem Freund noch nie gesehen hat. Es bedeutet *Nachher reiße ich ihr den Kopf ab*, und Antonius hat das Zeichen das erste Mal in Sisis Galerie gesehen, als Donate ihn eingeladen hatte, zu bleiben. Und Sisi das nicht wollte. Warum nur?

Antonius bereitet den Espresso, während Aurelio sich eine Viertelstunde mit Krähe Doro unterhalten muss.

»Und?«, fragt Antonius, als Aurelio mit feuchter Stirn zu ihm in den Nebenraum kommt, »wird sie vorbeikommen?«

»Ganz sicher. Aber sie will nur mit dir sprechen. Sie interessiert sich nur für dich.«

»Aber ich mich nicht für sie«, sagt Antonius, und er hätte es wirklich nicht klarer sagen können.

»Ich muss dir was zeigen«, und Antonius reicht seinem Freund das Magazin *Fairplay*.

»Oha«, sagt Aurelio. »Wo hast du das denn her?«

»Ich glaube, von deiner Gesprächspartnerin. Es sollte als Affront gemeint sein.«

»Inwiefern?«

»Auf Seite 29 ist eine Kolumne von Sisi über das Skijöring. Ich glaube, Frau von der Mey wollte mir mitteilen, dass das nicht der richtige Umgang für mich ist.«

Aurelio sieht sich das Magazin nicht ohne Interesse an. Und liest natürlich auch den Artikel von Sisi. »Das könnte Ärger geben«, sagt er.

»Das wird es, da bin ich mir sicher. Wenn sie es war, dann werde ich sie rausschmeißen.«

Aurelio erkennt seinen Freund kaum wieder. Das italienische Blut in dessen Adern kocht. Wer was gegen seine Sisi sagt, der kann sich im Prinzip schon auf dem Grund des Sees wissen. Im übertragenen Sinne natürlich. Denn Antonius würde Doro kein Haar krümmen, aber er würde ihr verbal klarmachen, wer hier das Auktionshaus führt und wer nur gelittener Zaungast ist.

»So, wir müssen runter«, sagt Aurelio, als er die ersten Autos vorfahren hört. »Schluss mit der Ruhe, ab ins Geschäft.«

Und sie geben sich die Hand wie zwei Fremde. Für sie ist das der Ausdruck tiefster Verbundenheit. »Happiness, Wealth, Success«, sagt Aurelio, wie in guten alten Zeiten. Und für ihn ist klar: Was heute auch geschehen wird, sein Freund Antonius kann sich auf ihn verlassen.

Gegen Mittag ist das Auktionshaus beinahe überfüllt. In allen Räumen flanieren Menschen, die mit den ausgelegten Auktionskatalogen bewaffnet an den Wänden vorbeigleiten und zu jedem Bild einen Kommentar abgeben. Fachmännisch oder unfachmännisch, das ist ihnen einerlei. Wissend schweigen können die wenigsten. Aurelio hat die Hängung entsprechend den drei Hauptthemengebieten vornehmen lassen: Klassiker der Moderne im Foyer, die Avantgarde im Seitenflügel und einige Altarbilder sowie Meister des 19. Jahrhunderts im Obergeschoss. Wobei er speziell für das Obergeschoss zwei Sicherheitskräfte eingestellt hat. Nichts ist schneller verschwunden als eine kleine Studie – oder die ausgelegten Ansichtskataloge.

Sisi hat schon drei SMS mit unterschiedlichen Inhalten an Moni vorbereitet, aber noch keine abgeschickt. Einerseits braucht sie in dieser Situation dringend ihren Rat und hätte sie am liebsten angerufen. Vielleicht hätte sie mal in ihre Karten oder das Astrogramm gucken können. Immerhin hatte Moni ihr einen kleinen Talisman, einen Handschmeichler aus Edelstein, mitgegeben, den Sisi in ihrer Hosentasche Trost suchend umfasst. Moni anrufen war nicht drin, denn in ihrer Situation will sie ihr mit Gejammer auch nicht auf die Nerven gehen. Kleinigkeiten macht Sisi mit sich selber aus, und lebensbedrohlich ist die Situation nun wieder nicht. Und weil sie schon einmal durch alle Flughafenshops durchgestromert ist, geht sie in den Zeitungsladen und füllt einen Lottoschein aus. Eine Ausgabe von Sigis liebster Psychologiezeitschrift und ein Kunstmagazin für sich selbst kauft sie auch noch.

»Da bist du ja endlich, ich warte schon so lange«, mault Sigi.

»Ich war gerade mal eine Viertelstunde weg, wir sind doch sowieso viel zu früh hier. Bitte, für dich. Eine aktuelle Ausgabe von *Psycho total,* das Titelthema heißt diesmal ›Reisestress‹ – wie passend.«

Sigi ist nicht zum Scherzen aufgelegt. »Irgendetwas stimmt hier nicht«, sagt er. »Die Menschenschlange am Abfertigungsschalter wird nicht kürzer. Die müssten doch alle mal einchecken und ihr Gepäck abgeben.«

Ach, wäre diese Reise doch bloß schon wieder zu Ende, und wir würden wieder zu Hause ankommen.

Und der Himmel hat schließlich doch ein Einsehen. Vielleicht waren es aber auch die Stoßgebete von Paulina, Moni und Sisi, die aus verschiedenen Richtungen »oben« angekommen waren. Auch Antonius hat die eine oder andere Anmerkung dazu beigetragen. Jedenfalls fliegt das Flugzeug nicht wie geplant nach Frankfurt, sondern gar nicht. Lotsenstreik, heißt es lapidar.

»Und wie lange dauert der?«

»Bis man sich geeinigt hat«, sagt die Frau am Abfertigungsschalter mit einem Achselzucken. Ihr ist es doch egal.

»Aber wir versäumen unseren Anschlussflieger in Frankfurt. Und wir wollten doch nach …«

Wieder folgt ein Achselzucken, kombiniert mit einem Herabziehen der äußeren Mundwinkel, was so viel heißt wie: Bedauerlich, aber da ist nichts zu machen.

»Ich hasse Sie«, schimpft Sigi.

Immerhin wird die Frau am Schalter jetzt lebhafter.

»Wie meinen Sie das?«

»Am kleinen Reisenden lassen Sie Ihren Scheiß-Streik aus. Ich finde das zum … unmöglich finde ich das.«

Sisi sieht an die Decke des Terminals und schaut sich die Lüftungsrohre und alles andere an, was Architekten an die Decke eines Terminals so hinplanen. Ganz weit oben im Gestänge einer Lichtanlage hängt ein roter Luftballon, der sich wahrscheinlich bei einem Kind losgerissen hat. Oder bei einem Kuss zweier Liebender, die sich nach langer Trennung wiedergesehen haben und dabei ganz ihren Begrüßungsluftballon vergaßen. Der hatte sich still und heimlich davongemacht. Und Sisi hätte schwören können, dass der rote Ballon die Form eines Herzens hatte.

»Und was machen wir nun?«, fragt Sigi sauer.

»Wir können ja warten. Vielleicht geht es später weiter.«

»Wir warten aber nur so lange, wie es überhaupt noch möglich wäre, den Flieger in Frankfurt zu bekommen. Ansonsten ist sowieso alles verloren.«

»Das würde ich nicht so sehen«, sagt Sisi und zieht an einem Getränkeautomaten eine Cola und eine Fanta.

»Hier, wir haben heute Morgen nicht genug getrunken.«

»Ist das wieder ein Gesundheitstipp von Moni?«, faucht Sigi.

»Nein, der ist mal von mir. Aber du kriegst besser die Fanta. Noch mehr Koffein würde dich in diesem Zustand auch ohne Flugzeug abheben lassen.«

»Dafür kommen Sie auf!«, sagt Sigi drohend zu der Frau am Schalter. Es ist klar, was daraufhin für eine Reaktion erfolgt: Achselzucken. Was sonst?

Sisi setzt sich neben ihren Koffer auf eine eiskalte Stahlbank. Nett, dass Innenausstatter offensichtlich ziemlich fette Pobacken haben. Denn ohne Speck an den richtigen Stellen war dieses Sitzmöbel nur ein Folterinstrument. Sisi legt sich ihre Jacke auf den Stuhl. Und für Sigi die Reisetasche mit den Pullis. Der aber läuft entnervt auf und ab. Von seinem Doktor in Psychologie und dem damit vermuteten Wissen ist nichts zu spüren. Weder analysiert er seine eigene Überreaktion, noch bekommt er sie überhaupt mit. Vielleicht hätte Sisi genauso reagiert wie er, wenn sie sich auf die Reise gefreut hätte. So aber ... Nach viereinhalb Stunden ruhelosen Wartens, die Sisi nutzt, um alle Geschäfte im Flughafen erneut aufzusuchen, und Sigi damit zubringt, abwechselnd die Fluggesellschaft, die Lotsen und die Angestellten zu beleidigen, wird neu beraten.

»Ist sicherlich besser, nach Hause zu fahren, als hier noch stundenlang auf den eiskalten Stühlen zu sitzen oder sinnlos auf und ab zu laufen.«

»Wird wohl so sein«, sagt Sigi ernüchtert. »Oder lass uns mal schauen, was es heute noch für Last Minute-Angebote gibt. Wir könnten diese Woche auch für einen anderen Trip nutzen. Es werden nicht alle Fluggesellschaften bestreikt.« Es locken Nizza, die Malediven und ein Wochenende mit der Deutschen Bahn nach Heiligendamm. Sigi lässt sich noch nicht ganz entmutigen. Plötzlich klingelt sein Handy. Wer kann das jetzt sein?

»Herr Kaloke, nein, wir sind noch nicht in Frankfurt gelandet. Ja, in Berlin auf dem Flughafen.«

»Ist was mit Mopsi?«, fragt Sisi besorgt.

»Ja, er hat einen Schnürsenkel von Herrn Kaloke gefressen. Er schien ihn wohl für Lakritze zu halten. Ich weiß gar nicht, wie er auf so etwas kommt.«

»Er hasst Lakritze!«

»Frag mich nicht, jedenfalls ist es besser, wenn wir erst einmal zurückfahren und keine Alternativroute planen.«

Auf dem Rückweg zähle ich wieder Werbeplakate, um nicht vor Freude zu summen. Jetzt sind es 181 Plakate, eine ungerade Zahl. Doch die Zahl kann ich jetzt nicht mehr gebrauchen, und den Schwächeanfall spare ich mir auch auf.

Bei Herrn Kaloke im Wohnzimmer wälzt sich ein unruhiger Mopsi auf dem Teppich.

»Er hat meinen Schnürsenkel abgekaut. Ausgerechnet von den Budapestern. Aber das ist nicht das Schlimmste. Ich glaube, er wird den Schnürsenkel nicht wieder los. Ich wollte schon zum Tierarzt mit ihm. Wie gut, dass Sie wieder da sind.«

Das findet Sisi auch. Mopsi kommt hocherfreut angerobbt.

»Mach mal Mäulchen auf.«

Und was taucht da am hinteren Backenzahn auf? Ein Zentimeter Schnürsenkel.

»Lass mal Mäulchen auf. So, da haben wir es. Das ist der Rest«, sagt Sisi entschuldigend und hält zwischen Daumen und Zeigefinger ein Stückchen zerfransten Schnürsenkel hoch. »Alles andere ist unwiederbringlich verschwunden. Aber wir kaufen Ihnen natürlich neue Schnürsenkel. Ganz klar.«

»Ich weiß gar nicht, wie das passieren konnte. Plötzlich war er weg, und dann hatte er … Und dabei bin ich doch morgen eingeladen.«

»Kein Problem. Mopsi und ich gehen sofort zu Budapester am Ku'damm und holen Ihnen neue Schnürsenkel. Dann sind sie morgen wieder bereit für Ihre Einladung.«

Sigi sagt gar nichts. Noch mehr Pannen und er wird sich in Behandlung begeben. Am besten bei einem Kollegen.

Mopsi und Sisi rennen wie der Wirbelwind über den Ku'damm zu *Art Déco Silber*. Endlich wieder da! Die wenigen Stunden, die sie nicht hier waren, die kommen ihnen wie eine Ewigkeit vor. Donate sitzt vor dem Geschäft und raucht eine seiner selbst gedrehten Zigaretten.

»Was machst du denn hier?«

»Lotsenstreik, nichts ging. Deshalb sind wir wieder hier. Ich brauche deine Hilfe.«

»Immer«, sagt Donate und drückt sofort die Zigarette in Opas Aschenbecher aus.

»Kannst du für mich neue Schnürsenkel besorgen?«

»Was soll ich?«

»Neue Schnürsenkel von Budapester. In Dunkelbraun, für Herrn Kaloke.«

»Kein Problem. Wann?«

»Am besten schnell. Ich brauche sie heute Abend, so gegen 18.00 Uhr.«

»Kein Problem«, wiederholt Donate. »Wenn du mir erklärst, was das soll.«

»Später gerne, heute Abend, okay? Dann erkläre ich es dir. Bitte Donate, es ist sehr wichtig. Conrad hat die Schnürsenkel gefressen.«

»Dann brauchen wir in der Tat neue. Für meine Sisi und den Dicken tue ich doch alles. Bin schon unterwegs.« Und Donate eilt davon.

Moni traut ihren Augen nicht. »Du hier?«

»Ja, ich hier. Ist Paulina auch da?«

»Ja, natürlich bin ich da. Es ist Geschäftszeit, wo, denkst du, sollte ich sonst sein?«, fragt sie gespielt entrüstet von nebenan.

»Ihr müsst auf Mopsi aufpassen, und ich muss mich ganz schnell umziehen.«

»Warum? Wo ist Sigi? Was ist mit eurer Reise?«

»Ich muss ins Auktionshaus zur Vorbesichtigung. Sigi ist zu Hause. Die Reise gibt es nicht mehr. Ich bin so glücklich!« Mit dem letzten Satz wirft sie ihre Handtasche auf Opas Chaiselongue. Und während sich Sisi schnell ein smartes schwarzes Kostüm für besondere Gelegenheiten anzieht und ihre Haare in Ordnung bringt, erzählt sie den beiden kurz, was passiert ist.

»Kann ich Mopsi bei euch lassen?«

Aber diese Frage ist eigentlich überflüssig, denn er liegt schon in seinem Blueberry-Körbchen im Schaufenster und zählt Passanten.

»Natürlich. Wann kommst du wieder?«

»Vor 18.00 Uhr. Donate besorgt die Schnürsenkel, und dann flitze ich schnell wieder nach Hause.«

Schnürsenkel? Moni und Paulina sehen sich ratlos an. Es ist schon ein eigenes Ding mit Leuten, die verliebt sind.

Alle mal herhören

Aurelio ist in seinem Element. So viele Interessenten wie bei Antonius waren nie in seiner eigenen Galerie in Zürich. Und lässt man die Kunststudenten, Schaulustigen und Nachbarn beiseite, so sind durchaus einige zahlungskräftige Kunden darunter. Er gibt erfreut Auskunft, wenn man ihn fragt, und genießt den Trubel. Antonius hingegen hat sich in einen Nebenraum zurückgezogen, wo heute nur die Zeichnungen untergebracht sind. Da hat er seine Ruhe und beobachtet den Andrang draußen im Flur und die Teppichfalte, über die mindestens schon dreißig Leute gestolpert sind. Nein, schadenfroh ist er nicht. Nur so etwas wie lethargisch, schwermütig. Etwas, das man auch seinem Großvater nachgesagt hat. Und er hofft inständig, dass er nicht wie jener enden wird.

Er rafft sich auf, sucht einen Hammer und ein paar Reißzwecken aus dem Werkzeugkasten in Elisabeths Besenkammer und geht damit zu der berüchtigten Teppichfalte. Plötzlich hört er Lärm von der Garderobe und eine aufgeregte Frauenstimme. »Meine Tasche lasse ich nicht hier, egal was Sie mir sagen. Es ist eine Hermès. Die kostet mehr als Ihr Monatslohn, Sie, Sie …«

Und bevor, wer auch immer, eine Beschimpfung auf den diensteifrigen Sicherheitsbeamten loslassen kann, kommt Antonius mit dem Hammer um die Ecke gebogen. Als er Doro sieht, verfinstert sich sein Blick noch mehr, und seine Augenbrauen ziehen sich zusammen wie vor einem drohenden emotionalen Gewitter. Doro hört sofort auf zu lamentieren.

»Herr Antonius, Sie müssen ihm sagen, dass ich die Tasche mitnehmen darf.«

»Nein«, sagt Antonius verdächtig leise, »das muss ich nicht. Die Anweisung der Versicherung gilt für alle Taschen, die größer sind als eine Brottüte. Und Ihre Tasche ist größer als eine Brottüte.« Er zeigt mit dem Hammer auf die braune Tasche. Doro traut ihren Augen kaum. Sie folgt der Bewegung des Hammers und starrt wie gebannt auf das Werkzeug.

»Was haben Sie vor?«, fragt sie ängstlich.

»Ich muss eine Falte geradeziehen«, sagt er. Mehr nicht.

Sie hat gehört, dass Alleinlebende mit der Zeit sonderlich werden. Eventuell war das bei Antonius der Fall. Und dann lebt er auch noch in diesem großen Haus. Wer weiß, was darin noch herumspukt? Eine Frau jedenfalls nicht, denn dieser Antonius hat einen Freund bei sich aufgenommen. Ob er wohl wie ihr Friseur …? Aber warum kommt er dann mit dieser kleinen Journalistin zur Vernissage von Candida? Egal. Ich werde es herausfinden, glaubt Doro.

»Könnten Sie mir jetzt den Lesser Ury zeigen?«, schmeichelt sie mit falscher Stimme. »Die Tasche lasse ich dann hier.« Und sie gibt sie demonstrativ dem Sicherheitsbeamten, der wortlos ein Nummernetikett mit einer hellgelben Wäscheklammer an dem Henkel befestigt und sie in ein Regal neben Rucksäcke, Einkaufstüten, Sporttaschen und zwei Motorradhelme legt. Doro graust es. Die müsste sie nachher erst einmal desinfizieren, die arme Tasche. Aber nun ja …

»Nein«, sagt Antonius wieder gefährlich leise. »Das Bild kann ich Ihnen nicht zeigen, weil ich erstens die Gefahrenquelle der Teppichfalte beseitigen muss und zweitens bereits mein Kollege Aurelio Rosato zugesagt hat, diese … (er verschluckt das Wort *missliebige*) Führung zu übernehmen.«

»Aber ich habe doch heute Morgen extra angerufen.«

»Das haben andere Interessenten auch. Sie entschuldigen

mich bitte ...« Natürlich ist Antonius im privaten Rahmen ein überaus gesuchter Berater, aber er wählt sich seine Kunden aus. Und Doro gehört nicht dazu. Er geht mit seinem Hammer wieder zurück ins Auktionshaus, kniet sich vor die Teppichfalte und betrachtet sie eingehend. Hier Nägel einzuschlagen, das ist doch nicht das Richtige. Er würde den Teppich durchlöchern, das wäre nichts für Großvaters indische Seidenteppiche und das Holzparkett darunter. Und während er so in meditativer Haltung auf einem Knie aufgestützt über die Falte nachsinnt, kommt Sisi zur Tür herein.

»Hallo, was machst du denn da?«

Antonius schaut auf und wäre beinahe zur Salzsäule erstarrt. Da steht plötzlich seine Sisi vor ihm in atemberaubenden High Heels von Paulina, einem Wunder von Kleid und mit einer winzigen Tasche, die kleiner ist als eine Brottüte, stellt Antonius erleichtert fest.

»Ich?«, sagt er. »Ich?« Und weil er im Grunde genommen zwar die richtige Haltung für eine Frage hat, die er Sisi schon vor einigen Tagen stellen wollte, und er zweitens bei ihrem Anblick jetzt augenblicklich feststellen muss, dass er nicht wie sein Großvater selbstmordgefährdet ist, sondern stattdessen vor Lebensfreude sofort platzen könnte, stellt er seine lang aufgehobene Frage eben jetzt:

»Willst du ... willst du ... meine Freundin sein?«

»Was?«

»Willst du meine Freundin sein?«, fragt Antonius etwas lauter. *Frau* wagt er nicht zu sagen, denn so genau kennt er Sisi noch nicht, und er will sie nicht in die Verlegenheit bringen, gleich abzulehnen. Freundin war ein guter Zwischenschritt, fand er. Denn er hält Sisi für ausnehmend schüchtern. Außerdem hätte er ein *Nein* von ihr nicht überlebt, sein italienisches Blut wäre übergekocht.

Im Umkreis von 50 Metern halten die Kunstinteressenten aus aller Welt in Antonius' Auktionshaus die Luft an. Sie lugen über das Treppengeländer, recken die Hälse aus den

Nebenräumen, schauen über- oder untereinander durch und halten sich leise die große Schwingtür auf, nur um diese Antwort, die jetzt gleich folgen musste, nicht zu verpassen.

»Ich?«, fragt Sisi.

»Du«, sagt Antonius und erhebt sich langsam, wobei er den Hammer auf der Teppichfalte liegen lässt.

»Ja«, sagt sie und strahlt ihn an. »Das möchte ich.«

Nun könnte man meinen, Kunstinteressenten sind feingeistige, stille Menschen, die sich in entsprechenden Situationen wie dieser leise hüstelnd entfernen. Doch dem ist nicht so. Die japanische Gruppe auf der Seitentreppe ruft ein mehrfaches *Hurra*, während die Kunststudenten aus dem Nebenraum zu pfeifen beginnen. In den Augen zweier russischer Mädchen glitzert es verräterisch, eine seufzt vernehmlich, und die andere schnieft laut. Zwei Schülerinnen schauen sich an, rollen mit den Augen und sagen abfällig »bäh!«.

Nur von zwei Seiten kommt eine recht zurückhaltende Reaktion: Zwei alte Damen lächeln milde, da sie aufgrund ihrer Schwerhörigkeit nicht verstanden haben, worum es geht, aber anhand der Körpersprache doch erkennen, dass es sich wohl um eine Art Liebesszene handeln muss. Da sie das aber für eine Einlage der städtischen Schauspielschule halten, klatschen sie leise. Die zweite stille Reaktion kommt von Doro. Sie wird blass und sackt langsam in sich zusammen wie ein alter Kartoffelbovist. Der Sicherheitsmann kann sie gerade noch auffangen, sonst wäre sie einfach umgefallen. Und in Ermangelung einer passenden Sitzgelegenheit legt er sie einfach auf die weichsten der abgegebenen Gepäckstücke und ihre Beine auf die beiden Motorradhelme. »Geht schon«, murmelt er. »Hochlegen soll man die Beine. Wie, ist doch egal.«

»Und dann? Was ist dann passiert?«, fragt Paulina.

»Dann bin ich aufgewacht«, sagt Sisi lächelnd.

»Du bist doof. War das ein Traum oder was?«

»Es war wie ein Traum, aber es war echt.«

»Wie romantisch!«, ruft Moni.

»Ich wusste doch, dass in dem staubigen Typen ein Bursche mit Stil steckt. Mein Gefühl trügt mich nie. Der ist aus anderem Holz geschnitzt als die Übrigen«, kommentiert Donate.

»Wie du – meinst du sicherlich«, sagt Moni, die Donate manchmal erwürgen könnte.

»Lass mal«, sagt Paulina. »Donate ist schon okay. Immerhin hat er neue Schnürsenkel besorgt«, und sie zwinkert Moni zu.

»Ach ja, die muss ich ja mitnehmen. Die hätte ich beinahe vergessen. Die waren ja meine Ausrede, zu euch zu kommen.«

»Du brauchst eine Ausrede?«

»Na, ich bin doch eigentlich im Urlaub. Mit Sigi«, fügt sie noch hinzu.

»Oha«, sagt Donate. »Das sieht nach einem Problem aus. Ich muss dann mal los, noch ein Brot kaufen.« Und schon ist er verschwunden.

»Und nun?«

»Ich brauche etwas für die Nerven.«

»Tee?«

»Nee.«

»Schokolade?«

»Nee.«

»Okay, ich weiß es«, rät Paulina. »Wir öffnen das, was diesem besonderen Anlass angemessen ist – einen Champagner rosé selbstverständlich.« Dann nehmen sie sich Stühle und ihren kleinen Klapptisch, einen Strauß Blumen und ein Windlicht mit vor den Laden *Art Déco Silber* und setzen sich in die Abendsonne, die immerhin schon ein wenig wärmt.

»Wo beginnt die Liebe?«

»Die Liebe oder der Betrug?«

»Die Liebe.«

»Ganz vorsichtig, glaube ich, fängt sie an.«

»Nein, wie ein Vulkan. Du siehst jemanden, und bei dir knallen die Sicherungen raus. Zisch, es ist passiert«, meint Paulina.

»Ich meine nicht das sexuelle Interesse, nicht die Leidenschaft«, entgegnet Sisi.

»Was heißt hier Sex? Es ist ein optischer Reiz. Ein Blitz, der mir klarmacht: Der ist es! Den will ich haben. Zumindest im Moment.«

»Siehste! Nur im Moment. Liebe ist aber dauerhaft. Nicht nur ein Blitz. Sie entwickelt sich langsam, glaube ich. Mit Sympathie fängt es an.«

»Oder sogar mit Antipathie wie bei dir und dem komischen Antonius.«

Volltreffer! Moni hat es erfasst. Ja, so war es. Sogar mit Antipathie konnte die Liebe beginnen. Aber was war es denn, was Sisi anfangs an Antonius nicht mochte? Er hatte ihr Auto ruiniert, vielleicht war er daran nicht einmal richtig schuld. Und auch daran nicht, dass sie ein paar Tage mit dieser Halskrause herumlief. Und dann stand er pudelnass in ihrer Wohnung. Nett war er schon. Höflich eher. Und das machte ihn in Verbindung mit seinen – positiv ausgedrückt – sehr konservativen, beinahe britischen Klamotten eher etwas langweilig. Ja, und Moni hatte recht: Bei Antonius traf einen nicht im ersten Moment ein Blitz. Das nicht. Aber wenn man ihn näher kennenlernte, dann merkte man doch, dass er etwas ganz Besonderes ist. Nicht machomäßig oder im arroganten Ich-weiß-alles-du-kleine-Maus-Stil herumläuft. Sondern nur da ist. Für sich in seinem Leben. Er ist der Mann auf den zweiten Blick. Dann allerdings ist er ein Volltreffer.

»Liebe bedeutet erkennen, glaube ich«, murmelt Sisi. »Erkennen, was man am anderen hat. So wie ich auch bei Sigi immer erst merke, was er mir bedeutet, wenn er auf einer Tagung ist. Dann fehlt er mir. Und nicht weil dann niemand da ist, der morgens die Brötchen aufbackt. Sondern weil er ein Teil von mir geworden ist.«

Antonius ist das auch. Und das ist irgendwann einfach passiert. Wann eigentlich genau? Ich glaube, an dem ersten Abend beim Italiener. Da ist es passiert, ohne dass ich es richtig gemerkt habe. Da hat Antonius etwas über Wein erzählt, wovon ich nur die Hälfte verstand. Und zwar den Teil über die Liebe: »Ich weiß nicht, ob Sie das kennen. Diesen Moment der Liebe, der durch ein Gespräch entfacht wird. Nicht durch einen Körper, eine Geste, einen Geruch. Nein, durch ein Gespräch«, sagte Antonius damals. Bei mir wurde es tatsächlich ein Gespräch über einen zuckersüßen, alles einnehmenden, alle Geschmackspapillen umspielenden Wein, von dem ich vorher nicht einmal wusste, dass es ihn gibt. Ein honigfarbener Eiswein.

»Es ist aber auch wichtig, dass man nicht nur über den Wein spricht, sondern ihn auch verkostet. Wenn man nicht nur in Weinbüchern über ihn liest, sondern ihn auch erlebt. Das hat einen Wert.«

»Das macht das Leben aus«, bestätigte Antonius damals. »Im wahrsten Sinn des Wortes ist beim Wein und in der Liebe alle Theorie grau.«

Sisi denkt, man kann sagen, es war naiv, dass ich auf so ein Gespräch reingefallen bin. Vielleicht. Aber es hat mir seitdem unbeschreiblich schöne Wochen beschert. Und das ist es, was mir niemand nehmen kann. Genauso wie einige Flaschen dieser unglaublichen Beerenauslese in Opas Vitrinenschrank, die ich für besondere Momente aufgehoben habe.

Antonius hat damals sein Glas gehoben und zu mir gesagt:

»Auf das, was der Wein in den Menschen weckt. Auf die Sinne, die Freude, den Genuss und das Leben. Das, was uns ausmacht.«

Sisi sah damals in seine braunen Augen, in denen sich das Kaminfeuer spiegelte. Und seine Worte hatten genau das entfacht, wovon er sprach. Sie hatte sich verliebt.

Die Abendsonne ist untergegangen. Auf dem Kurfürstendamm wird der Straßenverkehr leiser. Der kleine Amor sitzt fröhlich auf Monis blauer Ente und beobachtet Sisi und ihre Freundinnen beim Nachdenken und Philosophieren. Liebe Sisi, du kommst nie darauf, wann es passiert ist. *Es ist* – und darauf kommt es an.

Und vergnügt fliegt er Donate hinterher. Vielleicht ließe sich da auch etwas einfädeln?

»Und nun?«, fragt Sisi.

»Genieße es, solange es dir nicht wehtut, und tue keinem anderen weh. Das geht, wenn man ein paar Regeln einhält.«

»Welche?«

»Sigi ist dein Freund, mit ihm wohnst du zusammen. Antonius ist ein Freund, mit ihm erlebst du neue Welten. Aber keine Abenteuer. Dafür seid ihr beide nicht gemacht. Entweder ganz oder gar nicht. Und so bleibt ihr Freunde fürs Leben. So etwas gibt es. Und das ist wunderschön.«

»Hast du auch einen Freund fürs Leben?«

»Willst du es wirklich wissen?«, fragt Moni.

»Ja, erzähl mir davon.«

»Es ist der Typ aus dem Wasserladen«, antwortet Paulina stattdessen.

»Gerd?«

»Ja, wir kennen uns seit mindestens zehn Jahren. Er erzählt mir seinen Liebeskummer, und ich ihm meinen. Gerd weiß mehr von mir als mein Peter. Und trotzdem hat es sich nie ergeben. Komischerweise«, bestätigt Moni.

»Ja, dabei wären sie wirklich ein tolles Paar. Aber vielleicht wären sie auch gar keine Freunde mehr, wenn sie jemals die Chance gehabt hätten, zusammen zu sein.«

»Man weiß es nicht«, sagt Moni. »Es ist letztendlich auch egal. Wichtig ist, dass man sich vertrauen kann. Und bei Gerd könnte ich nachts vor der Haustür im strömenden Regen erscheinen. Er würde mich reinlassen.«

So wie ich Antonius. Er hatte tatsächlich niemand anderen gehabt als mich. Damals, als er seinen Schlüssel vergessen hatte. Und vermutlich hätte er auch nie seinen geliebten Trüffel aus der Biotonne retten können, wenn Mopsi und ich ihm nicht geholfen hätten.

»Und wenn du genau nachdenkst, hat jeder von uns einen guten Freund. Irgendwo.«

»Und die Männer?«

»Die meisten haben eher eine Geliebte statt einer Freundin. Weiß ich«, sagt Paulina. »Wenn Männer nicht die A-Wahl bekommen können, die sie wollen, können sie sich schnell mit der Wahl B abfinden. Trotzdem schauen sie natürlich noch nach A, ganz klar«, ergänzt sie. Da hatte Paulina wiederum ihre Erfahrungen gemacht.

»Das ist bei Sisi ganz anders«, meint Moni. »Sisi hat jemanden, ihr Sigi ist A-Wahl. Etwas Besseres gab es für sie bisher nicht. Nun ist ein zweites A hinzugekommen. Das ist es. Und Sisi hat keine Wahl, denn beide sind wunderbar. Wie Sonne und Mond. Was willst du wählen und wen weglassen? Das geht nicht.«

Arbeit ist nur das halbe Leben

Sisi stürzt sich in ihre Arbeit. Donate hatte am Wochenende *Art Déco Silber* neu gestrichen und sie putzt jetzt alle Antiquitäten auf Hochglanz. Vier antike Möbelstücke aus Frankreich waren geliefert worden, und von einer jungen Frau hatte sie elf wunderschöne Gemälde aus einer Erbschaft in Kommission angenommen. Mopsi bekam ein neues Blueberry-Körbchen, und das Kissen des alten wurde in der Waschmaschine kräftig durchgeschleudert und dann beim Bestatter nebenan unter den Schreibtisch gelegt, damit Mopsi bei seinen Besuchen dort nicht immer in den Holzwollkisten schlafen musste. Es war schon mehr als einmal passiert, dass er fast mit entsorgt worden wäre, nur weil er wieder beinahe unsichtbar zwischen der Holzwolle sein Nachmittagschläfchen gehalten hatte. Und im Schaufenster, rechts neben Mopsis Nest, wurde ein kleiner Rauchtisch platziert, auf dem mittig und schön angestrahlt die kleine Hirschkuh stand. Paulina hatte ihr eine grüne Satinschleife umgebunden, was sicherlich nicht im Sinne des Künstlers war, ihr aber gut stand und sie fröhlicher dreinblicken ließ. *Art Déco Silber* strahlte nun wirklich in neuem Glanz.

Paulina verordnet *Pitty Dessous & Shoes* auch eine kleine Umgestaltung mit großer Wirkung: Der plüschige rote Samtvorhang vor der Umkleidekabine wurde durch einen modernen, italienischen Stoff ersetzt, und die neuen Belstaff-Jacken kamen passend zur Eröffnung der diesjährigen Motorradsaison natürlich ins Schaufenster. Zusammen mit superschicken Stiefeln, irren Tops und Sonnenbrillen der allerneuesten Kollektion aus Italien.

Moni hat sich neue Bücherregale für ihre Lese-Lust-Ecke gewünscht, weil die alten doch schon etwas gebrechlich waren. Donate besorgte aus einer Ladenauflösung helle Acrylregale, die die Lesecke zu einer attraktiven Lounge werden ließen. Von wegen Lesen ist langweilig. Die Espressomaschine wurde aus der Miniküche in die Leseecke verfrachtet, und schon konnte die eine oder andere Leseratte bei einem Cappuccino Monis Empfehlungen aus den Bereichen Partnerschaft und Erotik durchstöbern. Moni merkte schnell, dass sie das Geld für den Espresso durch Mehreinnahmen beim Buchverkauf wieder wettmachte. Außerdem ist sie nie kleinlich. Was soll's! Wer heute nichts kauft, kann morgen dein Kunde sein, sagt sie immer.

Und möglich wurde das alles durch den verhinderten Urlaub mit Sigi. Erstens hatte er doch sein Geld für die eigentlich nie und nimmer erstattbaren Tickets zurückbekommen, weil ein Lotsenstreik schuld war und nicht Sigi oder Sisi. Dadurch war er überaus milde gestimmt, als Sisi ihm mitteilte, die drei Läden auf Vordermann bringen zu wollen. Denn wie durch ein kleines Wunder hatte Sisi ein nettes Sümmchen im Lotto gewonnen, so blöd das auch klingt. Aber an dem Tag im Flughafen, als sie aus purer Verzweiflung (und Langeweile) den Lottoschein abgab, wurde daraus ein Renovierungsgeld für ihre drei gemeinsamen Läden von immerhin 18 462,88 Euro. Und damit kamen die *Fabulous Three* dank Donates Hilfe schon sehr, sehr weit. Normalerweise hätte Sigi sich dafür verwendet, das Geld zu sparen oder irgendwie gewinnbringend anzulegen. Doch er wusste, dass Sisi ein feines Gespür für Opas Schätze und Antiquitäten hatte. Und er wurde darin noch bestärkt, als die Erste der vier neu gelieferten Vitrinen schon nach einer Woche verkauft war. Es war der phantastische Barschrank, in schwarzem Schellack, der einen beleuchteten Innenraum für Kristallgläser und schön geschwungene Karaffen hatte. Er ging an den Chefredakteur einer bekannten Berliner

Zeitung, der ihn für sein privates Rauchzimmer haben wollte.

»Glück«, kommentiert Moni, »zieht Glück an. Im Moment haben wir die Welle. Das müssen wir nutzen, das sagen auch die Sterne. Alles, was wir jetzt beginnen, wird kosmisch positiv unterstützt. Also los, auf in die Zukunft!«

Bei Antonius beginnt die Versteigerung im Auktionshaus um 10.00 Uhr morgens. Der blaue Salon ist bis auf den letzten Stuhl besetzt und an den Wänden drängen sich weitere Zuschauer. Die Telefonleitungen laufen heiß, und nach den ersten 59 Losen in gut zwei Stunden ist abzusehen, dass es eine Jahrhundertauktion werden würde. Nur ein Gemälde ist bisher zurückgegangen, was ihn nicht weiter wundert: eine Kopie nach Goya. Schon bei der Einlieferung hat er sich das Bild mit der dicken Frau, die dem Betrachter das monströse Hinterteil entgegenstreckt, bedenklich den Kopf schüttelnd angesehen. Aber Aurelio meinte, dass auch für diese Kunst jemand zu finden sein würde. Und tatsächlich: Wochen später im Nachverkauf war auch dieses Bild an den Mann gebracht.

Antonius sitzt etwas entfernt von der letzten Stuhlreihe am Fenster im Erker und beobachtet den Auktionator, der mit sonorer Stimme die Gemälde aufruft. »Zum Ersten, Zweiten, Dritten. Danke, das nächste Bild bitte.« Und so geht es über Stunden. Antonius hatte dieses Mal erwirkt, dass es Pausen gab, in denen Elisabeth mit zwei netten Studentinnen große Kaffee- und Teekannen in den Wintergarten stellte und Berge von Confiserie-Kuchen und zwei selbst gebackene Kuchen austeilte. Sie sind kunstvoll mit Zuckerguss dekoriert und auf Etageren und Platten angerichtet. Diese Auktion ist ein richtiges Fest. Ein Fest für die Sinne. Viele der Silbertabletts und Etageren hat Sisi aus ihrem Fundus ergänzt. Antonius besitzt schon recht viele, aber jetzt ist die geschmückte Tafel ein glänzender Anblick. Das Auge isst mit. Und wie! Sisi hat sich bei Moni und Paulina für diesen Tag freigenommen und hilft Elisabeth so gut sie kann. Anfangs war Elisabeth natürlich strikt dagegen.

»Das kann ich auch alleine.«

»Oh ja«, bestätigt Antonius. »Sie werden natürlich alles managen und beaufsichtigen. Aber zu zweit oder zu viert macht es einfach mehr Spaß. Und deshalb habe ich Ihnen noch einige hilfreiche Hände organisiert.«

Elisabeth merkt schnell, dass Sisi nicht die geringste Lust verspürt, in Antonius' Haus das Regiment an sich zu reißen. Sie möchte einfach nur helfen, dass alles glattgeht und ein Riesenerfolg wird. Außerdem hat sie ja mehr als genug mit Moni, Paulina und ihren drei Läden zu tun. Mehr Verantwortung ist einfach nicht drin. Und daher ist Elisabeth schnell milde gestimmt, als sie erkennt, dass Sisi es wirklich um der Sache willen und für Antonius tut und nicht wie Doro unlautere Absichten hegt.

Als sie für einen Moment in der Küche alleine sind, da spricht Elisabeth sie an: »Sie mögen ihn wohl, den Antonius? Ich kannte ihn schon als Schulbub«, fügt sie noch hinzu.

»Ja«, sagt Sisi, »er ist irgendwie anders als die anderen. Ich kann das schlecht beschreiben. Ohne Argwohn, authentisch und sehr nett.«

»Aber nur uns gegenüber. Sie müssten mal zusehen, wie er manchmal feilschen kann oder mit seinen Händlern und Lieferanten umgeht. Da ist er ganz Geschäftsmann. Dafür hat er eine Ader«, sagt Elisabeth stolz.

»Glaube ich«, stimmt Sisi zu, »sonst wäre ein solches Haus in dieser Zeit überhaupt nicht mehr zu führen.«

Und es läuft tatsächlich hervorragend. Antonius' guter Name, die Verlässlichkeit seines Auktionshauses, seine Spürnase für hochkarätige Kunst und nicht zuletzt die zeitgemäße Modernisierung der Auktion bringen ihm auch jetzt wieder Spitzenumsätze. In einer Zeit, in der in anderen Auktionshäusern manchmal zwei Drittel der eingelieferten Werke unversteigert zurückgehen und keinen neuen Abnehmer finden, setzt der Auktionator von Antonius um, was der Hammer hält.

Antonius schaut mit Aurelio auf den PC-Bildschirm, in den die Ergebnisse während der Auktion eingegeben worden sind und jetzt aufbereitet als Summen zur Verfügung stehen. Nach Höchstgebot, Höchstgewinn und Höchstsumme – alles per Knopfdruck, ohne langes Auszählen, sodass auch die Pressevertreter gleich die erhofften Umsatzzahlen für ihre Artikel mitnehmen können. Aurelio und Antonius haben sich einen irischen Whisky eingeschenkt. Elisabeth, Sisi und die Helferinnen räumen währenddessen die Etageren leer, packen Kuchenpakete für die Nachbarn und Moni und Paulina. Alle sind froh, dass der Trubel vorbei ist.

»Spaß hat es tatsächlich gemacht«, sagt Elisabeth. »So wie es Herr Mercur gesagt hat. Hätte ich nie gedacht«, fügt sie hinzu. »Ich denke immer, ich muss alles alleine machen.«

»Warum denn?«, sagt die eine der beiden Studentinnen. »Ich studiere noch sieben Semester, auf mich können Sie immer zählen. Ich freue mich über diesen Nebenjob, wirklich«, und sie wedelt mit dem Küchenhandtuch.

Sisi nickt. »Ich bin auch immer dabei. Sowieso. Und könnte auch noch eine weitere Hilfe organisieren.«

»Setzen wir uns noch einen Moment zusammen?«, fragt Elisabeth.

»Ich bin ehrlich gesagt fix und fertig«, sagt die eine Studentin, und die andere pflichtet ihr bei.

»Ich bleibe noch einen Moment«, sagt Sisi. Und so setzen sich Elisabeth und Sisi zusammen in den Wintergarten auf Antonius' Korbstühle und trinken Elisabeths berühmte heiße Schokolade mit viel Sahne und Schokoraspeln.

»Sind Sie glücklich?«, fragt Elisabeth in die Stille.

»Dass alles so gut gelaufen ist? Ja, und wie!«, antwortet Sisi. »Ich bin auch froh, dass niemand über die Teppichfalte gestolpert ist, weil Donate mit seinem Freund den Teppich neu verlegt hat.« Und das ist keine leichte Arbeit gewesen. Donate und Rodriguez hatten einen ganzen Nachmittag lang mindestens hundert verschiedene Teppichbahnen neu übereinandergelegt und unsichtbar festgeklebt, nachdem sie vor der Auktion gereinigt worden waren. Das hatten die Teppiche die letzten Jahrzehnte, beinahe Jahrhunderte nicht erlebt.

Antonius und Aurelio kommen in den Wintergarten, nehmen sich auch zwei Korbstühle und setzen sich dazu.

»Zufrieden?«, fragt Elisabeth

»Sehr zufrieden«, nickt Antonius. »Wir haben uns alle selbst übertroffen, ohne uns zu sehr loben zu wollen. Dafür suchen wir uns einen ganz besonderen Schluck aus dem Weinkeller aus. Aurelio, was meinst du? Übernimmst du die Auswahl?«

»Mache ich, aus welchem Regal darf ich nehmen?«

»Aus allen, aber im linken Regal liegen die Weinschätze. Da schau heute bitte mal zuerst nach.«

Antonius holt die zweihundertjährigen italienischen Weingläser hervor, und Elisabeth schaut nach dem Korkenzieher. Sisi zündet die zahlreichen Kerzen im Wintergarten an, sodass sie die große Kugellampe ausschalten können. Wer jetzt vom Nebenhaus in den beleuchteten Wintergarten schaut, der würde bei einem solchen Fest gerne dabei sein. Sie sind einerseits total erschöpft, aber andererseits außerordentlich zufrieden, ja geradezu euphorisch über das, was sie für ihre Kunden erreicht haben. Sowohl für die Verkäufer als auch für die Käufer.

Elisabeth trinkt nur ein halbes Glas Wein, dann lässt sie sich von ihrem Mann abholen. Antonius bringt sie zur Tür, nicht ohne sich noch einmal zu bedanken. »Wissen Sie, Elisabeth, ohne Sie ginge dies hier alles nicht. Sie sind von unschätzbarem Wert für unser Haus und natürlich auch für mich. Und Aurelio machte mich darauf aufmerksam, dass in Zürich die Kosten erheblich gestiegen sind. Das wird bei uns in Berlin genauso kommen. Deshalb würde ich gerne am Montag mit Ihnen das Budget besprechen und entsprechend erhöhen, damit Sie nicht für jede Kleinigkeit den weiten Weg zu Liedel gehen müssen.« Denn auch das hat Antonius inzwischen herausgefunden. Lidl ist ganz schön weit weg, und Elisabeth hatte mit den Tüten und ihrem Einkaufswägelchen einen sehr langen Weg.

Sie lächelt und denkt: Ich bin sicher, dass Sisi ihm den Tipp gegeben hat. Aber wenn sie es war, dann ist das auch schon recht. Glücklich verabschiedet sie sich von ihm.

Antonius setzt sich wieder zu den beiden in den Wintergarten. Aurelio hat inzwischen eine zweite Flasche von dem köstlichen Wein aus dem Keller geholt, geöffnet und in aller Ruhe dekantiert.

»Heute werde ich nicht sehr alt, ich trinke noch ein Schlückchen mit euch, dann ziehe ich mich zurück.«

»Aurelio hatte eine sehr gute Idee«, sagt Antonius. »Die ist ihm bei den Einlieferungen eingefallen. In meinem Auktionshaus wird vieles vorgestellt und angeliefert. Nicht alles kann ich in die Auktion nehmen, da ich mich auf Malerei spezialisiert habe. Vieles muss ich also leider ablehnen. Aber manches würde ganz hervorragend in deine kleine Art-déco-Galerie passen. Es sind manchmal in den Sammlungen hervorragende Gallé-Vasen dabei, Porzellan von Meißen und KPM und auch jüngere Silberschmuckstücke. Die könnte man bei euch zum Verkauf anbieten. Selbstverständlich zu den üblichen Beteiligungen für den Kunden und den Gewinnmargen für den Ladenbesitzer. Denn die Miete muss ja auch irgendwo herkommen«, sagt Antonius beflissen.

»Warum?«, fragt Sisi.

»Weil die Sachen einfach dorthin gehören und dort einen guten Platz haben. Außerdem reichen Opas Schätze auch nicht bis in alle Ewigkeit.«

Hat Antonius gemerkt, dass es für Sisi immer schwieriger wird, gute Stücke zu bekommen? Und bei Haushaltsauflösungen parat zu stehen, dazu war sie nicht der richtige Typ Mensch.

»Es ist sozusagen Bestimmung«, ergänzt Aurelio und probiert den neuen Wein.

»Das sehe ich natürlich ein«, sagt Sisi.

»Zudem bekommt man solche Stücke wirklich kaum mehr auf dem Markt. So kann man den Kunden auch in diesen Zeiten etwas ganz Besonderes anbieten, was kein anderer hat. Spitzenware sozusagen.«

»Warum willst du das für mich tun?«, fragt Sisi.

»Weil ich dann einen offiziellen Grund habe, jede Woche bei euch vorbeizuschauen«, sagt Antonius etwas leiser.

»Ich ziehe mich dann mal zurück«, sagt Aurelio und gähnt hinter vorgehaltener Hand. Dabei ist er kein bisschen müde und hätte zu gerne gehört, was die beiden sich noch zu erzählen haben. Aber ein Gentleman ist ein Gentleman und weiß, wann er sich zu empfehlen hat. Und jetzt ist der Moment.

Endlich allein. Antonius nutzt die Gesprächspause, um neue Kerzen auf die Girandolen zu stecken. Für einen Moment ist es ganz dunkel im Wintergarten, und Sisi sieht nur sein Profil im Gegenlicht der Straßenlaterne, das von draußen sanft durch die Kastanienblätter scheint. Ja, Antonius ist tatsächlich ein charmanter Mann. Und genau betrachtet sogar ein attraktiver dazu, wenn er seine scheußliche Brille abnimmt und man sich die antiquierten Klamotten wegdenkt. Sisi wagt nicht, weiterzudenken. Er ist hochgewachsen und kräftig. Seine Gesten sind ruhig und sicher. Er spricht weder zu laut, noch ist er jemand, der lauthals loslacht über Witze, die er vielleicht auch noch selber erzählt hat. Er ist mit Sicherheit in allen Situationen ein Genießer. Ein Genießer mit italienischem Blut. Es ist tatsächlich seltsam, dass er noch keine Frau hat. Vielleicht verkriecht er sich zu sehr in seinen Büchern. Oder vielleicht waren die Frauen, die er bisher kennengelernt hatte, nicht die, die ihn interessieren. Wie Doro, deren Verhalten sogar Sisi aufgefallen war. Antonius hat schon drei Kerzen angezündet, als er sie plötzlich anlächelt.

»Zu hell werde ich es gar nicht mehr machen. Lassen wir die Nachbarn doch mal im Dunkeln darüber, wer um diese Uhrzeit noch seinen Wein trinkt.«

Und er setzt sich neben Sisi und gibt ihr einen Kuss auf die Stirn.

»Für den heutigen Tag hatte ich einen Glücksbringer, deshalb lief es so gut.« Antonius greift in seine Jacketttasche und holt ein blaues Samttüchlein hervor. Vorsichtig wickelt er etwas aus. Und was ist es? Sisis Perlenohrring, den sie an ihrem ersten gemeinsamen Abend beim Italiener verloren hatte.

»Wo war er?«

»Er lag neben deinem Teller auf dem Tisch unter der Serviette. Ich habe ihn für dich aufbewahrt. Und wenn er dir nicht zu sehr fehlt, dann möchte ich ihn gerne als Glücksbringer behalten.«

»Gerne«, mehr kann Sisi nicht sagen, weil eine Art Kloß in ihrem Hals das Sprechen unmöglich macht. Gottlob wechselt Antonius gleich das Thema. Hat er etwas gemerkt?

»Schau mal«, sagt er und klappt ein altes Buch von seinem Urgroßvater auf. »Das ist mein erstes eigenes Kunstwerk. Es war gerade mal so groß wie eine Zigarrenkiste, aber es war ein echter Friedrich. Ich hatte damals alles zusammengekratzt, was möglich war, um dieses Bild zu kaufen.«

Sisi nickt.

»Ich weiß daher sehr gut, dass nicht alles vom Himmel fällt. Ich übe diesen Beruf schon in dritter Generation aus und habe ein entsprechendes Netzwerk mitbekommen. Da hat man es einfach leichter. Deshalb werde ich euch unterstützen. Zusammen geht es immer besser.«

Das waren gute Aussichten. Doch wie soll es mit ihnen beiden weitergehen? Würde es für sie beide nie einen ersten Kuss geben? Nie eine erste Umarmung, die mehr als Freundschaft ausdrückt? Antonius sieht sie an. Sein Herz bebt, und seine großen braunen Augen leuchten.

Wir sitzen hier und denken über ein neues Leben nach, und zu Hause wartet Sigi mit dem Abendessen und hat extra für mich etwas ganz Besonderes gekocht für unseren letzten Urlaubstag. Ich bin hin- und hergerissen.

»Ich bin hin- und hergerissen«, wiederholt Sisi laut.

»Ich auch«, sagt Antonius. Der sein ganzes Leben lang – inklusive der heiratswütigen Amanda und der Krähe Doro – alle Klippen der Zweisamkeit erfolgreich umschifft hatte.

»Doch ich kann damit umgehen«, sagt er. »Ich werde immer für dich da sein. Ich bin hier. Hier in meinem Auktionshaus, hier in deiner Nähe, hier bei dir. Und immer können wir zusammen sein, immer können wir neue Dinge planen, und immer kannst du bei mir dein Herz ausschütten.«

»Und du? Du hast keine Ansprüche?«

Antonius hatte gelernt, Erwartungen an andere gegen null herunterzuschrauben. Wenn er etwas wollte, dann nahm er es sich selber, oder er ließ es. Andere zu manipulieren, das war nicht seine Art. Es sei denn, es geht um Kunst. Hier aber geht es um Sisi, und sein Herz wird warm.

»Ansprüche? Was darf ich für Ansprüche haben?«, fragt er. »Du hast so viel für mich getan. Aus meinem angestaubten Auktionshaus hast du eine moderne Sache gemacht, die bei mir beinahe zur Liebhaberei geworden wäre. Es war schon immer wirtschaftlich, aber jetzt habe ich auch neue

Mitarbeiter eingestellt und bin viel präsenter geworden. Solange ich trotzdem noch genug Zeit für mich habe und meine eigene Gedankenwelt, ist mir das genug. Und wenn du in meiner Welt bist oder in der Nähe, dann bin ich glücklich. Hier und jetzt. Das bedeutet alles.«

Er legt einen Arm um sie.

»Ich bin immer da, wenn du mich brauchst«, murmelt er noch einmal und gibt ihr einen Kuss ins Haar. Leicht wie ein Schmetterlingsflügel.

Und das ist mehr, als jeder andere Mann bisher in Sisis Leben versprochen oder zustande gebracht hat. Sigi mal ausgenommen.

Willkommen!

»Sublimation nennt man das«, sagt Moni, als sie Sisi tröstet.

Die sitzt weinend an ihrem Küchentisch unter der Lila-Kuh-Uhr und rührt in einem von Monis berühmt-berüchtigten Teesorten. Diesmal ist es der Du-schaffst-es-Tee mit Kräutern für die entsprechende Entscheidungsfindung.

»Ich weiß. Sigi hat mir das aus seiner Psychopraxis berichtet. Da sublimieren so einige ihr halbes Leben. Ich weiß aber nicht, ob das auf Dauer funktioniert. Man kann doch nicht sein ganzes Leben so leben«, sagt Sisi und schnieft in ein Vliespapier von der Küchenrolle. In solchen Momenten muss es die große Variante sein, da reichen Taschentücher nicht mehr aus.

»Ich kann das jedenfalls nicht«, betont sie.

»Er schon, hat er doch immer gemacht«, sagt Moni pragmatisch.

»Außerdem, warum kümmerst du dich um sein Wohlbefinden? Ihm geht es gut in seiner schicken Stadtvilla. Wir haben dich vermisst! Ist dir eigentlich aufgefallen, dass du durch die Vorbereitung seiner Auktion abends kaum noch Zeit für uns gehabt hast? Ich verstehe das ja. Alles Neue ist immer phantastisch und verlockend. Und deine Sterne haben dir obendrein ganz viel Glück vorausgesagt und auch geschenkt. Übrigens wird es noch lange so bleiben, sagen sie auch. Ungefähr die nächsten sieben Jahre bis zum neuen Planetenwechsel. Trotzdem hätten wir dich gerne wieder mehr bei uns in den Läden. Abends mal länger bleiben und zu dritt mit Mopsi philosophieren, das fehlt uns schon.«

»Der Anfang ist mit unserer Renovierung schon gemacht. Und die nächste Auktion von Antonius findet doch sowieso erst in einem halben Jahr statt. Wir haben also genug Zeit, unser Leben der *Fabulous Three* wiederaufzunehmen.«

Und sie lächelt, doch es gelingt noch nicht so richtig.

»Das tun wir! Der Sommer kommt, und er gehört uns. Was glaubst du, wie viel Spaß wir haben werden! Der Bestatter von nebenan will tatsächlich im Juli einen Tag der offenen Tür mit Lichterparty veranstalten. Wer soll da bloß hingehen? Kunden in spe? Kannst du dir das vorstellen? Vermutlich stellt er Grablichter auf. Wir werden ihn beraten müssen, sonst wird es gruselig.«

»Wir schenken ihm zum Jubiläum den Auftritt einer Combo der Heilsarmee. Dann wird es bestimmt total lustig und kein bisschen schaurig. Du wirst sehen, das macht sogar richtig Spaß.«

»Na also«, sagt Moni. »Und jetzt ziehst du dich um und kommst mit zu *Pitty Dessous*, denn Paulina kann unmöglich auf drei Läden gleichzeitig aufpassen. Ich habe zwar schnell Donate angerufen. Aber wenn wir nicht aufpassen, dann verkauft der uns sogar unseren Mopsi. Der macht doch alles zu Geld.«

»Bin gleich fertig.« Und tatsächlich hat sie sich nach zwanzig Minuten schon einigermaßen hergerichtet.

»Schminken geht noch nicht. Meine Augen sind noch ganz verquollen.«

»Heuschnupfen«, sagt Moni erklärend. »Der quält gerade alle.«

Und schon brausen sie in Monis blauer Ente, dem alten Hans, über den Ku'damm. Wäre doch gelacht, wenn ich Sisi nicht mit einem speziellen Bachblütenmix wieder zu neuem Leben erwecken kann, überlegt Moni.

Antonius sitzt im Schatten unter den Kastanien in seinem Garten, trinkt eine Schokolade nach Elisabeths Rezept und beobachtet die Spatzen, die begeistert im frisch gerechten, warmen Sand baden. Ohne Sisi würde ihm das alles hier keinen Spaß machen. Sie hat sein ganzes ruhiges Leben durcheinandergebracht. Er könnte nicht mehr einfach wieder der Antonius sein, der er vor ihrer Begegnung gewesen war. Er würde dieses Leben über seinen verstauben Büchern nicht mehr aushalten. Oder diese Leute, von denen er sich ohnehin immer zurückgezogen hatte. Sie fühlen sich in seinen Gedanken an wie Watte. Weiche Watte ohne Substanz. Aber Sisi ist kernig. Sisi ist Leben. Und ihre Freunde sind Leben. Egal wie sie sich durchbringen. Insbesondere Donate. Der hat Rückgrat, für welche Geschäfte auch immer. Antonius möchte Teil ihrer Welt bleiben. Es würde nur noch mit Sisi gehen. Mit Sisi und allem, was zu ihr gehört.

Ja, Antonius, einmal im Leben schießt Amor einen Pfeil ab, der trifft wie keiner zuvor und wie keiner danach.

Antonius möchte sie und ihre ganze Freundestruppe zum Barbecue einladen. Der sommerlich angelegte Garten und die grandiose neue Außenbeleuchtung seiner Stadtvilla, die er sich von einem Hamburger Lichtkünstler installieren ließ, müssen gefeiert werden. Mit Sisi, ihren Freunden und Aurelio Rosato, der nach dem außerordentlichen Auktionserfolg sofort wieder nach Berlin kommen würde. Denn auch er hat gemerkt, dass bei Antonius ein ganz neues Leben eingezogen ist, seit er Sisi kennt. Das hat auch ihm gefallen.

Am nächsten Morgen steht ein frisch gekämmter Antonius Mercur vor Sisis Art-déco-Galerie *Alles von Opa und Oma*. Er hat einen Blumenstrauß in der Hand. Doch Sisi ist nicht da.

»Wann kommt sie, bitte?«, fragt Antonius höflich.

»Gewöhnlich um 10.00 Uhr«, antwortet Paulina von nebenan, »wenn sie mit Mopsi einen ersten Gang durch den Park gemacht hat.«

»Gut, ich werde warten«, sagt Antonius und setzt sich – da niemand für ihn Zeit hat, weil zahlreiche Kundinnen gekommen sind – kurzerhand in Sisis Art-déco-Sesselchen ins Schaufenster. Genau neben das Nest von Mopsi, der an dieser Stelle immer seine Passanten zählt.

Als Sisi mit Mopsi um die Ecke biegt und noch beim Bestatter ein freundliches *Guten Morgen* ins Institut gerufen hat, bleibt ihr fast das Herz stehen. Antonius Mercur sitzt in ihrem Schaufenster. Jetzt habe ich eine Hallu! Ganz klar, jetzt werde ich verrückt! Da sitzt Antonius in meinem Schaufenster …

Doch er ist es tatsächlich, denn Mopsi reißt sich wieder einmal los und stürmt zur Ladentür, springt an ihm hoch und putzt sich ganz in üblicher Manier die staubigen Vorderpfoten an seiner Hose ab. Immerhin trägt Antonius keine akkuraten Bundfaltenhosen mehr, sondern hat sich vom Herrenausstatter sommerliche Baumwollhosen verordnen lassen. Gar nicht schlecht, denkt Sisi. Hoffentlich kann man sie auch waschen.

»Was machst du denn heute hier?«, fragt sie ihn.

»Nun, da bei mir der größte Ansturm erst einmal vorüber ist, Mops Conrad ausgenommen, wollte ich mal bei euch schauen, was so passiert.«

»Wir kommen schon klar«, ruft Moni aus der Leseecke und setzt lautstark die Espressomaschine in Gang. Bei all den neuen Kundinnen sind einige Kaffeetanten dabei.

»Möchtest du einen Espresso mit Milchschaum?«

»Gern«, sagt Antonius und reicht Sisi den Blumenstrauß. »Ich habe weiße Lilien für dich mitgebracht, die sehen wunderbar in deiner Muranovase im Schaufenster aus«, sagt er. »Neben der kleinen Hirschkuh. Die ist wirklich ganz was Besonderes.«

»Ja, das ist sie. Sie ist mein kleiner Schatz. Beinahe hätte Donate sie verkauft. Weil er aber kein aufgeklebtes Preisschild finden konnte, hat er gottlob Paulina gefragt, die ihm das gute Stück gleich wieder entrissen hat.«

»Es war superknapp, sage ich euch. Ich habe den verwunderten Käufer dann mit einer Wiener Bronze zufriedenstellen können. Er hat mir aber aufgetragen, falls ihr die Hirschkuh jemals verkaufen wollt, ihn sofort anzurufen. Seine Nummer ist im Karteikasten.«

Paulina hat das Wörtchen *ihr* gesagt und lächelt verlegen. Schnell verschwindet sie wieder bei *Pitty Dessous & Shoes*, und man hört durch zwei Läden hindurch das geschäftige Poltern ihrer Schuhkartons.

»Ich möchte euch alle einladen. Dich, Moni, Paulina, Donate, deinen ganzen Freundeskreis, zu einem Gartenfest bei mir. Das wäre einfach wunderbar.«

»Alle?«

»Ja, alle, und zwar am Samstag. Meinst du, der Mann mit den Gedenksteinen könnte uns im Garten einen Barbecue-Grill bauen?«

»Kann er«, versichert Donate, der wieder einmal ungerufen zur Ladentür hereinschneit. »Wenn wir ihm dabei helfen. Steine hat er zwar genug, aber das andere könnte ich organisieren. Vermauern lassen und so.«

»Dann suchen wir mal ein paar Ziegel aus«, sagt Antonius und will schon mit Donate zu H.W. Herrmann gehen. Doch er dreht sich noch einmal zu Sisi um und drückt sie vorsichtig, aber liebevoll an sich.

»Und deinen Sigi bringst du auch zum Fest mit, damit ich ihn kennenlerne. Scheint ein patenter Mensch zu sein, wenn er eine solche Freundin hat.«

Antonius lässt sie schnell los und eilt hinter Donate her.

»Wieso Bestatter? Ich habe das Institut für Sepulkralkultur. Ich liefere Gedenksteine für jeden Anlass. Und wenn es in diesen Zeiten mal ein Barbecue-Grill ist, dann eben auch das. Oder ein Marmorbrunnen für Ihren Garten, kann ich

Ihnen auch verkaufen. Oder top gemaserte Granitplatten für eine Designküche, habe ich auch im Programm«, hört Sisi von draußen. Und obwohl ihr Herz so schwer ist wie H.W. Herrmanns dickster Stein, lächelt sie.

»Ich habe alles eingekauft«, sagt Elisabeth glücklich. »Und mein Mann kommt auch mit und macht den Grillmaster. Keiner ist so gut wie er, Sie werden es sehen. Das Einzige, was er nicht grillen kann, das sind die Maiskolben. Aber ich habe einfach welche in Salzwasser vorgekocht. Dann legen wir sie nur zum Wärmen auf den Grill, und schon geht nichts schief.«

Antonius balanciert auf einer sehr wackeligen Leiter und montiert mit Aurelio, der ihm die Lichterkette reicht, ungefähr fünfhundert Meter Kabel mit Glühbirnen, an die er später chinesische Lampions hängen möchte, die Aurelio besorgt hat. Doch nichts scheint richtig zu halten.

»Das ist mein Freund Rodriguez«, sagt Donate. »Er ist auch der Freund von Paulina. Er hat immer alles dabei.«

Und Rodriguez, der als Türsteher in einer In-Disco überflüssige Worte hasst, öffnet seinen Wandschrank von Werkzeugkoffer und reicht ein Hunderterpack Haken rüber, die in jeder Fleischerei eine willkommene Aufgabe erfüllt hätten.

»Markenqualität«, murmelt er. Tatsächlich hält das bleischwere Kabel an den Ästen, ohne dass Antonius die Bäume mit fürchterlichen Nägeln malträtieren muss. Oder wieder seine uralte Drahtrolle vom Großvater auseinanderknoten muss, mit der er als letzte Rettung die meterlangen Kabel an den Bäumen festbinden wollte.

Paulina ist auch schon da, weil Rodriguez früher gekommen ist. Umso besser, denn sie erweist sich als hervorragende Hilfe beim Entfalten der zarten chinesischen Seidenlampions. Einen Lampion hat Rodriguez bereits wortlos in zwei Hälften zerlegt, weil er seine männlichen Kräfte einfach nicht bremsen kann. Also hält er sich jetzt eher in der Nähe des Grills auf und entzündet mit dem Mann von Elisabeth die Grillkohlen. »Hoffentlich ist das Mauerwerk ausgetrocknet, sonst kriegen wir Sprünge in unseren Grill«, jammert H. W. Herrmann. »An meinen Steinen liegt das dann aber nicht.«

»Ich habe allerdings«, fängt Elisabeth wieder an, »Platz schaffen müssen in den Kühltruhen. Denn nicht alles konnte ich für so viele Menschen frisch kaufen. Die Suppe habe ich vorgekocht und eingefroren. Auch den Fisch habe ich natürlich erst einmal in die Kühlkombi getan.«

»Was bedeutet das?«, fragt Antonius gedankenverloren. Er wartet auf Sisi, und ihm ist die Konsequenz von Elisabeths Aussage noch nicht so recht klar.

»Ich habe andere Dinge herausnehmen müssen, die im Weg waren. Aber die braucht sowieso niemand mehr.«

»Was?«, fragt Antonius, dem es allmählich dämmert.

»Einige der Soßenbehältnisse. Ungefähr vierzig.«

»Was haben Sie herausgenommen?«, fragt Antonius leise. Er hatte schon verstanden, kann oder will es aber nicht für möglich halten.

»Nur die sehr alt datierten. Ich nehme an, Sie werden sie ohnehin nicht mehr essen wollen. Irgendwann schmeckt das alte Zeug auch nicht mehr. Oder Sie holen sich den Tod.«

Antonius sieht sie sprachlos an. Elisabeth hatte sein Soßen-Archiv vernichtet. Die Bemühungen seiner langen geschäftigen Abende, eine perfekte Soße zuzubereiten, lagen vermutlich auf dem Komposthaufen hinter dem Haus.

In diesem Moment kommt Sisi durch das Gartentor rein. Mops Conrad nimmt wie immer Anlauf und will an Antonius hochspringen, doch der ist trotz des Soßen-Schocks diesmal viel schneller und nimmt sich Elisabeths Geschirrhandtuch, das er wie ein Torero vor sich hält. Conrad bremst ab. Was ist das für ein Spiel? Handtuch fangen? Kein Problem! Und schon springt er für einen Mops sehr elegant hoch, beißt in das Handtuch und zieht daran.

»Elisabeth, übernehmen Sie bitte«, sagt Antonius fröhlich und gibt Elisabeth das Ende des Handtuchs, während Mopsi am anderen Ende zieht und knurrt.

»Mein gutes Handtuch«, seufzt Elisabeth und zieht Mopsi langsam mit sich Richtung Haus. »Komm, wir schauen mal, ob es in der Küche etwas für dich gibt. Vielleicht bekomme ich dann mein Handtuch zurück.«

Als Mopsi das hört, lässt er sofort los und trottet zuversichtlich hinter Elisabeth her. *Versprochen ist versprochen. Mal sehen, was es bei ihr so Gutes gibt.*

Sisi steht etwas verlegen in ihrem Sommerkleid vor Antonius.

»Hallo, du Elfe«, begrüßt Antonius sie begeistert. »So sommerlich kenne ich dich ja gar nicht.«

»Ist ja auch eher der erste warme Tag heute, vorher kam man ja aus den Rollkragenpullovern überhaupt nicht raus.« Sie lächelt. Er nimmt sie in den Arm und gibt ihr seinen Spezial-Antonius-Kuss-auf-die-Stirn.

»Wo ist Sigi?«, fragt Antonius, der das Wort *dein* bewusst verschluckt hat.

»Er fährt im Kreis herum und sucht einen Parkplatz. Ich habe ihm gleich gesagt, dass wir die wenigen Meter laufen könnten. Aber er …«, sie zuckt mit den Schultern. »Er muss wieder mehr mit Mopsi spazieren gehen, damit er sieht, dass das alles Distanzen sind, die wir bei einem Gassigang absolvieren können.« Das war so ziemlich das Blödeste, was Sisi einfallen konnte. Aber sie ist froh, dass sie überhaupt ein Wort herausbringt.

Wie würde Sigi auf Antonius reagieren? Und Antonius auf Sigi?

»Ich gehe mal schnell zu Elisabeth. Nach Mopsi gucken.«

»Der wird in der Küche schon alles finden, was ihm schmeckt«, bemerkt Antonius. »Flucht zwecklos. Bleib ruhig hier. Wir haben einen Willkommensschluck vorbereitet. Aurelio hat die berühmte Bowle nach dem Rezept seiner Familie angesetzt. Viel Weißwein, viel Mineralwasser, viele Früchte und wenig Zucker. Wir wollen auch morgen noch mit klarem Blick aufstehen.«

Aurelio nickt und begrüßt Sisi. Ja, sie sieht klasse aus. Lächelnd, in einem atemberaubenden Chiffonkleid aus Paulinas Kollektion, goldenen Riemchensandaletten und einem zarten Bolero aus Spitze. Ich kann den guten Antonius verstehen. Da lohnt es sich wirklich, nur ein guter Freund zu sein. Und wer weiß, denkt Aurelio, wie das Leben so spielt ... Er füllt für Sisi, Paulina, Antonius und für sich die ersten Gläser mit seinem flüssigen Familienrezept.

Sigi hat endlich einen Parkplatz gefunden. Das heißt, er hat sich einen genommen. Die Feuerwehreinfahrt vor Antonius' Haus. Das wird ja nicht gerade heute abbrennen, denkt er lakonisch und parkt sein Auto.

Ich bin ohnehin mal gespannt, wie dieser Kunsthändler von Welt aussieht, der meine Sisi in ihrem Laden unterstützen will. Mal sehen, was der zu bieten hat. Und schon kommt Sigi durch das Gartentor. Genau in dem Augenblick, als Aurelio, Paulina, Antonius und Sisi sich zuprosten und ihren ersten Schluck Familienbowle trinken.

Oha, das sieht mir schon sehr familiär aus! Doch ehe er sich über eine Begrüßungsformel Gedanken machen kann, kommen Mops Conrad und Elisabeth ums Haus gebogen. Als Conrad Sigi sieht, nimmt er mal wieder Anlauf und springt an ihm hoch. Das ist ihm schlichtweg nicht mehr abzugewöhnen. Im Mäulchen hält er begeistert ein Stück Wiener Würstchen, das er Sigi stolz zeigt. Den Rest hatte er sicherlich schon verdrückt.

»Na, Dicker, du hast ja schon was abgestaubt.«

»Ja, ein Würstchen. Aber das ist nicht so stark geräuchert, wie es aussieht«, sagt Elisabeth entschuldigend.

»Guten Tag, ich bin Elisabeth Schmitt. Die gute Seele im Hause Mercur.«

Sigi gibt ihr die Hand. »Hallo, ich bin Sisis …« Tja, wie soll er ausdrücken, was er in Bezug auf Sisi ist? Mann? Das stimmt nicht. Lebensabschnittsgefährte? Das klingt so förmlich. »Ich bin ihr Freund«, sagt er.

»Ich weiß«, sagt Elisabeth und geht mit Sigi zu den anderen. »Ich stelle Ihnen Herrn Mercur und seinen Freund vor.«

Antonius hat einen Freund? Ist der wie der Friseur von Sisi …? Das wäre natürlich eine Erklärung. Wenn das so ist! Sigi ist stolz auf sein feines Gespür, das Zwischentöne in Gesprächen sehr gut herausfiltern kann. Dafür hatte er schließlich jahrelang studiert und eine Praxis gegründet. Damit kennt er sich aus. Und er begrüßt Antonius. Er sieht in seine leuchtend braunen, freundlichen Augen. Und Antonius lächelt freundlich zurück. Dieser Sigi ist genau so, wie er ihn sich vorgestellt hat. Ein blasser Psychologe, der vermutlich bis eben noch über seinen Büchern gesessen hat. Antonius ignoriert, dass er genau dies selber am liebsten tut: abends in Ruhe ein Buch lesen. Aber neuerdings kommt etwas hinzu: über Sisi nachdenken.

»Wir haben großes Glück«, sagt Antonius. »Wir haben neben einem prachtvollen Wetter auch noch hervorragende Zutaten für unser erstes Barbecue in diesem Jahr zusammengestellt. Elisabeth hat sogar noch einen weißen Trüffel aus Alba bekommen.«

Der aussieht wie ein alter Kaugummi. Und nach rein gar nichts schmeckt, denkt sie.

Sigi wird wach. Geht es hier um Feinschmecker und Kochen? Er dachte, dies sei eine öde Grillparty. Und schon beginnt zwischen Antonius, Sigi und Elisabeth ein angeregtes Gespräch über das, was Antonius neben Kunst am meisten liebt: Die Kochkunst. Und da kann Sigi wirklich mithalten.

Sisi nutzt die Gelegenheit und leistet mit Paulina und Rodriguez Elisabeths Mann am Grill Gesellschaft. Er ist ganz in seinem Element und begeistert davon, heute seine Grillkunst zu zeigen.

»Seltsam«, sagt Sisi. »Es ist wirklich gerade wieder Frühling. Alle Männer sind wieder voll dabei, sich von ihrer besten Seite zu zeigen.«

»Du sagst es«, lacht Paulina und zeigt auf Donate und seine Frau, die gerade mit drei entzückenden Kindern angekommen sind.

»Donnerwetter, eine große Familie!«

»Und ich habe den Eindruck, es bleibt nicht dabei«, kichert Paulina.

»Was meinst du, geht es gut mit Sigi und Antonius?«

»Wie meinst du das?«

»Werden sie sich heute Abend streiten?«

»Ganz sicher nicht. Es sieht nicht nach großer Freundschaft aus, aber auch nicht nach Hauen und Stechen. Vielleicht haben sie sogar beide einen ganz interessanten Abend. Und du? Wie fühlst du dich dabei?«

»Komisch.«

»Komisch?«

»Mir ist nicht wohl dabei. Drei sind einer zu viel, denkt man immer. Und vielleicht ist es auch so. Ich muss heute Abend wahnsinnig aufpassen, dass ich beide gleich bedenke.«

»Mach doch einfach, was dein Herz sagt. Das ist dann schon richtig.«

»Ich muss mal in Ruhe in mich gehen und hören, was es sagt«, antwortet Sisi.

»Und?« Paulina wartet.

»In Ruhe …«

»Und, nun …?«

»Ach …«

»Nun sag schon«, drängt Paulina.

»Es sagt: Küss Antonius, küss ihn. Jetzt sofort oder nachher unter den Kastanienblüten. Bring seine Locken durcheinander und nimm ihm diese blöde Brille ab. Küss ihn, drück ihn …«

»Waaaaas??? Das sagt es? Und was noch?«

»Nimm Sigi an die Hand und sprich mit ihm über die Architektur dieser wunderbaren Villa, über das Stadtviertel, das Rezept für die gebratene Dorade …«

Paulina imitiert ein Gähnen.

»Sei doch nicht so gemein.«

»Ich bin nicht gemein. Aber das klingt wie Brüderchen und Schwesterchen.«

»Na und? Das hat wenigstens über die Jahre Bestand gehabt«, mault Sisi und nimmt noch einen Schluck Bowle nach Aurelios Familienrezept.

»Schmeckt gut, nicht wahr?«, sagt Paulina, die das Gespräch entschärfen möchte. »Ich bin sicher, da ist frischer Waldmeister drin. Ganz sicher.«

Und endlich sind auch Moni und Peter da. »Der alte Hans wollte mal wieder nicht anspringen. Dabei hat es doch gar nicht geregnet«, entschuldigt sich Moni.

»Ich denke, der braucht mal ein paar neue Zündkerzen«, weiß ihr Peter und lächelt Paulina an. Endlich kann das Fest beginnen.

Später am Abend, als auch die Lichterketten und die chinesischen Lampions entzündet worden sind und man sich ins Haus zurückgezogen hat, weil es draußen doch noch viel zu kalt ist, da sagt Antonius zu den Freunden, die um seinen Kamin herum auf allem Platz genommen haben, worauf man überhaupt sitzen kann:

»Ihr alle habt frischen Wind in mein Leben gebracht. Ich kenne jetzt den Unterschied zwischen Stay-ups und Hüftgürteln«, und er sieht Paulina an. »Und auch wie ich mir ein mieses Karma erspare ist mir jetzt klar.« Und dann sieht er zu Moni rüber. »Und wer Googel und Liedel sind, das weiß ich jetzt auch. Deshalb habe ich nicht nur einen Dank auszusprechen, das klingt viel zu förmlich. Sondern ich möchte mir dieses kompetente Team auch für die Zukunft sichern.«

Alle sehen ihn fragend an.

»Wie wäre es, wenn wir die Bienenstich-Freitage durch gelegentliche Gartenpartys bei mir ergänzen? Oder gemeinsame Kochabende? Die große Küche und der blaue Salon wären doch ideal dafür.«

»Feten sind sehr gut«, antwortet Rodriguez. Immerhin sein erster vollständiger Satz an diesem Abend. »Ich achte auf die Gäste«, ergänzt er noch. Und das ist bei ihm durchaus als Kompliment zu verstehen.

Sisi strahlt. Was für ein cleverer Plan für gemeinsame Aktivitäten!

Ein gelungener Schachzug, denkt Aurelio. Antonius, du bist immer ein besonnener Schachspieler gewesen. Hoffentlich verdirbt dir dein italienisches Blut nicht die Partie. Und Aurelio schmunzelt.

Wenn seine Kochabende so gut sind wie sein Wein, dann komme ich wieder mit, überlegt Sigi.

Wunderbar, frohlockt Moni. Es stimmt immer, was die Sterne sagen. Es kommt etwas Neues hinzu, und das bleibt. Das könnte es also sein.

Super, denkt Paulina und sieht ins Kaminfeuer. Wann ich Sisi wohl verraten kann, was er damals in unserem Kaufhaus der Sinne für sie gekauft hat? Ich platze noch, wenn ich das nicht bald loswerde.

Hier ist es warm. Satt bin ich auch. Bei Antonius ist es sehr gemütlich, ergänzt Mops Conrad, der auf einem Wollpulli von Antonius auf den Knien von Herrn Kaloke alles beobachtet.

Antonius ist einfach ein prima Freund. Er wird mit der Zeit immer lebhafter, und richtig humorvoll kann er sein. Und Sachen unternimmt er mit Sisi, für die sich ihre Freundinnen oder Sigi einfach nie interessieren würden. Doch manchmal blitzt ein Feuer in Antonius' Augen, dann sieht er sie an wie ein Mann eine Frau ansieht, die er schlichtweg hinreißend findet. Und wenn Sisi dann wie zum Spaß den Zeigefinger heben will, dann lacht er und sagt:

»Betrachte mich einfach als deinen ältesten Verehrer.«

»So alt bist du doch gar nicht.«

»Noch nicht, aber ich werde es. Und dann werde ich dich immer noch hinreißend finden.«

In solchen Momenten schwirrt Amor aufgeregt hin und her und wartet auf den ersten Kuss. Noch wartet er vergeblich. Doch in Gedanken hat es ihn schon tausendmal gegeben.

Amor

(Der kleine Amor – mit inzwischen geputzten weißen Flügeln – sitzt auf der Markise eines Straßencafés und beobachtet Antonius, der wiederum Sisi betrachtet.)

»Alles wird schön in den Augen der Liebenden – das ist meine Aufgabe. Ausweglose Fälle kenne ich nicht. Ich bin erfinderisch und kombiniere aus dem Pool der Möglichkeiten. Und – ohne mich selbst loben zu wollen – ich bin immer erfolgreich. Nur die Menschen, die sind manchmal in ihrem Empfinden so kurzlebig. Da gebe ich mir alle Mühe dieser Welt, und sie, sie verschenken das Glück manchmal schon nach kurzer Zeit an eine Illusion. An eine Verirrung, die Leid und Unglück bringt, und machen dann auch noch mich für ihre Gefühlsverirrungen verantwortlich. Mein Wirken ist anders. Ohne Arg und ohne Täuschung. Gut, ein bisschen List gehört schon dazu, sonst macht es mir auch keinen Spaß. Aber nur in der Vorbereitung und immer im Zeichen der Liebe. Ich bin Amor. Und – ohne mich noch einmal selbst loben zu wollen – ohne mich wäre das Leben öd und fad, leer und sinnlos, vergeblich und schal, müde und träge, langweilig und kalt. Und ich frage Sie ernsthaft: Das wäre doch nun wirklich keine Alternative. Oder?«

Anmerkung

Die Handlung und die Personen in diesem Roman sind frei erfunden. Ähnlichkeiten in Bezug auf menschliche Verhaltensweisen und Charakterzüge sind rein zufällig und nicht lebenden Personen zuzuordnen. Einen Antonius gibt es in meinem Leben leider (noch) nicht. Aber das kann ja noch werden?

Dank

Ein herzlicher Dank geht an den Piper Verlag: Michaela, Marlene, Andrea, Monika, Stefanie, Barbara und alle engagierten Kollegen, die zum Erfolg dieses Buches beitragen.

Einen besonders lieben Dank dafür, dass wir gemeinsam durch die Welt gehen, an:

Bernd, Wunschfuchs, Manfred, Richard, Christine, Christoph, Marc, Eva, Jutta, Heidi, Ralf, Frank, Ingrid und Familie Föste, Antonio und Team, Max und La Jana, Dr. Bleyer und Frau Falke, Friederike S., Alexander und Carlos, Herrn Bauer, Ditta und Marie, Hajo, Fredi, Rüdiger, Frieda, Jacques, Valerie, Henrik Hanstein vom Kunsthaus Lempertz, Cordel & die ganze Familie.

Und ein himmlischer Dank gilt dem geflügelten Amor, ohne den dieser Roman niemals entstanden wäre. Über den Wolken ist der Himmel hellblau!

Danke!

Regine C. Henschel

Gefühlte Lage: sonnig

Roman. 192 Seiten.
Piper Taschenbuch

Herr Kaloke ist unersetzlich: Er kümmert sich um Mopsi, wenn sein Frauchen Sisi Wall wegen akuter Notfälle aushäusig ist. Und das ist Sisi oft, denn sie hat nicht nur immer wieder Liebeskummer und von ihrem Großvater Antiquitäten nebst Mops geerbt, sondern auch den Mut, eine eigene Galerie in Berlin zu eröffnen. Und deshalb ist eine Menge zu tun. Gott sei Dank wird sie immer wieder unterstützt von ihrer unbekümmerten Freundin Moni aus dem Eso-Shop. Doch dann lernt sie diesen schüchternen Psychologen von gegenüber kennen …
Ein charmanter Roman über die Liebe und einen eigensinnigen Mops.

05/2162/02/L

Liz Jones

Nicht gesucht und doch gefunden

Tagebuch eines Singles.
Aus dem Englischen von
Sabine Maier-Längsfeld.
288 Seiten. Piper Taschenbuch

Liz Jones hat eigentlich keine Probleme mit ihrem Leben als Großstadt-Single – okay, bis auf den Putzwahn und den Fimmel mit den Katzen. Doch dann tritt ein Mann in ihr Leben, der ein paar Jahre jünger ist, Baseballmützen trägt und tatsächlich Hip Hop hört. Während sie von Selbstzweifeln geplagt ist, ist er von stoischer Gemütslage, während sie penible Ordnung liebt, sieht er das sehr großzügig …
Mit erfrischender Offenheit beschreibt Liz Jones in diesem Tagebuch ihre eigene Liebesgeschichte vom ersten Date bis zum ersten Hochzeitstag.

»Liz Jones Tagebuch ist aufrichtig, vortrefflich beobachtet und stellenweise zum Brüllen komisch.«
Sunday Times Culture

05/2163/02/R